LE PASSANT DU BOWERY

CLÉMENT GHYS

LE PASSANT DU BOWERY

ÉDITIONS DU SEUIL
*57, rue Gaston-Tessier, Paris XIXe*

Les références des œuvres citées sont indiquées
en fin d'ouvrage dans la bibliographie

Dessin de la façade du 222 Bowery : © MBL architectes.

ISBN 978-2-02-150517-7

www.seuil.com

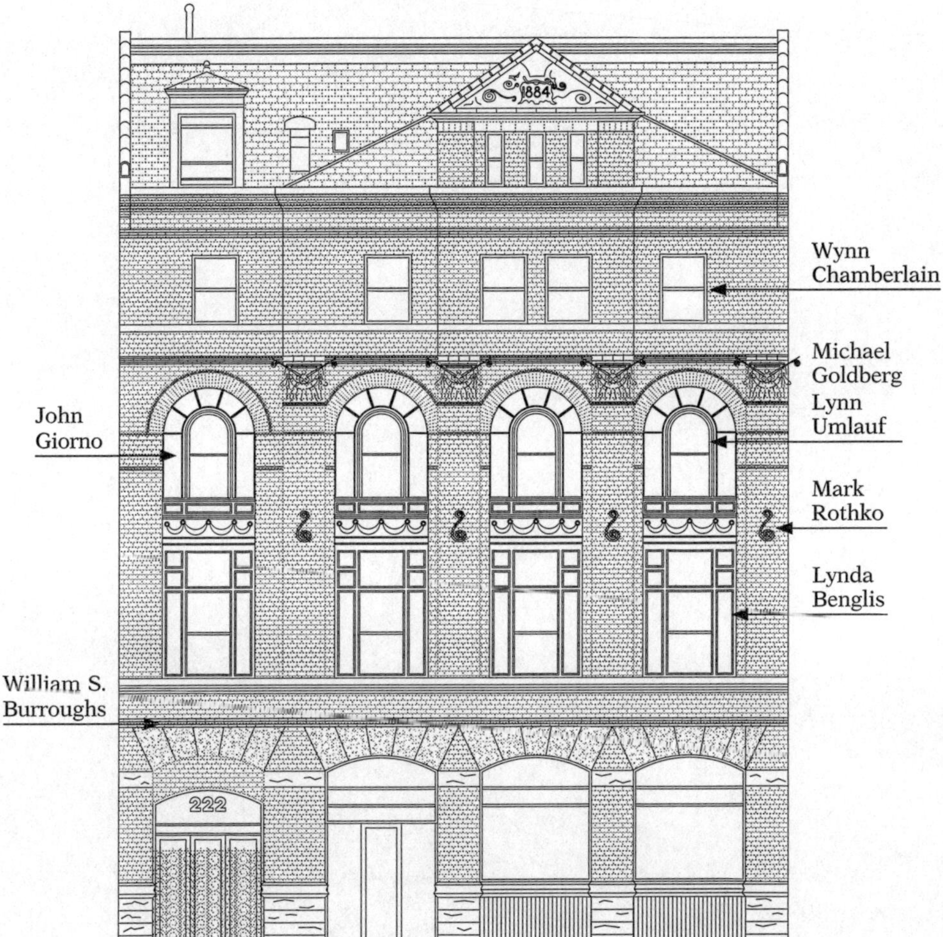
1884
Wynn
Chamberlain
Michael
Goldberg
Lynn
Umlauf
John
Giorno
Mark
Rothko
Lynda
Benglis
William S.
Burroughs
222

1
Le gymnase

Il faut regarder longtemps le blanc pour que la couleur surgisse, que les formes apparaissent. Le vide peut patienter. Il se remplira bien assez tôt. Il faut le laisser reposer, comme de la pâte à crêpes qu'on fait mine d'oublier pendant des heures, en vue d'obtenir une texture parfaite. Qu'il prenne des forces, cet étrange abîme, il en aura besoin. On peut lui parler, lui promettre que, bientôt, quand on se sera enfin mis au travail, il sera habité d'explosions, de détails et de diagonales. On doit le contempler, le comprendre, ce vide. On doit se rafraîchir à des sources qui n'ont jamais existé, se mentir à soi-même, inventer des motifs dans la trame de la toile, dans les zébrures d'un mur. Et se dire que oui, il y a quelque chose, qu'il suffit de l'aider, ce monde sourd-muet, de lui inventer une langue et des oreilles. Après, ce sera trop tard. Le vertige aura disparu.

Il faut faire comme cet homme qui regardait les murs, jaugeait la hauteur des fenêtres, se demandait d'où venait la lumière, où elle irait dans les heures à venir. Elle rebondirait contre les murs de brique orange, s'étoufferait entre les lattes du parquet craquelé. Cela ferait l'affaire. Tout change toujours, il le savait. Quand on est né Markuss Rotkovics, sujet du tsar, un sale petit juif détesté de tous, et qu'on est devenu un citoyen américain, un peintre applaudi, on peut croire à tout. De cette vérité-là, Mark Rothko était bien le seul dépositaire, le seul à savoir ce qu'elle contenait de drames, de douleurs. Il n'allait pas faire le difficile. Cet endroit lui convenait très bien. Les dimensions étaient parfaites. 14 mètres sur 10, et 7 mètres de hauteur sous plafond. L'ami peintre qui le lui avait suggéré, et qui avait un atelier dans le même bâtiment, lui avait dit que c'était un ancien gymnase. Un terrain de basket, même, et il imaginait les ballons rebondir sur le parquet, curieusement en bon état. Il entendait les rires et les cris des joueurs, les sifflements de l'arbitre, les applaudissements de la foule. Le loyer n'était pas cher, 125 dollars par mois. Vraiment, tout lui convenait.

Il plissa les yeux, baissa mentalement la luminosité, imagina une paroi qui diviserait l'espace, le ferait ressembler à un autre, bien loin de là. New York, toute l'Amérique même, ce pays qui l'avait accueilli mais dont il détestait la violence, était capable de tout. Faire cohabiter sur la même île de Manhattan des miséreux, comme ceux qu'il venait de croiser en traversant le Bowery, et des milliardaires. C'était à ceux-là qu'il devait penser, à leurs caprices, à cet autre New York, à des dizaines de blocs de là, où l'Amérique triomphante rêvait de gratter les cieux, de déloger les dieux de leur Olympe. Là-bas, Guggenheim avait commandé au grand architecte de Chicago, Frank Lloyd Wright, un musée, tandis qu'Oscar Niemeyer et Le Corbusier joignaient leurs forces pour dessiner le siège de l'ONU.

Les grandes familles, les banques voulaient des parois de verre, des halls en marbre, une architecture avec du cachet, glorieuse. C'était de ce prestige-là qu'avait toujours rêvé Samuel Bronfman, fils d'une famille juive russe, né sur le bateau qui emmenait les siens au Canada, à la fin du 19e siècle. Il avait fait fortune dans le commerce d'alcool, notamment pendant la prohibition, frayant avec les malfrats. En 1928, il avait racheté la banque Joseph E. Seagram and Sons, rebaptisée Seagram. À la fin des années 1950, la construction d'un nouveau siège s'imposait pour marquer son règne.

« NON NON NON NON NON », avait répondu sa fille, Phyllis Lambert, à qui il avait envoyé le dessin du nouvel édifice, situé sur Park Avenue à l'angle des 52e et 53e Rues. La jeune fille avait du goût et n'aimait pas le projet. Elle avait alors demandé de l'aide à Philip Johnson. Un architecte, un génie, un mondain, un monstre, un ancien admirateur de l'extrême droite, une figure clé dans la décision de fuir l'Allemagne de certains créateurs du Bauhaus menacés de la déportation, un critique d'architecture, un commissaire d'exposition, un homosexuel, un égoïste, un ambitieux et, des décennies plus tard, le pyromane des idées qu'il avait défendues jusque-là. Dans les années 1949-1950, cet individu, à la mesure de la violence superbe de New York, s'était fait construire dans le Connecticut une maison de verre, qu'il avait remplie de ses œuvres, et d'où, installé sur une chaise de Mies van der Rohe, il contemplait son parc, donnant des instructions à ses jardiniers.

Mies van der Rohe, justement. À 68 ans, l'ancien directeur du Bauhaus, figure du modernisme, honni par Hitler qui aurait piétiné une de ses maquettes, avait été engagé pour dessiner le Seagram Building. Un parallélépipède de 39 étages en béton armé, aux parois de verre et de bronze, avec une piazza de marbre rose traversée par une fontaine, des salles de conférences, des bureaux. Partout, des mosaïques, des murs en travertin, des sols en granit. « *Less is more* », prônait Mies van der Rohe. Une ode à l'épure. Dans l'Amérique triomphante, le granit, le marbre, le bronze et le verre étaient des signes de dépouillement.

Le building comprenait également un restaurant, le Four Seasons, conçu par Philip Johnson, un peu énervé de ne pas cosigner l'ensemble, d'être vu comme un prestataire du maître. Phyllis Lambert acheta des œuvres d'art pour décorer les lieux. Autrefois, il fallait de l'art classique pour rivaliser avec la vieille Europe. Mais celle-ci à présent était dépassée, étouffée par l'après-guerre. Le rideau de scène d'un spectacle des Ballets russes, signé Picasso, fut acquis, ainsi que des tapisseries de Miró.

Pour une des deux salles du Four Seasons, Philip Johnson suggéra de passer commande à Mark Rothko. Il possédait un tableau de lui, *No. 10*, trois rectangles, un jaune, un bleu et un blanc, qui glissent l'un dans l'autre, se dévorent, révélant un fond marron. Il aimait les couleurs du peintre, ces fonds nuancés, ni trop sombres, ni trop vifs, qui s'intégreraient très bien dans le futur décor. Il invita Phyllis Lambert et Mark Rothko dans sa maison de verre, un week-end. Ils parlèrent de peinture. Tous avaient couru au MoMA assister à la présentation de *L'Atelier rouge* de Matisse, une toile de 1911, de 1,60 mètre sur 1,30 mètre. Le maître français avait peint son atelier d'Issy-les-Moulineaux, en y reproduisant certaines de ses toiles et de ses céramiques, des objets qu'il aimait. Les toiles ne dataient pas des mêmes époques et ne s'étaient sans doute jamais retrouvées ensemble dans l'atelier. Matisse les avait peintes une seconde fois, en miniature. Il avait transformé le gris de la pièce en un rouge profond. La couleur contaminait le sol, la commode, les chaises, les guéridons.

New York s'agitait. La ville était tout à la fois la Florence de la Renaissance et le Paris des années folles. Il y avait de l'argent, des barons de l'acier et des médias, ainsi que des classes moyennes qui découvraient la paix, rêvaient d'un pavillon à Long Island. Il y avait, dans cette ville, d'innombrables recoins à explorer. Tellement même qu'on pouvait passer sa vie à l'arpenter. Si on était artiste, on pouvait s'en inspirer pour des tableaux, figuratifs, représentant la réalité telle quelle, d'autres, abstraits, montrant sa furie.

Dans ce gymnase, il n'y avait rien. Que du vide. Ce n'était plus New York. Rothko pensa à Matisse, aux murs d'un atelier de la banlieue parisienne – cela faisait longtemps qu'il n'était pas allé en France, il aurait voulu y retourner, rien que pour le Louvre –, qui étaient autrefois sans intérêt. Ils l'étaient peut-être restés, qui sait ? Matisse les avait imaginés en rouge. Cela avait suffi à créer un monde. Imaginer, regarder, encore et toujours, voilà ce qu'il fallait faire. Rothko avait des chiffres en tête. Non pas les 35 000 dollars de la commande de Seagram. Bien sûr, l'argent était toujours bienvenu, il n'avait jamais été riche. Ni dans son enfance, durant laquelle sa famille, quelques mois après avoir émigré aux États-Unis pour fuir la pauvreté, l'antisémitisme, la conscription dans l'armée du tsar, était descendue d'un échelon social supplémentaire suite à la mort du père. Ni pendant ses études, quand il avait dû jongler avec les petits boulots, serveur, livreur, négocier une bourse à Yale, qui n'avait pas été renouvelée. Sa vie avait changé après qu'il était entré par hasard dans un cours de dessin. C'était décidé : il serait artiste. Alors, 35 000 dollars, oui, c'était très bien. En fait, il pensait à d'autres chiffres. À ces 45 à 55 mètres carrés qu'il s'apprêtait à peindre. C'était la commande de Seagram. Des « *Building Decorations* ». Il avait dû rire en lisant le contrat que son galeriste Sidney Janis avait passé le 6 juin 1958 avec Phyllis Lambert, confirmant « les conversations avec Philip Johnson au sujet d'environ 500 à 600 pieds carrés de peintures que l'artiste exécutera au 375 Park Avenue pour la somme négociée de 35 000 dollars ». Dont 7 000 d'avance pour les dépenses immédiates.

Il faut regarder le vide, le plus longtemps possible, mais il faut aussi le préparer. Trier ses stylos comme un bachelier anxieux, tailler soigneusement sa plume comme un moine copiste, accorder sa guitare, régler la hauteur de son tabouret de piano. Il prépara l'espace. Les murs de brique orange furent plâtrés et peints en blanc, une paroi montée pour créer une réserve. Des fenêtres qui éclairaient le terrain de basket, il n'en resta plus que deux, étroites, donnant plein nord. Il le prépara lentement, ce vide, ce futur plein, laissa les idées infuser. Il rêva à ce qu'il peindrait. Le restaurant imaginaire prenait forme. Il avait bien quelques idées. Pour l'instant, il ne touchait pas encore à la peinture. C'était maintenant que la toile se remplissait, qu'elle était parfaite, dans ces moments où, seul face au vide, il n'y avait pas de pinceaux qui se cassaient, de peinture qui bavait. Le vers muet sonnait parfaitement, la mélodie inaudible ravissait l'oreille, la sculpture invisible ne faisait pas d'ombre. La toile était alors idéale.

Il se lança. D'abord un premier coup de pinceau. Une première forme, puis un murmure à deviner, une particule qui déploie ses tentacules et qu'il faut suivre. Doucement, puis violemment. Rothko accumula les couches. Il allait faire oublier ce quark tremblotant, lui offrir des compagnons, créer un univers. Les poils de peinture s'enlacèrent, formèrent des touts, comme des étoiles qui se regroupent en galaxies. Combien de couches ? Personne ne le saurait. Ceux qui ausculteraient son œuvre pendant des décennies ne comprendraient jamais. Trois ans plus tôt, en 1955, Clouzot avait réalisé un film, *Le Mystère Picasso*, où il avait demandé au maître espagnol de dessiner sur un papier spécial, qui permettait de voir tous ses mouvements, mais le laissait, lui, dans l'ombre.

Le mystère Rothko n'avait aucun spectateur, sinon Nelson Rockefeller, le petit-fils de l'homme le plus riche du monde, John D. Rockefeller, qui vint lui rendre visite, un assistant qui l'aidait parfois, et Poucette, une chatte noire et blanche, qui se faufilait dans le gymnase, curieuse, seul petit être à l'attendrir dans ces moments solitaires. Sa maîtresse passait la chercher. Elle s'appelait Regina Bogat, elle était peintre également et avait un atelier dans l'immeuble. Il lui prodiguait des conseils poliment. Puis il retournait à sa toile. Le noir le confortait. Dans sa douceur, il peignait des esquisses à la gouache, appliquait des sous-couches, méditait. Cette obscurité l'apaisait. Pour elle, il avait tout donné, délaissé les paysages, les portraits, les couleurs vives, les teintes rassurantes. Ces ombres vibraient sur la toile, des formes aussi obscures que les signes hébreux auxquels elles faisaient parfois penser. À moins que ce ne fût des silhouettes rupestres, tracées à la lueur d'une torche. Il ne sortait pas de la journée, avalait un sandwich, travaillait à coups de rasades de whisky de seigle, et lavait ses pinceaux dans les lavabos installés dans les couloirs de l'immeuble, la faïence se colorant d'une teinte qu'il aimait qualifier de « prune ».

Mais cela ne marchait pas. L'automne 1958 passa, un hiver glacé lui succéda. On arriva en 1959. Le froid s'engouffrait dans le gymnase. Les formes sur les toiles étaient trop carrées, on aurait dit des bâtiments. Était-ce à Midtown qu'il pensait, à ces nouvelles merveilles du monde d'acier ? Il passa à autre chose. Les tableaux devaient venir de nulle part. Il suivit son instinct. Il savait que l'artiste a tous les droits, seul dans son atelier sombre, il peut détruire des univers, organiser des big bangs. Les couleurs ont beau s'agiter, crier leur beauté, il est leur maître.

La première lettre, le premier mot, la première phrase disparurent. La mélodie était douce, elle devint brutale. Le sonnet est raté ? Effaçons les rimes, changeons la mise en page. Le tableau déçoit ? Bousculons-le. Les nouvelles toiles, rectangulaires cette fois, il les tourna sur le côté. La largeur devint la longueur, et le paysage une paroi. Les peintures progressaient, ainsi que des œuvres sur papier, des temperas qui brillaient. Il avait commencé avec de l'orange mêlé à du marron. Voilà qu'il ajoutait toujours plus de noir. Ses yeux se faisaient à l'obscurité. Comme ceux d'un insomniaque qui distingue, au fil de son calvaire, les nuances du noir de la nuit, reconnaît les formes des meubles de sa chambre, y voit enfin clair, Rothko sentait la lumière. La vraie, celle qui agit sans rayons. Jamais il n'avait peint de toiles pareilles. Des toiles qui saisissent et enveloppent autant le regard, ne laissant rien d'autre entrer dans le champ.

Un jour, ses toiles deviendraient des affiches. Le visiteur d'un musée passerait en moyenne de 15 à 28 secondes devant une de ses œuvres. Il lirait le cartel avec le nom de Mark Rothko, reconnaîtrait un peintre connu, un grand artiste, et le prendrait en photo. Dans le meilleur des cas, il enverrait l'image à un ami. Il achèterait une carte postale ou une affiche. La toile l'accompagnerait. Rothko, mort depuis longtemps, ne le saurait jamais. Il s'en serait félicité ou lamenté. C'est le joli qui tue le beau, le poster l'œuvre, la citation le livre.

Pour l'heure, il observait le ballet des toiles, les regardait monter et descendre comme un décor d'opéra, grâce à des poulies fixées au plafond. Son assistant tirait les câbles et plaçait les œuvres à la hauteur à laquelle elles seraient accrochées au Four Seasons. Il se désespérait. La peinture devait se regarder droit devant, comme un miroir. Pas en courbant la tête, comme si on était dans une église. La couleur avait beau vibrer, et la forme sombre intriguer, ce n'était que du décorum. Mais il continuait à appliquer la couleur avec un pinceau d'une dizaine de centimètres, l'écrasant sur le tissu.

Ses peintures, quand elles seraient accrochées dans le restaurant, seraient des images quelconques, des affiches. L'œil du client se poserait sur elles quand il se lasserait du visage d'un convive, se désintéresserait de la lecture du menu. Rothko, lui, cherchait une forme de beauté qui puisse échapper à son environnement. Pure, comme une phrase sans fioritures. Les rais de lumière qui traversaient les deux petites ouvertures du gymnase souillaient ses toiles, lui rappelaient que bientôt elles ne seraient que du papier peint. Du papier très bien peint, certes. Des images comme les autres, alors que lui, il le disait sans cesse, ne s'intéressait qu'aux sentiments humains, à la fois les plus grands et les plus basiques, la tragédie, l'extase, la malédiction.

Finalement, Mark Rothko avait réussi des toiles, il avait signé des « *Building Decorations* ». Rempli sa mission. Quand le vide a disparu, que des mondes ont été créés et que la paix romaine règne, il faut faire avec. Se muer en un chef d'État digne qui se satisfait de ses exploits. Mais il était moins Hadrien qu'Alexandre. Il lui fallait conquérir encore. Ne pas lâcher son destin. Continuer à chercher. En juin 1959, un an après le contrat passé avec Seagram, il partit en Italie avec sa femme, Mary Ellen. Un soir, sur le bateau pour Naples, il rencontra un jeune homme au bar, John Fisher, journaliste au *Harper's Magazine*. Il tâta le terrain. Connaissait-il des gens dans l'art ? Des galeristes ? Des critiques ? Des collectionneurs ? Non, tant mieux, il était en confiance. Il lui parla de son amertume plus forte chaque jour à l'idée de voir ses tableaux installés au Four Seasons. « J'espère avoir peint quelque chose qui détruira l'appétit de tous les fils de pute qui viendront manger dans cette salle. Si le restaurant refusait de mettre au mur mes peintures, ce serait un ultime compliment », lui dit-il, ajoutant vouloir que les clients aient « l'impression d'être enfermés dans une pièce où toutes les portes et fenêtres ont été murées ».

Dans les villas de Pompéi, il observa les nuances des fresques. Il était l'homme moderne face au passé.

Non pas à l'Antiquité elle-même, mais à ce qu'il en restait. Ce qui avait pourri s'était fané. Le rouge vif avait viré au rouge sang. Les formes des corps nus du lupanar s'estompaient. On reconnaissait les membres, les bras, les pénis, les seins, mais lorsqu'on s'approchait, l'ensemble virait à l'abstrait. À Florence, des années après un premier voyage, il visita de nouveau la bibliothèque Médicis. L'édifice imaginé par Michel-Ange le rassura. Dans le vestibule, il retrouva les couleurs qui se mêlent, le blanc du plâtre et le gris des colonnes, les fenêtres aveugles. Il se perdit dans le plan suffocant, illogique, de l'escalier. À Venise, les fresques de la basilique Saint-Marc le firent penser à ses toiles qui l'attendaient au Bowery.

En août, direction l'Angleterre, Londres, puis, avec des amis et des confrères, le petit village de St Ives, dans les Cornouailles. Ici, son héros Turner avait peint des paysages marins, où le chaos du ciel rejoint celui de la mer et semble contaminer le granit, l'arracher à son immobilité. Depuis toujours, il aimait ce génie anglais, et la couleur qui paraît sortir du tableau, et non aller vers lui. À la Tate ou à la National Gallery, il fit comme tous les touristes qui s'approchent le plus possible des Turner, au grand dam des gardiens, et qui observent les quelques millimètres de peinture formant un lièvre fuyant un train dans *Pluie, vapeur et vitesse*, ou le ciel qui brûle et salue le dernier voyage d'un navire, *Le Téméraire*.

Rentré à New York, il dîna au Four Seasons avec Mary Ellen. En attendant la livraison de ses toiles,

Blue Poles, un tableau de 2 mètres de haut et de près de 5 mètres de large de Jackson Pollock, avait été installé. Le couple commanda à manger. Au menu, des plats étranges, des viandes cuites à la flamme et servies avec de la sauge ou du fenouil. Les *dinners* bon marché étaient loin. Tout ce que Rothko détestait du consumérisme de l'Amérique lui était servi dans son assiette. Bientôt, ses toiles seraient contaminées. Ce seraient des « *Building Decorations* ». Des ornements pour les riches. En sortant, furieux, il décida de se retirer du projet. Quiconque paierait aussi cher pour un repas ne pourrait pas comprendre son travail.

Tout New York parla du scandale. Rothko et ses proches prétendirent qu'on lui avait menti, que les œuvres étaient censées être exposées dans une salle du personnel. Phyllis Lambert et Philip Johnson assurèrent que Rothko savait depuis le début qu'elles étaient destinées au restaurant. Il tint bon sur sa version. Il faut se mentir à soi-même pour survivre. Il passa à autre chose, quitta le gymnase. Il voulait continuer à peindre comme dans cet immense endroit sombre. Il ne s'arrêterait pas, verrait toujours plus grand.

En 1964, une autre commande arriva, du Texas cette fois. Un couple de collectionneurs, John et Dominique de Ménil, lui demandait de réaliser des toiles pour une chapelle œcuménique à Houston. L'architecture de l'édifice avait été confiée à Philip Johnson. Les deux hommes qui ne partageaient déjà pas grand-chose en 1958 étaient aux antipodes, six ans plus tard. Le capitalisme n'avait pas ralenti le Triomphe de l'architecte.

Rothko parvint à convaincre les Ménil de trouver un autre architecte, puis un autre encore. Il travailla à ses tableaux, se souvint de la basilique de Torcello, une île de la lagune de Venise, dont les fresques enveloppent le visiteur. Sa santé se détériora. En 1969, un anévrisme aortique le terrassa. Il continua de fumer et de boire, et n'accepta de suivre qu'une seule préconisation médicale : arrêter les grands formats, qui l'épuisaient trop. Pas de toiles de plus de 1 mètre de long. C'en était fini des images dans lesquelles se plonger, des « expériences religieuses ». La dépression empira. Il se sépara de sa femme. Le 25 février 1970, son assistant le trouva sur le sol de sa cuisine, mort d'une overdose de barbituriques, et l'artère de son bras droit tranchée par une lame de rasoir.

Le même jour, une partie des *Seagram Paintings*, que Rothko avait conservée, fut livrée à la Tate Britain. Il avait tenu à ce que ces œuvres soient proches de celles de Turner. En étant très ferme sur les conditions de leur accrochage. En 1961, à l'occasion du prêt de quelques-unes d'entre elles à la Whitechapel Gallery londonienne, il avait déjà été très précis dans ses indications :

> COULEUR DES MURS : les murs doivent être blanc cassé, avec de la terre de Sienne et réchauffés par un peu de rouge. Si les murs sont trop blancs, ils rivalisent avec les tableaux qui tournent au vert à cause de la prédominance de rouge qui s'y trouve.

LUMIÈRE : la lumière, qu'elle soit naturelle ou artificielle, ne doit pas être trop forte : les tableaux ont leur propre lumière intérieure, et s'il y a trop de lumière, la couleur à l'intérieur du tableau déteint, et son apparence se déforme. L'idéal serait de les accrocher dans une salle normalement éclairée – ils ont été peints de cette façon. Ils ne doivent pas être surexposés à la lumière ou éclairés de façon rhétorique avec des spots, cela aurait pour effet d'altérer leur signification. Ils devraient soit être éclairés depuis assez loin, soit indirectement éclairés par des lumières placées dans le plafond ou dans le sol. Surtout, le tableau dans son entier doit être éclairé de façon égale, et pas trop de manière appuyée.

HAUTEUR DE L'ACCROCHAGE PAR RAPPORT AU SOL : les plus grands des tableaux doivent tous être accrochés aussi près du sol que possible, idéalement pas plus de 15 cm au-dessus du sol.

Il insistait : « Encore une fois, elles ont été peintes de cette façon. Si ces indications ne sont pas suivies, les proportions des rectangles se déforment et les tableaux changent. » Sans préciser que c'était dans un gymnase qu'elles avaient été réalisées.

2
L'interphone

Mark Rothko. Le nom était le deuxième de sa trilogie. Le fils, en un sens. Il lui fallait un père. Fernand Léger ferait l'affaire. William Burroughs serait le Saint-Esprit. Pourquoi pas ? À bien y réfléchir, il se disait que chacun aurait aimé ce rôle. Mark Rothko, William Burroughs, Fernand Léger. Ou plutôt, dans l'ordre chronologique, Fernand Léger, Mark Rothko, William Burroughs. Les trois avaient vécu ou travaillé au 222 Bowery à New York, dans ce petit immeuble de brique juché sur cette drôle d'avenue qui n'en était pas vraiment une, plutôt une esplanade s'étirant entre Chinatown, Little Italy, le Lower East Side et East Village. Un bâtiment banal dans un no man's land trop peuplé pour offrir les qualités d'un désert, trop mal famé pour attirer les promeneurs. Ils avaient arpenté, observé l'avenue, particulièrement large pour le sud de Manhattan, puis, arrivés au numéro 222, construit par la Young Men's Christian Association, s'étaient engouffrés par une porte à gauche dans l'immeuble. Ils s'étaient rendus, le second dans l'ancien gymnase, le troisième à l'entresol, dans ce qui était autrefois la salle de douches. Le premier, il ne savait pas.

Il avait sa trilogie, comme d'autres ont des pense-bêtes. Il l'inscrivait sur des morceaux de papier qui l'accompagnaient, cachés au fond de son portefeuille, froissés dans sa poche, retrouvés après quelques jours. En majuscules, minuscules, griffonnés à la va-vite ou soigneusement tracés, les trois noms formaient un préambule. Pour lui, c'était davantage une promesse. La certitude que d'autres noms suivraient, comme John Giorno, Lynn Umlauf, Lynda Benglis, Michael Goldberg, Wynn Chamberlain, John Opper, James Brooks, Mark Dagley, Warren Brandt, William Walton, Charles Pollock, qui avaient tous travaillé là. Il en effaçait mentalement quelques-uns, les moins connus, et les remplaçait par ceux, pop, reconnaissables, rassurants, d'Allen Ginsberg, Patti Smith, Debbie Harry, Robert Rauschenberg, Jasper Johns, Andy Warhol… Un Rockefeller ou un Jagger ne faisaient jamais de mal au moral. Ces noms, anonymes ou célèbres, l'attiraient. Il s'immergeait dans toutes sortes d'anecdotes. Si on lui faisait le récit d'une fête donnée en ces lieux, il voulait savoir ce qui s'y était bu, quelles drogues avaient circulé. La nuit avait été folle et, devant les photos des participants légendaires, toutes sortes de questions précises surgissaient. Tout en lui l'emmenait à New York. Il s'épuisait à en rêver.

Sa trilogie ne le quittait jamais vraiment. Elle s'acharnait à revenir. Elle insistait, la garce. Elle s'immisçait en lui. Comme une sirène, elle l'attirait par son chant. Il n'en avait pas fini avec New York, lui murmurait-elle. Il lui restait tant de pièces à découvrir dans l'immeuble, tant de personnages dont il ne soupçonnait même pas l'existence. Il l'écoutait tranquillement, haussant mentalement les épaules. Le chant devint plus clair. La sirène lui promettait, comme d'autres plus anciennes l'avaient fait à Ulysse, qu'il repartirait « charmé, lourd d'un plus lourd trésor de science ». Mais il n'était pas l'Inventif d'Ithaque. Il aimait trop la promesse d'autres histoires remplies de personnages futiles et magnifiques, de partouzes, de fêtes. Il était sûr qu'il y en aurait, de ces histoires, jusqu'à plus soif, qu'il pourrait rattraper toutes ces années new-yorkaises. Il se reconnaissait dans ces bribes de récits, dans ces chants de sirènes. Mais pas sa vie. Qui, elle, était normale.

Depuis qu'il avait passé le cap de la trentaine, ses nuits ne s'agitaient plus beaucoup. C'était une autre vie qu'il retrouvait dans les murmures des sirènes. Une vie rocambolesque qu'il se rappelait avec précision, plus encore que ses années de collège et de lycée, dont le récit intérieur était si ennuyeux quc même les pires souvenirs se brouillaient jusqu'à se confondre. Cette fameuse vie, c'étaient ses années à New York. Du milieu de l'adolescence au début de la vingtaine, il avait passé sa vie à la Factory. Il avait dormi au Chelsea Hotel. Il avait couché avec Joe Dallesandro. Il avait découvert les amphétamines, et leur descente douce et violente, avec Edie Sedgwick. Sur les banquettes du Max's Kansas City, discothèque près de Union Square, il s'était endormi. Dans Central Park, il avait fait la sieste aux côtés de Lou Reed. Il était resté des heures au téléphone avec Brigid Polk, parlant de l'alimentation des chiens et du mauvais achalandage de l'épicerie du coin. Tout cela, il l'avait vécu depuis la bibliothèque municipale de sa ville, où, dans la section Arts visuels, il avait découvert les livres consacrés au New York des années 1960, et sur Internet, lui qui était de la première génération à avoir, adolescent, découvert en même temps les sites d'information, le porno et les blogs, où de drôles d'illuminés accumulaient des histoires qui, il en était persuadé, n'intéressaient que lui. C'était là, entre son lit, l'ordinateur familial et quelques bancs publics, qu'il avait vécu à New York, qu'il était devenu une Superstar.

Superstars : quelques dizaines d'hommes et de femmes, venus de toute l'Amérique, de tous les milieux, qui s'étaient retrouvés sous la coupe d'Andy Warhol et avaient tout donné à l'autocrate à la perruque platine. Ce dernier rêvait de devancer Hollywood, dans son usine-atelier de la 47e Rue aux murs argentés, de créer des êtres qui dépasseraient les stars, celles qu'il avait adorées quand il n'était qu'un gamin malheureux de Pittsburgh. Les survivants et ceux encore en grâce l'avaient suivi quand la Factory avait déménagé à Union Square, puis sur Broadway, et enfin, pendant la décennie 1980, sur Madison Avenue.

Superstars : des pédés, des junkies, des travestis, des trans, des filles échappées des beaux quartiers, des grands blonds musclés, des petits bruns faméliques, des filles au cou d'oiseau, des obèses.

Superstars : des gens qui s'étaient beaucoup ennuyés. Parce qu'il fallait avoir détesté la caravane minable où on avait grandi, le salon confortable où les parents s'assoupissaient pendant qu'on rêvait, les allers-retours au collège si semblables qu'ils se fondaient en un seul dans les souvenirs, pour s'autoriser à devenir quelqu'un d'autre.

Superstars : des feux follets, des êtres ridicules et bouleversants, magnifiques, des mannequins pour des séries de mode, des acteurs pour des films de cul ou des projets expérimentaux.

Superstars : Candy Darling, Ondine, Gerard Malanga, Joe Dallesandro, Lou Reed, Nico, Ultra Violet, Viva, Brigid Berlin, Taylor Mead…

Superstars : ces êtres qu'il avait adorés, dont il lui fallait tout savoir. Lui, le lycéen sans éclat, s'inventait chroniqueur mondain. Qu'était devenu Paul America, ce blond très beau et paranoïaque ? Viva habitait-elle toujours au Chelsea Hotel ? Pourquoi ne parlait-on jamais d'International Velvet ? Taylor Mead et Marcel Duchamp avaient-ils vraiment été proches ? Il les avait tellement aimés qu'il s'en souvenait comme des amis de jeunesse. Lui qui avait, de manière inconsciente, et pourtant très méthodique, abandonné tous ses camarades de lycée et congénères de fac réservait sa nostalgie aux Superstars warholiennes. Ses nouveaux amis, les vrais, ceux qu'il avait rencontrés dans sa vingtaine, lui rappelaient, quelque part, ces New-Yorkais. Il avait couché avec eux, essayé des drogues avec eux, et parlé d'art, de sexe, de ragots avec eux.

Première des Superstars : John Giorno. C'était par lui qu'il était arrivé au 222 Bowery, sans le savoir. Ce superbe jeune homme d'une famille aisée italo-américaine, né en 1936, poète et agent de change à Wall Street pour payer son loyer, sortait avec Warhol au début des années 1960. Les deux s'étaient croisés dans des vernissages, s'étaient fréquentés, avaient couché ensemble, des rapports régis par la sexualité peu courante de Warhol, qui léchait les pieds ou faisait des fellations, jamais plus, aux hommes qu'il aimait. Un soir du printemps 1963, alors qu'ils étaient chez des amis à la campagne, dans le Connecticut, Giorno s'était réveillé devant Warhol qui le fixait. Quelques heures plus tard, le vampire le regardait toujours. Les amphétamines l'avaient gardé éveillé devant le spectacle de son amant. Il avait décidé de filmer celui-ci dans son sommeil. Il avait déjà allumé sa caméra pendant qu'il faisait la vaisselle, réalisé son *screen test*, ces quelques secondes durant lesquelles les studios hollywoodiens filmaient les jeunes acteurs pour juger de leur cinégénie. Warhol, sinistre réaliste, trop conscient que l'amour ne dure jamais, voulait garder son amant à lui. Il ne voulait pas qu'il lui échappe, ne serait-ce que pendant ses heures de sommeil. Si bien qu'au cours de plusieurs nuits de juillet, août, septembre et octobre 1963, le couple avait suivi le même rituel. John Giorno se dénudait et s'allongeait, Warhol, excité par le speed, se plaçait derrière l'objectif, sortait sa caméra-pénis-revolver. La fameuse nuit ne s'était pas déroulée au 222 Bowery, Giorno n'habitait pas encore là en 1963. Mais quelques années plus tard, il s'y installerait et y resterait jusqu'à sa mort, le 11 octobre 2019.

L'immeuble, il se tenait enfin face à lui. Il était venu de Paris pour lui. Son avion avait atterri en fin de journée, et à peine avait-il déposé sa valise dans un studio de Chinatown, minuscule comme un hôtel capsule japonais, qu'il avait couru jusqu'au 222 Bowery. Il se posta d'abord de l'autre côté de la rue, observant doucement l'architecture. Toutes les fenêtres étaient sombres. Seul un appartement semblait éclairé d'une ampoule très faible. Une jeune femme arriva devant l'immeuble, sonna, et la lourde porte s'ouvrit. Un éclat de rire, la silhouette qui disparaissait, et puis plus rien. Une dizaine de minutes après, il traversa. Un clochard dormait devant ce qui avait été autrefois la devanture d'une boutique. Sur l'interphone rétroéclairé, on voyait huit sonnettes, et seulement six étiquettes.

1. Bunker
2. Giorno Poetry
3. Lynda Benglis
4. Michael Goldberg
5. John Giorno
6. Lynn Umlauf
7.
8.

Les deux du dessous n'étaient pas renseignées. Il remarqua que les morts l'emportaient sur les vivants. Seules Lynda Benglis et Lynn Umlauf vivaient encore. Lynn mourrait peu de temps après sa venue.

Quelques jours plus tard, il se rendit de nouveau au Bowery. La John Giorno Foundation, créée notamment par Ugo Rondinone, le veuf du poète, lui avait proposé un rendez-vous. Il sonna à l'interphone devenu familier, attendit, ne pensant pas à l'art, ni même à son excitation de découvrir enfin ces lieux, mais à la jeune fille qui y était entrée en riant. Une autre jeune femme, très polie, vint lui ouvrir. Une fois la porte franchie, on découvrait un escalier très raide. Sa guide l'emmena à l'entresol, entre le rez-de-chaussée et le premier étage. Au Bunker, là où William Burroughs avait vécu pendant quelques années. C'était donc réel, cette grande table à laquelle il avait vu Patti Smith ou Mick Jagger, ces murs gris. Il eut droit à un petit tour. Dans la pièce principale, quelques personnes s'activaient, rangeaient des archives. Dans la chambre de Burroughs, rien n'avait bougé. Tout était semblable à ce qu'il avait vu sur les photographies.

Sa guide le conduisit ensuite dans le loft de Giorno, au deuxième étage. Par la fenêtre, il put enfin voir ce qu'on voyait de cet immeuble. C'était cela, le luxe, quand on visitait un lieu : voir la vue, se mettre à la place de ses habitants. Le Bowery s'étendait devant lui, étrange avenue qui semblait toujours vide, malgré la circulation, où les gens ne s'arrêtaient jamais vraiment, et où les quelques musées, galeries, coffee shops et boutiques de mode côtoyaient des magasins de mobilier pour restaurants. Le soir approchait et la drôle de lumière new-yorkaise de la fin de journée pénétrait doucement dans l'appartement. Les rayons du couchant, dont on ne sait jamais si le calme qu'ils portent est dû au tamis des immeubles ou s'il s'agit là d'un signe de la nature pour rappeler son éternité et signifier à la ville que, aussi majestueuse soit-elle, elle n'est qu'une future ruine, réchauffaient les lieux. Comme des projecteurs, ils éclairaient les meubles de Giorno, les œuvres d'art installées au mur.

Il aurait pu passer des heures ainsi, à s'imaginer dans la peau de Giorno, de ses amis, de ses amants, buvant un thé, du champagne, fumant un joint, devant cette vue. En face, la Bowery Mission, une organisation de charité fondée à la fin du 19e siècle, qui distribuait des repas et accueillait des centaines de sans-abri chaque soir, leur donnait des habits et leur permettait de se doucher. À côté, le New Museum, merveille d'architecture contemporaine. Il aurait pu donc rester longtemps à regarder la vue, à fureter dans l'immeuble, mais il laissa ses hôtes tranquilles. Il les salua, sortit dans la rue, fit le tour du bloc. Une fois, deux fois, trois fois. Sur Elizabeth Street, parallèle au Bowery, l'immeuble derrière le 222 était en travaux. Les ouvriers étaient partis. Et s'il rentrait sur le chantier pour découvrir l'autre pan de « son » immeuble ? Et s'il escaladait les escaliers de service pour pénétrer dans cet endroit dont l'agencement lui échappait totalement, lui qui avait d'habitude un bon sens de l'orientation, une hypermnésie des espaces traversés ? Son courage se brisa très vite. Quelque chose tomba, le bruit le fit déguerpir, effrayé à l'idée de devoir s'expliquer auprès d'un gardien de chantier, ou, pire, d'avoir à raconter à des policiers américains qu'il voulait simplement en savoir plus sur un immeuble où avaient vécu des artistes.

Les jours suivants, il ne fit rien. Pas de visites, pas de monuments. Juste des balades dans la ville, vers une destination décidée au hasard. Une amie de longue date, Parisienne de passage aux États-Unis, qu'il croiserait au cours de l'une d'elles, lui confia n'avoir jamais remarqué à quel point sa démarche était nonchalante, et qu'il lui avait fallu la comparer à celle des New-Yorkais pour s'en rendre compte. C'était sans doute vrai. Il flânait dans cette ville où on peut tout faire sauf, peut-être, précisément, flâner. Il ressentit une liberté absolue.

Quelque temps plus tôt, une expression dans un livre de D. H. Lawrence, il ne savait plus lequel, l'avait frappée : « un jeune homme prolongé ». Elle était peut-être courante, mais il ne l'avait jamais lue. Il est toujours rassurant de se retrouver dans des mots écrits un siècle plus tôt. Cela fait se sentir moins seul. C'est ce qu'il avait toujours été, un jeune homme. Et depuis que l'âge adulte s'était incrusté en lui, que, tout autour de lui, la maturité gagnait chaque jour du terrain, s'enkystait, il se sentait lutter. Tout en lui bataillait pour ne pas se laisser envahir. Ses amis les plus proches étaient comme lui. L'homme qui l'aimait également. Mais les autres, tous ceux qu'il devait croiser et subir au quotidien, lui crachaient à la figure les délices de l'âge adulte, penchant la tête, comme lorsqu'on commente un sacerdoce. Il fallait faire des enfants, vivre dans un appartement comme il faut, avoir des projets de vie. Il était mal parti : il n'avait jamais connu une fille, et s'il adorait la compagnie des enfants, il détestait celle de leurs parents ; il vivait comme un adolescent, affalé dans un canapé, mangeait au lit, dormait durant des heures, n'osait confier à personne ses levers tardifs dans des proportions délirantes ; il tordait son corps en lisant, méprisant les maux de dos (d'adulte) qui suivaient ; il pensait au sexe comme un jeune homme ; il mentait à ses collègues et prétextait des rendez-vous extérieurs pour aller dormir ou flâner. La liste était sans fin. Mais il ne se sentait plus si seul. Au Bunker, et dans l'appartement de John Giorno, il avait passé du temps dans l'antre de jeunes hommes prolongés, qui vivaient tels qu'ils le voulaient. Tant pis pour les cons.

Il marchait dans New York avec cette liberté renouvelée. Celle du lycéen qui sèche les cours. Il observait le ballet rapide et sans fin des corps et prenait plaisir à avancer le plus lentement possible. C'était sa liberté d'aller non pas à contre-courant mais de flotter, tel un bouchon dans une mer agitée. Le jeune homme prolongé en avait rencontré des comme lui. John Giorno et tous les autres, ce panthéon infini. Ils étaient morts, mais ce n'était pas bien grave. Il s'apprêtait à les découvrir, à les raconter. Il allait démarrer sa toile, son texte, peindre la première phrase, écrire des formes. Cet ensemble, dont il ne savait, pour l'instant, que quelques bribes, se devait d'être à leur hauteur, à leur beauté.

3
La mosaïque du vestibule

Comme Rothko, il aimait Venise. Comme tout le monde, en réalité. À chaque voyage, il laissait toujours monter l'excitation quand, à peine monté dans le vaporetto à la sortie de l'aéroport, il devinait le dessin de la lagune au loin. Devant cette étendue plate, il se demandait s'il n'aurait pas dû arriver en train, ne serait-ce que pour les dernières minutes du voyage, quand les wagons paraissent avancer sur l'eau, aimantés par la ville. Une fois que le bateau se lançait dans le trajet familier, il ne le regrettait plus. On passait d'abord devant des îlots étonnants, une maison qui semblait avoir été abandonnée là par ses occupants, le jour de la construction de l'aéroport, puis c'était Murano, adorée des tour-opérateurs et que par prétention il n'avait jamais visitée, en plusieurs dizaines de séjours, et ensuite le cimetière San Michele, carré dans lequel les Vénitiens, ces castors, enterrent leurs morts. Enfin, Venise. Bientôt il serait sur ce sol mouvant, tournerait d'un air décidé à l'angle d'une rue, manifestant par sa hâte agacée, à un groupe de touristes perdus, qu'il n'était pas des leurs. Il n'était pas non plus vénitien, il était autre chose encore. Un visiteur peut-être, mais surtout un familier. Quelqu'un qui s'enorgueillissait de ne pas avoir besoin d'un plan ni d'un GPS, qui savait où reposait le corps du Tintoret, se targuait d'avoir été dans la plupart des îles de la lagune, d'avoir passé une journée dans les vignes de Saint-Érasme. Quelqu'un qui racontait avoir fait la meilleure sieste de sa vie dans les champs de l'île de Torcello, et connu une folle nuit à San Clemente. Quelqu'un qui, quand il franchissait le pont de l'Académie, ralentissait toujours le pas pour regarder la vue sur le Grand Canal en direction du Rialto, puis sur l'embouchure de la Douane, avec la Salute à droite. C'était pour cela que tous aimaient Venise, lui comme les touristes, et même comme les Vénitiens. Pour ce paysage figé, loin de toute modernité. Un passé mélangé, composite, bien sûr. Il reconnaissait le gothique, le gothique fleuri, le Renaissance, le baroque, les croisements entre ces styles, les genres, les variations, les ratages et les accidents bienheureux.

La Venise qui se dépliait devait lui, c'était celle de Canaletto. Depuis le pont de bois, il observait les palais et reconnaissait ceux représentés sur les toiles du maître du début du 18ᵉ siècle. Il était comme le Vénitien, le génie des védutistes – ces peintres qui réalisaient des paysages de villes –, qui scrutait le panorama pour le fixer, usant de sa camera obscura, quelques siècles avant la photographie numérique. Tout était similaire, jusqu'aux gondoles, autrefois banales et aujourd'hui attractions touristiques. Il se souvenait des Canaletto aux galeries de l'Académie à Venise, à la National Gallery à Londres, de l'impression rassurante, familière, qui se dégage quand on les aperçoit, puis de l'étrangeté quand on s'en approche et que les petits personnages apparaissent. Le peintre savait sans doute que la cité lacustre serait éternelle. Aussi avait-il réservé le présent aux interstices de sa toile. Il fallait l'ausculter, et là, il vous éclatait à la figure, ce présent d'autrefois. En deux ou trois gouttelettes de peinture surgissaient un gosse gouailleur, une marchande de poissons, des nobles décadents.

Il aimait New York à cause de Canaletto. Parce que le paysage de cette ville en était l'inverse même. Le panorama y hurlait sa fugacité. Il vous insultait presque, vous imposait de ne pas vous attarder. Un jour, dans six mois, dans cinq ans, peut-être trente, ces immeubles n'existeraient plus. L'acier chromé vanté par les ingénieurs d'hier serait obsolète, ringardisé par de nouveaux matériaux. Il avait lu que le Seagram Building, ce modèle absolu, indépassable, était considéré comme le gratte-ciel le moins écologique d'Amérique. À New York, le passé prenait toujours par surprise. On tombait dessus dans un appartement vieillot, les lattes vermoulues d'un parquet usé, à un coin de table, dans une corbeille, la carte d'un restaurant démodé. On ne l'avait pas seulement détruit. Il avait été effacé de la mémoire vive. Manhattan n'était plus « l'île aux nombreuses collines », la Manna-hata des autochtones.

Le duc d'York était lui aussi oublié. Le Battery Park n'était plus un arsenal. Greenwich Village était un quartier, et non plus un refuge pour les New-Yorkais fuyant la fièvre jaune de 1822.

À Venise, il se rêvait connaisseur. Ici, il était archéologue, devinait les couches de la ville, ses sédiments. L'archéologue ne s'intéresse guère aux monuments ou aux trésors. Il n'aime rien tant que le petit bout d'argile, signe d'une civilisation oubliée maîtrisant telle technique, il adore les vestiges d'une habitation quelconque, qui l'informent du mode de vie des populations d'antan, les graffitis qui révèlent l'ironie des anonymes.

À New York, il se gargarisait de son savoir. Il remontait lentement le Bowery, fier de lui. Les passants le dépassaient sans cesse, voire râlaient, par habitude, devant celui qui ne franchissait pas la chaussée assez vite et bloquait le passage. Il flânait dans cette avenue dont il savait prononcer le nom. *Bauerie*. Et non *Boverie*, comme le disaient les touristes français qui l'excédaient. Il exagérait la prononciation. *Baaaoirie*. Il savait que le mot venait de *bouwerij*, « bâtiment » en néerlandais. Il avait appris, également, que ce mot dérivait lui-même de *boerdeij*, désignant autrefois une ferme. Il s'installait au début de l'avenue, là où elle est encore un bout de Chinatown. Autrefois, quand New York était New Amsterdam, c'était une route de campagne qui menait à la propriété de Peter Stuyvesant, le maître éphémère de la ville, l'ultime gouverneur néerlandais. Il empruntait le chemin de ce dernier, qui aimait tant l'île que, une fois Manhattan devenue l'anglaise New York, il avait obtenu l'autorisation d'y finir ses jours.

Il devinait l'Amérique dans ce grand canal de bitume qui montait vers le nord. Indifférent aux gratte-ciel de Midtown au loin, il s'arrêtait à chaque pas de porte, contemplait cette avenue encore pauvre, cette artère si proche du bas de Manhattan qu'elle avait, comme un tapis roulant d'aéroport, dispatché tous les drames dans la ville, puis dans le pays entier. À l'angle du Bowery et de Division Street, il savait que c'était là que Barnum avait entamé sa carrière dans le cirque en 1836, exhibant au public Joice Heth, une esclave noire supposément âgée de 161 ans et ancienne nourrice de George Washington, dont il organiserait l'autopsie publique avec accès payant. Un peu plus loin, il se souvenait que, en lieu et place des restaurants chinois, s'élevaient, à la fin du 19e siècle, les premiers salons de tatouages réalisés avec une machine électrique, où se ruaient les marins en permission. Aux numéros 46-48, se dressait autrefois le Bowery Theatre. Un temple romain de 3 000 places. Le show business américain était né sur cette avenue. Les immigrants yiddish, allemands, irlandais avaient leur salle de spectacle. À partir des années 1820, on y avait joué de tout. Du Shakespeare, des mélodrames, des vaudevilles. Par la suite, sur une autre avenue un peu plus à l'ouest, Broadway, d'autres théâtres avaient été construits. Broadway, avec ses trottoirs propres, ses éclairages au gaz, puis à l'électricité. Broadway qui attirait la bourgeoisie, le théâtre convenable, laissant au Bowery les revues érotiques, les *freak shows*, l'humour le plus gras. Broadway qui avait gagné la bataille contre l'avenue misérable.

À force, il connaissait mieux les bars du passé, le Tivoli, le Volks Garden, Little Jumbo, que ceux d'aujourd'hui. Au numéro 105 étaient organisés, dans le temps, des combats de boxe. Au 295, le bar McGurk's avait été surnommé le « Suicide Hall », la « salle des suicides ». Entre 1895 et 1902, une dizaine de filles de mauvaise vie s'y étaient donné la mort, attirant une foule excitée à l'idée de trinquer avec un futur cadavre. Là, un patron anxieux de se faire voler ses gobelets avait percé ses tonneaux d'alcool de tubes de caoutchouc, et les ivrognes y buvaient jusqu'à l'étouffement. Plus haut sur l'avenue, un gangster possédait un bordel masculin, où les travestis étaient relativement protégés.

Il voyait, devant lui, les clochards recueillis, nourris et vêtus par la Bowery Mission. Il remontait les décennies. Ils étaient déjà là. Tous ces hommes avaient échoué ici, dormant dans les caniveaux ou dans les *flophouses*, les « maisons pour les épaves ». En 1890, 9 000 hommes logeaient dans ces hôtels minables, pour quelques cents. Certains avaient les moyens de se payer un lit de camp, un casier et un paravent, d'autres seulement un hamac, ou, pire, le simple droit de s'allonger par terre. Il entendait le calme du présent, il écoutait les bruits d'hier, les hurlements des rixes entre clochards, les chants des marins, les cris des vendeurs ambulants de palourdes, de maïs et même de guenilles. Il était terrifié par les vociférations de ceux qui pariaient sur les combats entre des chiens et des ratons laveurs, par l'agonie des perdants, et le feulement des rats tués par les gosses du quartier. Il voulait se cacher de ce ballet terrifiant de pauvres hères. Des jeunes hommes comme lui, se disait-il bêtement, mais que la vie figeait pour toujours, avant même leur puberté, dans l'entre-deux d'une immaturité épouvantable. Ils volaient, mangeaient à peine, buvaient beaucoup, se battaient plus que tout le monde. Ils mouraient peut-être âgés, mais toujours jeunes. Tous connaissaient leur destin et, par vengeance, effrayaient les gens. Certains avaient même eu leur théâtre, le Grand Duke's. Un cas unique, dans l'histoire du spectacle, de salle conçue et gérée par des vagabonds. Ils racontaient leurs propres histoires, utilisaient des déchets comme décors, des objets volés comme accessoires. Ils jouaient devant leurs semblables, et les représentations finissaient en bagarres entre bandes rivales.

C'était pour eux, ces enfants perdus, ces adolescents éternels, qu'un immeuble avait été construit au 222 Bowery en 1885, financé par les riches familles new-yorkaises épouvantées. Qui savait ce que le pays deviendrait si les mauvais garçons pullulaient ? Il fallait les éduquer, leur apprendre à devenir de bons pères de famille, des employés, des travailleurs, des petits commerçants, des maris, qui ne se battaient ni ne buvaient. Des hommes qui sauraient choisir entre deux chemins, l'un menant à l'église, et l'autre à l'un des 700 bordels de la ville. La Young Men's Christian Association existait pour eux. Elle était née en Angleterre, en 1844. Son fondateur, George Williams, était l'un de ces travailleurs venus de la campagne à Londres, au moment de l'industrialisation forcenée. Très pieux, il avait été effaré par l'omniprésence des maisons closes et avait lancé son association, qui s'était vite exportée aux États-Unis, et d'abord à New York.

En 1884, on comptait seulement une poignée de ces YMCA à New York. Des logements principalement, où les hommes étaient en sécurité. Physique et morale. C'était pour tous ces jeunes hommes que l'association investissait le Bowery. Un tripot, le Crystal Saloon, avait été transformé en une auberge où on donnait des cours de catéchisme. On vendait des tickets valables pour cent repas pour que les salaires ne soient pas gaspillés en alcool. Il s'agissait d'aider les hommes, mais aussi de les sauver de tous les périls. Au 222 de l'avenue, on créa le Young Men's Institute. Un immeuble de brique rouge, inauguré le 15 octobre 1885, au cœur même des rues dangereuses, pour les « jeunes hommes qui n'étaient pas encore endurcis », affirmait l'Association. « Un repoussoir pour les établissements de plaisir », écrivit le *New York Tribune,* enthousiasmé, au lendemain de l'ouverture, par l'auditorium de 500 places, le gymnase, les salles de réception au rez-de-chaussée et les salles de classe. « Des enseignements techniques seront dispensés, ainsi que des cours de culture générale, de dessin et d'apprentissage de l'écriture. Des conférences et des concerts seront organisés plusieurs fois par semaine, et un service religieux sera célébré chaque dimanche. » Au 222 Bowery, on ne dormait pas. On venait quand on voulait. Les jeunes hommes, âgés de 17 à 35 ans, qui pouvaient s'y inscrire n'étaient pas des épaves. Il leur fallait payer 4 dollars de frais d'inscription annuels, une somme qui nécessitait d'avoir un revenu régulier.

Dans le vestibule, un sol en céramique les accueillait, des carreaux de mosaïque rouge dessinaient un I, pour « Institute ». Ils foulaient la lettre, prémices d'un luxe inouï pour des jeunes hommes vivant entassés dans des appartements sordides, souvent si nombreux qu'ils dormaient par terre. Puis ils passaient aux épais tapis des salles de lecture. Comme dans chaque bâtiment de l'Association, les meubles et la décoration inspiraient le confort, sans être luxueux. Ils devaient autant les épater que les faire se sentir chez eux. Voilà ce que leur offraient leurs bienfaiteurs, l'industriel minier Cleveland H. Dodge, le banquier Percy Rivington Pyne, le magnat des transports Cornelius Vanderbilt : des peintures à l'huile sur les murs des salles communes, des sculptures en marbre, des trophées de chasse, des grandes tables, où étaient posées des revues d'actualité, des canapés confortables, où ils pourraient discuter. Ils vivraient, quelques heures par jour, comme des bourgeois.

Ils seraient de bons Américains. De bons gestionnaires – un système d'épargne leur permettrait de prendre soin de leurs économies. Ils seraient sains d'esprit – des conférences les préviendraient des dangers de l'alcool. Ils seraient heureux – grâce aux chorales et aux parties d'échecs. Ils seraient de parfaits employés – des formations aux métiers manuels (fabricant de charrette, opérateur de machine à vapeur) ou pour devenir pompier ou policier seraient organisées. Et puis, ils seraient forts – au gymnase, ils pourraient faire de l'exercice. Tout était lié. Le corps et l'esprit.

Il ne pouvait s'empêcher de rire devant les journaux de l'Association qu'il avait retrouvés, le bulletin interne du Young Men's Institute et les comptes-rendus des séances de sport. Dans un monde où l'un des sommets de la vie était le mariage, on décrivait dans ces fascicules le besoin qu'avaient tous les hommes « d'admirer de grandes épaules », « des abdominaux, un dos, des jambes ou un cou bien développés ». Il existait même une rubrique intitulée « *Muscle Questions* ». Il imaginait les cours donnés par J. Gardner Smith à des employés et des bénévoles de l'Association. Le responsable sportif du Young Men's Institute leur avait donné des détails précis sur l'anatomie masculine, sur la beauté de tel muscle bandé, la nécessité d'un corps harmonieux. Il leur avait fait des démonstrations, cobayes à l'appui, de biceps se gonflant sous le poids de l'haltère, d'abdominaux se contractant au moment de franchir le cheval-d'arçons. À tous, il avait expliqué le besoin de revêtir un uniforme pour le sport, noir et moulant. Et tous étaient revenus chez eux, heureux à l'idée de développer cette santé physique, cette « virilité forte, robuste et assoiffée », comme on le leur avait enseigné.

L'Amérique n'en finissait pas d'accueillir le monde. Il y avait eu les Irlandais, voilà que les Italiens arrivaient en masse, les Suédois et les Norvégiens, les Allemands, les Polonais. Autant d'hommes à américaniser. Autant de corps à dompter dans les gymnases.

Bientôt, les vestiaires des YMCA seraient connus pour être des lieux de rencontre, où on consommerait sur place ces corps parfaits. Les autorités interviendraient, envoyant des surveillants en civil, c'est-à-dire nus, pour vérifier que la Bible était respectée même sans maillot de corps. Un jour, les milliardaires comprendraient qu'ils avaient financé des lieux de partouzes au moins aussi formidables que ceux des bars qui les terrifiaient. Mais pour l'heure, c'était pour le Christ qu'on s'entraînait. Le futur président Roosevelt écrirait même que Jésus était « un héros viril qu'on pourrait décrire comme quelqu'un qui s'est battu sur le terrain de football qu'est la vie ». Les efforts donnaient des résultats. Les esprits se formaient. Les corps se musclaient. La morale se renforçait. Pour certains. Parce que, ailleurs, la vie l'emportait, ou plutôt le chaos.

L'Institut était trop proche de la réalité. Cela ne se limitait plus aux clochards que croisaient les membres du 222 sur le chemin de leur cours du soir ou de leur séance de sport. Non, la situation était pire. La vermine gagnait. Le sud de Manhattan s'enlisait dans la misère. Le nombre d'inscriptions à l'Institut chuta. Les jeunes hommes étaient partis s'installer dans des quartiers où ils deviendraient de bons adultes, des quartiers populaires, mais plus convenables, l'Upper West Side ou

Harlem. Ils laissaient le Bowery à ses fantômes, ses personnages à la Dickens, ses petits garçons de 30 ou 40 ans.

Dans les hautes sphères de la YMCA, on s'inquiéta. L'Institut devait être amélioré. Le sport le sauverait. En 1915, on rénova les lieux. De nouvelles douches et des vestiaires modernes furent aménagés, ainsi qu'une piscine au rez-de-chaussée, et dans le gymnase, un terrain de basket-ball, ce jeu sain, favorisant la bonne camaraderie, inventé par un des professeurs de sport de l'Association qui voulait occuper ses élèves, un jour de pluie. Il y eut une nouvelle effervescence au 222. Les jeunes gens apprenaient à nager, enchaînaient les longueurs, faisaient rebondir le ballon sur le parquet. Mais quand ils sortaient et retrouvaient le Bowery, c'était pire chaque jour. L'avenue partait à la dérive, tandis qu'à quelques kilomètres de là, sur Wall Street, des fortunes se construisaient en une journée. Deux mondes vivaient sur la même île. Ils n'avaient rien à voir. Ils ne se croisaient pas. Jusqu'au jeudi 24 octobre 1929, quand les magots se volatilisèrent et que les nababs tombèrent dans la misère. On prétendit que certains sautèrent du haut de leurs gratte-ciel. C'était faux. Certains se suicidèrent au gaz, d'autres en se tirant une balle. Les organisations caritatives furent débordées dans tout le pays. On fuyait vers l'Ouest, vers la Californie, en se disant que ce serait mieux là-bas. On perdait tout ce qu'on avait. Et quand on n'avait rien, c'était encore pire. Le Bowery sombra. L'espoir disparut. Trois ans après le fameux jour noir, l'Institut ferma, l'Association se développant dans le reste du pays, là où les jeunes hommes pouvaient encore être sauvés.

Il consultait les listes des membres. Plusieurs centaines d'inscrits par an. Les noms s'étalaient devant lui, rangés par ordre alphabétique. Il imaginait la vie de chacun, cherchait les noms anglicisés par un douanier d'Ellis Island. Les Giorgio devenus George, les Hansen devenus Hanson, les noms de famille altérés, la faute à une prononciation hasardeuse de l'immigré et à une oreille hautaine du fonctionnaire. Il rêva de tomber là, comme ça, sur un de ces noms qui avaient changé l'histoire. S'il aimait autant l'Amérique – parce que, oui, il l'aimait vraiment, comme on aime un chant militant désuet, ou le mythe d'Achille –, c'était pour sa bizarrerie : ici, les hommes possédaient des droits, non seulement la vie, la liberté, mais aussi « la recherche du bonheur ». Le Comité des Cinq, mené par Thomas Jefferson, l'avait écrit tel quel en 1776 dans la Déclaration d'indépendance. Il y aurait, par la suite, tant d'horreurs perpétrées. Mais tous les citoyens de ce pays avaient ce droit. Ils pouvaient chercher le bonheur. Si quelqu'un les en empêchait, la loi s'interposerait. Voilà ce qui le bouleversait dans ces listes de noms indéchiffrables, l'idée que ces milliers de jeunes gens s'étaient cramponnés à ce droit procuré par un vieux texte, si la vie était difficile, ils auraient, jusqu'à leur mort, un horizon.

Il fallait des héros. L'Institut s'en était trouvé un. Dans les années 1890, le futur président Theodore Roosevelt était à la tête de la police de New York. L'un des bienfaiteurs du tout nouvel Institut, Cleveland H. Dodge, l'invita à visiter les lieux. Roosevelt vit des prouesses sportives, constata l'excellence de l'enseignement, découvrit la bibliothèque de mille volumes. On lui présenta quelques élèves, dont Otto Raphael. Le jeune homme habitait non loin de là, dans Allen Street. Multipliant les petits boulots, il faisait vivre avec son maigre revenu toute sa famille, son père, ses frères et sœurs et son neveu, et réussissait à économiser pour que sa famille restée en Russie puisse immigrer. Une nuit, quelque temps plus tôt, il avait été réveillé par un incendie dans un immeuble voisin du sien. Il avait plongé dans les flammes et sauvé des femmes et leurs enfants. Quand Roosevelt l'apprit, il suggéra au jeune homme, champion de boxe amateur, de passer le concours de la police. Celui-ci suivit son conseil et arriva en tête des épreuves physiques. Les deux hommes resteraient en contact. Otto Raphael rendrait visite à Roosevelt chez lui, à New York, puis à Albany, capitale de l'État, quand Roosevelt en serait le gouverneur, et, honneur suprême, à la Maison-Blanche, lorsqu'il serait président des États-Unis.

Parfois l'horizon n'était qu'un mirage. Wiltshire Payne s'en aperçut quand il devint « une question plutôt délicate », selon le *New York Tribune*. Il avait demandé à être membre de l'Institut. Il avait toutes les conditions requises, et son emploi dans un restaurant lui permettait de payer les 4 dollars annuels d'inscription. Il voulait suivre des cours de dessin industriel. Il était chrétien, vivait près de Washington Square. L'origine de la question délicate : Wiltshire Payne était noir, « plutôt légèrement », soulignait le *New York Tribune*, ajoutant qu'il avait « d'excellentes manières ». On lui dit que, si on l'acceptait, des membres démissionneraient. Il s'indigna, demanda plus d'explications. L'affaire s'emballa. Après des débats houleux, on lui refusa l'accès. Robert R. McBurney, l'une des figures de l'Association, qui croyait en la capacité salvatrice des YMCA et avait apporté son soutien à Payne, lui écrivit qu'il était « profondément désolé ». En guise de compensation, le jeune homme eut le droit de rejoindre la branche de la 23ᵉ Rue, déjà fréquentée par des Noirs.

Il pensa aux photographies d'Otto Raphael, ce solide garçon souriant – sa famille avait dû les accrocher aux murs pendant des décennies –, aux coupures de presse dans lesquelles on lisait le nom de l'ami policier du président, et pas n'importe lequel, celui dont le visage était sculpté aux côtés de ceux de Washington, Jefferson et Lincoln au mont Rushmore. Il se dit que, d'une certaine façon, la légende courait encore, et certains devaient continuer à évoquer cet aïeul pas comme les autres. Il pensa à Wiltshire Payne, jeune homme sans visage, à sa rage qui avait dû se transformer en amertume, à sa fureur toujours vive alors qu'il repassait devant le bâtiment de brique (à moins qu'il ne l'eût évité). Il imagina la blessure de s'être vu refuser le droit d'une chose aussi idiote qu'une inscription à un cours de dessin industriel et un accès à une salle de sport. Il se demanda si on avait raconté cette histoire dans sa famille, si ses petits-enfants sentaient la nausée les envahir quand ils l'entendaient, si la première fois qu'on la leur avait racontée, ils s'étaient sentis salis, les joues brûlantes comme si on venait de leur administrer une gifle. Ou si cette histoire avait été gommée, par protection, en se disant qu'on avait droit au bonheur, cette fois, pour de bon.

4

La boutique du rez-de-chaussée

Et donc Fernand Léger. C'était lui, avait-il appris, le premier à avoir installé son atelier au 222 Bowery. Il chercha et n'en trouva aucune trace. Bien sûr, le 12 novembre 1940, le *New York Times* avait annoncé l'arrivée du peintre. Le quotidien, qui avait l'habitude de mentionner les voyageurs importants débarquant à New York ou s'apprêtant à en partir, avait écrit : « Le paquebot *Exeter* de l'American Export est attendu aujourd'hui en provenance de Lisbonne, via les Bermudes. À son bord, Pimental Bravado, Alexander Sved et Fernand Léger. » La préparation de son départ avait pris du temps. Au début de l'été 1940, Fernand Léger était en Normandie. Les troupes allemandes s'approchant, il était parti à Bordeaux, puis à Toulouse et Marseille, où il avait effectué sa demande de visa. En août, il était à Vichy pour négocier une autorisation de quitter le territoire. Retour à Marseille, puis de nouveau Vichy, et enfin, Barcelone et Lisbonne. Et les États-Unis. Avant de partir de Paris, il avait laissé un mot sur la porte de son atelier, que Robert Doisneau avait photographié : « Attendez, je reviens tout de suite. » Cela durerait cinq ans.

Dans son pays d'accueil, comme dans celui qu'il fuyait, Léger était connu, très connu même. Il avait peint *Le Cirque Médrano*, tourné *Le Ballet mécanique*, un film où l'usage du gros plan était révolutionnaire ; sa *Femme en bleu*, qu'on imagine ronde, peut-être avec des tresses cachées sous son chapeau jaune, avait frappé les esprits par sa composition toute en carrés, ovales, rectangles et autres polygones.

Il connaissait les États-Unis. La première fois qu'il y était venu, c'était en 1931 pour une exposition. Il regardait avec étonnement, fascination, ce pays qui changeait en permanence. Il adorait New York, marchait dans la ville pendant des heures, levait les yeux pour contempler des immeubles qui semblaient avoir été construits par des machines plutôt que par les hommes. Il peignait des tubes, des personnages robotiques. Quand il partait dans la nature, à Rouses Point dans l'État de New York, à la frontière canadienne, il observait la nature, dessinait des fleurs et des animaux.

Mais où travaillait-il ? Au 222, donc ? Des détails de son exil à New York étaient connus : l'exposition en mars 1942 organisée par le galeriste Pierre Matisse, fils d'Henri, où André Breton et Yves Tanguy étaient à ses côtés ; la photo, la même année, dans l'appartement de la collectionneuse Peggy Guggenheim, avec Max Ernst, Leonora Carrington, Berenice Abbott et une dizaine d'autres artistes ; son quotidien financé par les cours de dessin donnés à la sculptrice Maria

Martins, grand amour de Marcel Duchamp, lui aussi en exil et avec qui il était ami. Il ne parlait pas, ou très mal, anglais, il aimait Harlem, le jazz. Il adhéra au Parti communiste français dans le bateau qui le ramenait en France, cinq ans plus tard. Mais de son passage au 222, aucune trace. Ses lettres à Simone Herman et Nadia Khodossievitch, les deux femmes de sa vie, ainsi qu'à sa fille, ne mentionnaient pas non plus le nom de l'immeuble.

Mais où avait-il logé ? Au deuxième étage, dans l'appartement qu'occuperait John Giorno ? Non. Alors au premier ? Ce mur couvert d'éclats de peinture, apparus après avoir gratté les enduits, comme une fresque antique, ne pouvait qu'en être la preuve. Mais Léger travaillait toujours sur un chevalet. Il y avait bien cette photo de lui dans un atelier américain, pinceaux à la main et béret sur la tête, mais ce que l'on distinguait par la fenêtre dans son dos n'était pas le Bowery. Cela commençait mal.

Il n'avait pas d'autre choix que de sauter la chronologie d'une quinzaine d'années pour retrouver un peintre qui marchait dans la rue, un jour de 1957, les yeux levés vers le ciel. John Opper avait 50 ans. Il avait été professeur et fréquentait assidûment la Cedar Tavern, un bar de Greenwich Village où se retrouvaient et s'enivraient toute la nuit Willem De Kooning, Mark Rothko, Philip Guston, Franz Kline et Jackson Pollock – jusqu'à la mort de ce dernier l'année précédente. Des hommes dont le travail fut qualifié, pour certains, d'*action painting* et, pour les autres, d'expressionnisme abstrait. Beaucoup avaient été en Europe faire la guerre, quelques-uns l'avaient fuie. Peindre, c'était peindre après les massacres, les GI tombés comme des mouches, les morts-vivants découverts à la libération des camps. Il fallait montrer tout ça. Ne pas illustrer la réalité, mais en représenter la violence.

Ils côtoyaient des jazzmen, des poètes, des danseurs, tous représentants de l'école de New York, une expression vague, mais juste. Être artiste, cela voulait dire être ici. Et c'était ici que John Opper venait de revenir après quelques années passées en Caroline du Nord. Il s'était s'installé avec sa famille dans West Village et il cherchait un atelier. Le premier, sur la 8e Avenue, manquait de lumière et d'espace. Voilà pourquoi il marchait dans Elizabeth Street, Prince Street, en scrutant les façades. Il traversa le Bowery et se retrouva devant le spectacle de la misère, des soldats rentrés d'Europe et d'Asie bourrés, des pauvres jamais remis de la crise économique. Dans le reste de Manhattan, la pauvreté avait diminué, mais pas ici. Trois ans plus tôt, le 19 mars 1954, un habitant du quartier, Salvatore Guccione, avait écrit au courrier des lecteurs du *New York Times* au sujet de l'amélioration de la qualité de vie dans de nombreuses zones de Manhattan. Il précisait : « Il subsiste néanmoins un secteur sinistre et sordide [rempli] de personnes ayant sombré au plus bas niveau de la dégradation humaine. Cette partie de Manhattan semble avoir été oubliée. Je suis curieux de savoir pourquoi aucune municipalité n'a encore essayé de remédier à ce problème et de se mettre au service des habitants de New York. Peut-être que cette zone-là est considérée comme un monument historique ? »

Cette misère, un film l'avait montrée. *On the Bowery*, de Lionel Rogosin. En 1955, ce tout jeune cinéaste, admirateur de Roberto Rossellini, avait écumé les bars. Il voulait montrer la réalité la plus dure, ne pas l'édulcorer pour les besoins d'un film. Il se rapprocha des hommes qui erraient, titubants, à l'ombre du Third Avenue El, le train aérien reliant le sud de Manhattan aux quartiers du nord. Cette ligne avait aidé à améliorer les zones pauvres aux alentours de Central Park. Et plongé le Bowery dans l'obscurité, le capharnaüm et la saleté. Au milieu des années 1950, ce train avait cessé de rouler, mais l'infrastructure était encore là, ruine menaçante. Des hommes vivaient dessous, à même le sol. Rogosin leur parla, écouta leurs histoires pour les intégrer dans son scénario. L'un d'eux, au visage d'acteur hollywoodien, Ray Slayer, un travailleur journalier en manque d'argent, l'émut. Il en ferait son héros. Tout comme Gorman Hendricks, un ancien journaliste qui assurait avoir été envoyé en prison pour avoir refusé de dévoiler ses sources durant une enquête sur la prohibition. Rogosin filma l'amitié entre les deux hommes et la longue descente dans l'alcool du premier. Le film fit la tournée des festivals et connut le succès en Europe. Hollywood proposa à Ray Slayer un contrat de 40 000 dollars, qu'il refusa. Il mourrait quelques années plus tard d'alcoolisme. Son compère à l'écran l'avait précédé, une cirrhose l'ayant tué quelques semaines avant la sortie du film.

En 1957, les derniers vestiges du Third Avenue El avaient disparu. Le Bowery était un canyon. On avançait entre deux parois de brique, des bâtiments décatis et branlants aux fenêtres vides, derrière lesquelles ne passait aucune ombre humaine. On ne regardait pas en haut des falaises, il n'y avait rien à voir. Les immeubles étaient bas. Le reste de Manhattan rêvait du ciel. Ici, la vie, si tant est qu'on pût la qualifier ainsi, se déroulait au ras du sol. Sur les trottoirs où, en toute saison, des clochards s'effondraient, à peine réchauffés, l'hiver, par les braseros à même le bitume. Dans les entrées des hôtels, qui menaient à des taudis. Les clients des marchands de mobilier et d'électroménager pour restaurants, les seuls commerces de l'avenue, venaient en voiture, enjambaient les pauvres types, et repartaient avec leur bon de commande. Rien à faire, rien à voir. Mais John Opper avait une mission, trouver la lumière. Il observa les falaises. En face de la Bowery Mission où Rogosin avait tourné, son œil se fixa sur les quatre fenêtres en arche, au deuxième étage du 222. Elles n'arrêteraient pas la lumière.

Sur la devanture en dessous, ces mots : « Tip Top Equipments ». Il entra. Et se retrouva au milieu de tabourets de bar de toutes les tailles, dans tous les matériaux. Au fond du magasin, une silhouette. Il avança vers elle, parmi les chaises et les tables exposées, souvent bon marché, lança un salut sonore. Pas de réponse. L'homme devant lui osait à peine le regarder. Il se présenta, John Opper, peintre. Toujours pas un mot. Seulement ce regard fuyant, gêné plus qu'impoli.

Opper continua. Il cherchait un atelier à louer pour travailler. Les yeux se posèrent sur lui, surpris. Est-ce que les locaux au-dessus étaient occupés ? Est-ce qu'il accepterait de les lui montrer ? L'homme ne comprenait pas. L'art, c'était pour les autres. Il n'avait le temps de rien, lui, Sam Wapnowitz, fils de Moshe et d'Ida Wapnowitz, arrivés à Ellis Island de Minsk, après avoir fui, comme des dizaines de milliers d'autres juifs biélorusses, les pogroms. Les peintures, les sculptures, il voyait ce que c'était, mais il avait l'esprit déjà bien trop occupé. Par l'argent qui manquait, par sa femme, ses petites filles, ses parents, ses sœurs à nourrir. Par les boulots qu'il enchaînait, conduisant des bus après la fermeture de la boutique. Par le sommeil auquel il n'avait pas droit, et qui lui tombait dessus à tout moment, pendant les cours du soir qui devaient lui permettre de trouver un métier plus stable, mais qu'il avait dû abandonner, à force de s'endormir en plein milieu. Et puis il était d'une telle timidité qu'il se cachait des clients à peine ceux-ci avaient ils passé le seuil de la boutique.

Sam Wapnowitz avait assez de soucis. Alors, à ce peintre qui voulait louer un atelier et lui assurait pouvoir le mettre en contact avec des collègues qui seraient sans doute aussi intéressés, il répondit non, les artistes sont pauvres, ils ne paieront pas le loyer. Ils créeront des problèmes. John Opper lui proposa un marché. Non seulement il lui trouverait des locataires fiables, mais ils prendraient soin des lieux. Le marchand hésita. Après tout, pourquoi pas ? Les locaux étaient vides, ils l'avaient toujours été depuis qu'il avait racheté l'immeuble pour rien, quelques années plus tôt. Qui aurait envie d'habiter là-dedans ? Personne. Sam Wapnowitz était un Mensch, un homme de foi, de parole, d'honneur, d'intégrité. Il accepta de louer à John Opper le deuxième étage pour 40 dollars par mois. Celui-ci vida les lieux de tout ce qui les encombrait, puis les rénova. Il en parla à ses amis. Un autre peintre expressionniste abstrait, James Brooks, voisin de Jackson Pollock dans un hameau des Hamptons, avait lui aussi besoin d'un atelier à New York. Opper suggéra de couper en deux le deuxième étage, trop grand pour lui. Il invita Mark Rothko à venir visiter l'ancien gymnase. Il tint sa promesse. Le 222 se remplit d'artistes. Jusqu'aux années 1970, date où il vendrait l'immeuble, Sam Wapnowitz louerait ses appartements à des artistes. Beaucoup, une quinzaine, peut-être plus. Wapnowitz possédait d'autres immeubles, un sur le Bowery, au 304-306, et un dans la rue perpendiculaire, Rivington Street. À la fin de sa vie, dans une lettre de souvenirs dédiée à ses petits-enfants, il écrivit : « Je serai toujours reconnaissant d'avoir rencontré ces artistes. »

Sam Wapnowitz. Ce nom l'avait intrigué depuis qu'il l'avait entendu dans la bouche de la fille de John Opper, puis dans celle de quelques habitants du Bowery. Tous parlaient de lui avec douceur. Cet homme l'émouvait, il sentait qu'il devait retrouver sa trace. Il consulta les arbres généalogiques, sonda les registres commerciaux, écrivit sur les réseaux sociaux aux éventuels petits-enfants, se prit quelques râteaux, imagina les réactions de ceux qui, sans aucun lien de parenté avec son Sam Wapnowitz, avaient reçu un message au sujet d'un immeuble dont ils n'avaient jamais entendu parler. Il écrivit à une synagogue où ce nom était apparu dans la liste des bienfaiteurs, s'agaça contre ces Américains qui simplifiaient leurs noms de famille en transformant, par exemple, le Fitzgerald de John Fitzgerald Kennedy en un unique F, déroutant ainsi les futurs chercheurs d'anonymes.

Jusqu'au jour où sa quête aboutit enfin. Il avait remonté la piste de la fille de Sam Wapnowitz. Elle vivait dans le sud des États-Unis. La qualité de l'image n'était pas optimale, mais sur l'écran de son téléphone, elle apparut, entourée de son mari et de sa fille. La conversation démarra dans leur cuisine, puis ils lui proposèrent de lui montrer quelque chose. Le téléphone vacilla, et il se retrouva face à la collection du propriétaire de l'immeuble. Sa liste chérie d'artistes, celle qu'il déroulait comme un chapelet, se matérialisait sur des murs. Des tableaux de James Brooks, Michael Goldberg, Warren Brandt, Milton Avery notamment, accrochés comme des photos de famille. Il ne connaissait pas vraiment ces artistes. À toute allure, il nota : « une image de chaise », « un portrait de dame rousse »… La caméra se rapprocha du bas de chaque tableau, où un cartel imprimé par une étiqueteuse indiquait le nom de son auteur. Sam Wapnowitz avait constitué son musée personnel avec les toiles que les artistes lui avaient offertes. Il avait fait des fiches sur chacun d'entre eux, détaillant ses impressions sur leur travail, ce qu'il savait de leur démarche. Pouvait-on trouver plus belle définition du mot « collectionneur » que celle-ci ? Un homme regroupant les œuvres marquantes de sa vie ? Celles qui l'avaient transporté, lui avaient dévoilé un autre monde ? Abstrait, figuratif, glaçant, sombre, coloré. Animé, calme, furieux, doux. Lui, le travailleur acharné qui n'avait pas fait d'études, avait documenté l'art qui prenait vie dans son immeuble. La fille de Wapnowitz lui raconta que, souvent, il s'autorisait des pauses, montait les escaliers et venait saluer ses locataires. Pure curiosité, simple envie de comprendre. Des amitiés s'étaient nouées. Puis il redescendait dans sa boutique et rejoignait sa femme, à la caisse, et son père âgé, ancien tailleur, qui ne cousait plus désormais que des coussins pour les tabourets de bar.

John Opper avait donc inauguré le 222. À l'aube des années 1960, il n'était pas le seul à prendre la direction du sud de Manhattan. L'Upper East Side était hors de prix, l'Upper West Side avait beau être plus accessible, les espaces qu'il offrait n'étaient pas suffisamment grands. Midtown se réinventait, et les gratte-ciel ne se dédiaient qu'aux affaires. À l'ouest, le Village devenait plus élégant. Les artistes furent attirés par les superficies et les prix, la lumière et l'espace, au sud-est de Manhattan. Les plus pauvres accoururent. Le confort bourgeois, les cloisons qui étouffaient la lumière furent proscrits.

Loft : mansarde, soupente, de « *luft* », « air » en allemand. Ancien espace industriel transformé en espace d'habitation.

Loft : mot entré dans le langage courant, utilisé dans les annonces immobilières, associé à un mode de vie urbain et élégant, à rebours des codes bourgeois classiques.

Loft : terme devenu synonyme de poutres métalliques, de parquets peints en blanc et de baies vitrées.

À l'est de Broadway, au sud de Houston Street, au nord de Canal Street, sur le Bowery, un monde apparaissait. Une enclave, au milieu de Chinatown, dont la démographie après l'assouplissement des lois d'immigration en 1965 serait exponentielle, de Little Italy de plus en plus désert, mais aux commerces toujours vivaces, du Lower East Side, où des vagues de miséreux trouvaient un épouvantable refuge. Dans ce périmètre, dont une partie serait plus tard baptisée SoHo (pour South Houston Street), pas de restaurants, ni d'écoles, ni de vie de quartier. On ne croisait que des clochards, des rats et des camions de livraison. Le soir et le week-end, personne ne passait par là. Il fallait marcher longtemps pour dégoter une épicerie. On allait manger un repas chaud dans les délis ukrainiens de l'East Village, où les ouvriers et les chauffeurs de bus occupés à avaler leurs soupes ne posaient pas de questions à ces étranges artistes. Tout achat de fournitures, crayons, peintures, pinceaux nécessitait une expédition à plusieurs blocs de là, dans l'autre New York, celui qu'on venait de quitter.

Depuis le début du siècle, la ville était organisée en zones. Le souvenir de l'anarchie de la conquête américaine, les cités champignons où des saloons jouxtaient une église, tout cela terrifiait les autorités. Un ordre avait été instauré, une classification, industrielle, commerciale, résidentielle. Le sud de Houston Street était industriel. Il était impossible d'y habiter. Voilà l'écueil auquel se frottaient de nombreux artistes. Bientôt, une loi autoriserait deux appartements maximum par immeuble. Certains sauraient y faire pour résoudre le problème. Comme Jack Klein, fils d'une famille juive allemande qui avait émigré dans les années 1930 et s'était installée dans le Queens. Il avait été vendeur dans le Garment District, puis agent de change. En 1962, il se lança dans l'immobilier, après avoir compris que les artistes vivaient très simplement. Souvent jeunes, sans enfants, ils n'avaient besoin que de toilettes et d'un évier. En rachetant des espaces dans les étages supérieurs et en les rénovant à très peu de frais, il devint le « Loft King ». Il acquit ou géra des immeubles entiers, avec pour locataires Jasper Johns, Robert Rauschenberg, Arman, Roy Lichtenstein. En 1976, le *SoHo News Weekly* dirait de lui que, « plus que personne dans les années 1960, il a vu le potentiel que présentait le fait de devenir un intermédiaire entre des artistes en recherche d'espace et des propriétaires d'immeubles peu habitués à traiter avec des artistes ». Des « schmatta guys », comme on les appelait, d'après le mot yiddish signifiant « fripes ». D'anciens commerçants de gros qui avaient acheté pour rien des immeubles et ne savaient qu'en faire. Jack Klein allait les voir, faisait tout pour les convaincre. Oui, ces locataires paieraient en temps et en heure. Non, ils n'avaient pas d'enfants. Oui, il pourrait les virer quand il le voudrait. Louer ces locaux rapporterait plus que ce qu'ils toucheraient des assurances en dédommagement de leurs bâtiments incendiés par leurs hommes de main portoricains. Klein s'installa lui-même dans un duplex sur Spring Street, décoré d'œuvres d'art et de plantes exotiques. Il paradait dans le quartier, en jean et bottines, les cheveux longs, une moustache à la Mark Twain. Il n'avait pas honte de son goût pour les excès. Il couvait « ses » artistes, tout en les méprisant, ponctuant ses phrases d'argot yiddish, affirmant : « Ces gens sont aussi méchants, avares, et même sans doute plus, que la plupart des propriétaires que je connais. »

Sam Wapnowitz, lui, aimait les artistes, sans jugement. Ainsi ce jeune peintre aux yeux rieurs, Wynn Chamberlain, qui vint le voir, un jour de 1961. Il lui montra l'ancien appartement du gardien de l'Institut, au dernier étage. Cela pourrait faire un très bel atelier. Mais Wynn Chamberlain avait aussi besoin d'un logement. Il remarqua l'énorme baignoire sur pieds. Pourrait-il loger ici ? Sam Wapnowitz refusa. Mais le regard malicieux du peintre, son sourire, sa gentillesse le firent flancher. D'autant que, comme John Opper, il promettait de rénover lui-même les lieux. Il fut le premier locataire à vivre au 222.

Il travailla là à ses toiles réalistes, aux couleurs tendres, qui lui avaient valu, de la part d'un critique, l'étrange qualificatif de « préraphaélite posthume », dormit là, avec des garçons et des filles, fit venir ses amis, pour la plupart des artistes qui n'avaient pas encore décollé, comme lui. Sam Wapnowitz les regardait monter une à une les marches des escaliers, interloqué et amusé. Ils étaient si différents de lui, et si gentils. Il fermait les yeux quand ils les voyaient sortir au petit matin après une nuit de bringue, ne s'énervait pas quand il en apercevait un habillé comme la veille, un autre les traits tirés, du fait d'avoir dormi par terre. Les loyers étaient versés avec retard ? Et alors ? Le champion en la matière était Michael Goldberg, un jeune peintre dont on devinait, dans ses toiles vives, faites d'aplats de couleur, le dessin d'un vase ou d'une lampe. Il était arrivé dans l'immeuble grâce à Mark Rothko. Un jour de 1959, jeune artiste sans le sou, il avait appris que le maître allait quitter le Bowery, échaudé par son aventure des *Seagram Paintings*. Au culot, il lui avait demandé de l'aider à reprendre son atelier. Le maître, surpris, s'était étonné. Pourquoi rendrait-il service à un inconnu ? Goldberg avait répondu qu'il n'avait en effet aucun intérêt à le faire, mais que si, en plus, il lui offrait un déjeuner, il serait un type formidable. Rothko l'avait invité à manger et avait intercédé en sa faveur.

À peine Michael Goldberg vendait-il un tableau qu'il dépensait tout l'argent. Chaque fin de mois, ou presque, il proposait à Sam Wapnowitz une toile. Celui-ci souriait, levait les yeux au ciel, assurait, pour la forme, que c'était la dernière fois qu'il acceptait un tel marché. Il cachait l'œuvre à sa femme. Lui aimait ces tableaux, ému d'être pour quelque chose dans leur création, étonné du lien direct qu'il avait avec eux.

Un jour, il refusa l'offre d'un artiste, qui n'habitait pas là, de lui acheter l'immeuble. Celui-ci, au dernier moment, avait apporté un chariot d'hôtel rempli de toiles au lieu d'un chèque. Il ne savait pas qui était Andy Warhol et il s'en fichait. Plus tard, peut-être, il apprendrait les cotes de ses œuvres et éprouverait des regrets. Sam Wapnowitz aurait pu devenir richissime. Mais il serait passé à côté de toutes ces joies matinales, de ces compagnonnages, de cette fierté pour laquelle il n'était pas programmé. Comme ce jour de 1968 où il apprit que la Star Turtle Gallery, sur le Bowery, voulait faire une exposition sur « ses » artistes. « The tenants of Sam Wapnowitz », « Les locataires de Sam Wapnowitz », rassemblait une trentaine d'artistes. De tous types, figuratifs, abstraits, avant-gardistes, plus classiques. Ils n'avaient rien en commun si ce n'est que, chaque mois, ils lui versaient un loyer.

Il organisa une fête chez lui, à Long Island, heureux de montrer sa famille, de parler de la synagogue en cours de construction dont il était l'un des plus généreux bienfaiteurs. Il regardait cette petite foule. Il se demandait ce qu'il faisait là avec eux.

5
L'appartement du troisième étage

Le jeune homme prolongé en aimait un autre. En tous les cas, il était sûr que c'en était un, au milieu de ce tableau qu'il regardait sans cesse, *The Cocktail Party*, peint par Alex Katz en 1965. Il adorait cette toile, représentant une soirée élégante à New York, ou dans une autre grande ville, au vu des baies vitrées donnant sur des gratte-ciel en arrière-plan. Il avait attribué un nom à chacune des onze personnes représentées en train de boire des verres, tandis que des dizaines d'invités devaient s'amuser hors champ. Les hommes en costume, les femmes dans de jolies robes. Il entendait leurs conversations, des éclats de rire surtout, regardait celui au milieu, tout seul, dont le visage était à moitié caché. Dans ce bout de tête inexpressif, ces yeux vides tournés vers le spectateur, il se reconnaissait, s'ennuyant comme on peut s'ennuyer dans une foule mondaine, dans l'attente, quand même, que quelqu'un nous parle. Il se sentait lié à ce visage figé dans sa solitude.

Il n'aimait rien tant que regarder les autres, guetter d'eux un geste, une parole. Toujours témoin, jamais acteur. À New York, il adorait tomber sur des vernissages. Il s'y engouffrait. Les espaces étaient souvent petits, ridicules par rapport à ceux d'un musée, il en faisait vite le tour. Mais la petite foule l'attirait. Qui était qui ? Traîner devant une œuvre lui servait de prétexte pour écouter les conversations, piocher des phrases dont, même s'il les jugeait stupides, il attendait la suite. Il avait pourtant mieux à faire, voir des amis, dormir, travailler, lire. Mais il en fallait toujours plus à ces deux yeux vides qui s'animaient en scannant la salle, observant les Dix Petits Nègres de sa chronique mondaine. Il aimait par-dessus tout les récits de fêtes, qu'elles aient eu la veille ou voilà plusieurs décennies. Lui qui n'aimait pas sortir, qui s'ennuyait vite, ne dansait jamais, voulait en connaître le moindre détail. Ces deux amis s'étaient-ils embrassés, disputés ? Qu'était devenu le cheval blanc de Bianca Jagger au Studio 54 ? L'amiral Russell, en 1694, avait-il vraiment servi du punch dans une fontaine si grande que les serveurs y naviguaient en canoë ? Il s'y projetait à chaque fois, mais comme un autre très à l'aise, comme si les deux yeux s'étaient offert un corps qui savait profiter de la fête.

Alex Katz, l'auteur du tableau, était venu au 222 Bowery. C'était le 4 décembre 1963. Il l'apprit de la bouche de Sally Chamberlain, une très belle vieille dame, veuve de Wynn Chamberlain. Il n'en crut pas ses oreilles. Plus de cinquante ans après, elle se souvenait de tout. Des invités présents, de la musique jouée, du gâteau. C'était donc chez Wynn, au troisième étage.

Une soirée organisée pour le vingt-septième anniversaire de John Giorno. Le loft avait beau être plein à craquer, peu de monde connaissait le jeune poète. Tout juste savait-on qu'il avait joué dans *Sleep* d'Andy Warhol. Ses vingt-sept ans n'intéressaient personne, sinon quelques proches. L'actualité l'emportait. Le 22 novembre, à Dallas, le président Kennedy avait été assassiné. Le pays s'était arrêté, fasciné par le tailleur rose sang de Jackie, le salut militaire d'un petit garçon en manteau bleu clair devant le cercueil de son père, au cimetière d'Arlington. C'était un moment historique qu'on vivait là. Si le président pouvait être tué, cela voulait dire que tout pouvait arriver.

L'anniversaire de John Giorno était une excuse. Entre cette fête et le cocktail du tableau, il n'y avait pas grand-chose en commun. Les invités qui avaient monté les escaliers raides du 222 étaient moins apprêtés, plus bohèmes. Il y avait ce soir-là :

le poète John Ashbery
la chorégraphe Trisha Brown
le musicien John Cage
le chorégraphe Merce Cunningham
le peintre Jasper Johns
le peintre Alex Katz
le peintre Brice Marden
le sculpteur Robert Morris
l'artiste Robert Rauschenberg
le peintre Roy Lichtenstein
le sculpteur Claes Oldenburg

le danseur Steve Paxton
la chorégraphe Yvonne Rainer
l'historienne de l'art Barbara Rose
le peintre James Rosenquist
le peintre Frank Stella
le chanteur Tiny Tim
Et Andy Warhol

John Giorno, dans son autobiographie : « C'était une fête d'anniversaire pop art pour un jeune poète. Inconsciemment, ils se vivaient comme une famille, dont les membres se soutenaient les uns les autres. J'ai eu beaucoup de chance d'avoir été le prétexte de ce moment formidable, plein d'intrigues et de joie. Plus tard, en 1965 ou 1968, quand ils furent tous devenus très célèbres, plus personne n'assista aux fêtes des autres, à moins qu'elles ne soient organisées par quelqu'un qui pouvait les aider dans leur carrière. Mais cette nuit-là, tout était encore pur. »

Cette nuit si pure, ils burent du champagne, dévorèrent un énorme gâteau acheté dans une pâtisserie de Little Italy. Les jeunes mafieux du quartier, qui protégeaient ceux qui ne se mêlaient pas de leurs affaires, vinrent chanter des mélodies siciliennes. Giorno regardait tout cela, et tout le monde le regardait. Dans cette fête non photographiée, des fils invisibles reliaient tous ceux qui avaient couché ensemble. Une pelote d'entrelacs complexes. Il y eut des disputes : Jasper Johns refusait d'être dans la même pièce que son ancien amant Robert Rauschenberg, d'autant plus que celui-ci était venu avec son nouveau compagnon, le danseur Steve Paxton.

Plusieurs de ces hommes travaillaient à un grand projet : la Foire internationale de New York. Elle s'ouvrirait quelques mois plus tard, le 22 avril 1964, dans un ancien marais du Queens, qui avait déjà accueilli l'Exposition universelle de 1939. À la demande de Nelson Rockefeller, Philip Johnson réalisait le pavillon de l'État de New York, avec son collaborateur régulier, Richard Foster. L'ensemble était composé de trois parties : la « Tent of Tomorrow », un chapiteau de béton ; trois tours « Astro-View », culminant à 68 mètres, d'où on pouvait observer la ville ; et un « Theaterama » cylindrique. Philip Johnson avait commandé des œuvres à des artistes. Roy Lichtenstein peignit le tableau d'une femme rousse, tout droit sortie d'un comic book, explosant de rire. Robert Rauschenberg agrandit des images de la chapelle Sixtine, d'un aigle, de la statue de la Liberté. Andy Warhol préparait l'un de ses premiers fait d'armes : les *Thirteen Most Wanted*, les portraits des treize hommes les plus recherchés par la police new-yorkaise, à placarder sur les murs du Theaterama.

L'idée lui était venue alors qu'il dînait avec John Giorno, Wynn Chamberlain et l'amant de celui-ci, Jimmy O'Neill, un policier. Au cours du repas, ce dernier avait offert à Warhol une enveloppe en kraft contenant divers documents internes, des *mugshots*, c'est-à-dire des photographies prises aux postes de police, et un fascicule, intitulé les *Thirteen Most Wanted*, rassemblant les descriptions physiques, les parcours et les empreintes digitales des criminels. Les 13 portraits sérigraphiés seraient installés, mais le public ne les verrait pas. Philip Johnson en avait averti Warhol. Nelson Rockefeller n'appréciait pas cette œuvre, les Italo-Américains étaient trop nombreux à y être représentés. Cela pouvait créer un scandale politique… Warhol proposa alors de remplacer les 13 portraits par ceux de Robert Moses, l'urbaniste qui, à partir des années 1930, avait redessiné la ville de New York. Devant le nouveau refus de Johnson, il fit recouvrir son œuvre de peinture aluminium. Il garda les clichés de Jimmy O'Neill, dont il se servit par la suite dans des sérigraphies figurant des accidents de voiture ou des scènes de crime.

Ces hommes n'étaient ni au placard, ni en dehors. Personne ne les connaissait, leur vie privée n'avait aucun intérêt. Ils restaient entre eux, avec leurs histoires de baise, leurs rivalités naissantes, leurs ambitions. Ils se savaient détestés par leurs aînés, ceux de l'expressionnisme abstrait, ces artistes apparus après la guerre qui rêvaient de faire exploser, dans un seul geste, la toile, jetant la peinture dessus avec force, comme un coup de poing, une éjaculation. Ces Robert Motherwell, Willem De Kooning, Franz Kline, Philip Guston et d'autres, ils les avaient croisés à la Cedar Tavern quand ils étaient étudiants. Ils avaient été effarés par les batailles entre poivrots, les rixes dans lesquelles se ruait Pollock. Ils ne voulaient pas être comme leurs aînés pour qui peindre, c'était être violent, alcoolisé, passionné, torturé, hétérosexuel. Les jeunes qui festoyaient au 222 Bowery, le 4 décembre 1963, couchaient avec des garçons. Leurs œuvres ne laissaient aucune place à l'accident, au romantisme aléatoire du pinceau. Les vieux les détestaient, affirmaient que le petit succès du pop art serait éphémère. Andy Warhol, Robert Rauschenberg, et même Jasper Johns, tout célèbre fût-il, ne dureraient pas. Un peintre, assuraient-ils, c'était quelqu'un qui se salissait les mains, comme Matisse autrefois. Ce n'était pas un poseur qui réfléchissait longuement à ce qu'il allait exposer, obsédé par la communication et proposant des œuvres prémâchées. Eux travaillaient comme les peintres le faisaient depuis toujours, voulaient-ils croire. Ils extirpaient de leurs tripes des images, des couleurs, des formes. Tant pis si le résultat était lugubre, glauque. Il avait le mérite d'être réel. Ils haïssaient ces jeunes qui bousculaient tout avec des œuvres qui ressemblaient à ce que tout le monde connaissait déjà, comic books, drapeaux, piles de détritus…

En 1953, Rauschenberg, tout jeune encore, avait scellé la guerre des générations. Il s'était approché de Willem De Kooning à la Cedar Tavern et lui avait demandé de lui offrir un dessin. Pendant un mois, ensuite, il en avait gommé chaque motif. L'œuvre était devenue une feuille blanche, joliment encadrée par Jasper Johns.

Le soir du 4 décembre 1963, si on but du champagne jusqu'au petit matin, la drogue circula plus vite que les bouteilles. Les joints passèrent de main en main. Le nom du Hitchcock Estate surgit dans la conversation. Dans ce manoir de l'État de New York, propriété de la famille Mellon, l'une des plus riches dynasties du capitalisme américain, s'était installé le psychologue Timothy Leary, qui poursuivait là ses expériences sur les drogues hallucinogènes, et notamment le LSD.

Mais le groupe commençait à se craqueler. Il y avait ceux, comme Giorno, Chamberlain, qui prenaient des drogues psychédéliques pour plonger dans une autre dimension, un monde plus doux. Et ceux, comme Warhol et ses disciples, qui ne voulaient pas perdre une minute d'attention. À eux le speed, les amphétamines qui coupent la faim et le sommeil. Ceux qui en avaient les moyens se pressaient chez les médecins de l'Upper East Side, les Dr Feelgood qui leur injectaient toutes sortes de « vitamines », à peine plus supportables que les cachets d'Obetrol ou de Dexamyl vendus par les dealers. Les dopants auraient beau tuer la plupart de ses proches, Warhol en consommerait jusqu'à sa mort en 1987. Les excitants le transformaient en un vampire des boîtes de nuit toujours sur le qui-vive, repérant les personnages à portraiturer, à prendre sous sa coupe et à dévorer.

La nuit était pure, mais Warhol la trouverait vite poussiéreuse. Il voulait des stars hollywoodiennes, de l'aristocratie européenne, les filles des meilleures familles puritaines, et les mélanger aux junkies. Tous ceux qu'il avait croisés ce soir-là, les Rauschenberg, Johns, Oldenburg et consorts, étaient trop concentrés sur leur travail, sur leurs œuvres, et pas assez sur eux-mêmes. Le silence habitait les couloirs de l'ancien Young Men's Institute. Il n'y avait que rarement des fêtes, hormis les dîners chez Wynn Chamberlain. Le reste du temps, l'atmosphère calme du travail régnait. Le 222, ce n'était pas la Factory où le spectacle, la vie et la création s'entremêlaient dans une hystérie collective.

Au 222, il y avait de la drogue, des lits qu'on partageait, mais c'était pour mieux se concentrer, être au plus près des œuvres. Au troisième étage, chez Wynn Chamberlain, du beau monde se dénudait. Des poètes, tels Allen Ginsberg, Peter Orlovsky, John Giorno, Diane di Prima, venaient. Wynn réalisa un diptyque, *Poets Dressed and Undressed*. Dans l'un des tableaux, ils sont habillés, dans l'autre, nus. Il s'y met lui-même en scène, nu, avec John Giorno et Ruth Kligman, peintre et ancienne maîtresse de Jackson Pollock et Willem De Kooning. Dans le catalogue de l'exposition de ses peintures de nus, qui nécessita un gardien pour empêcher l'accès aux mineurs, Allen Ginsberg écrivit : « Chamberlain a peint des corps nus – des Jupiter modernes, des Ganymède, des Aphrodite, etc. »

L'un des invités de la fête lui posait problème. Il ne savait pas quoi faire de lui. Quand il se renseignait sur le 222 Bowery, qu'il interrogeait des témoins de l'époque ou qu'il se plongeait dans les archives, son nom apparaissait toujours. Il l'avait volontairement retiré de la liste des invités de l'anniversaire de John Giorno, mais il était bien obligé de le remettre. Le 4 décembre 1963, au troisième étage, chez Wynn Chamberlain, il y avait aussi :

le poète Frank O'Hara

L'un des visages les plus connus du monde de l'art et des lettres de l'époque. L'un des chefs, sinon le seul, de l'école de New York, un mouvement qui avait triomphé dans les années 1950 et produisait encore des rejetons en ce début des années 1960. Tous les regards convergeaient vers lui. Poète, il s'était donné pour ambition de sortir les vers du lyrisme convenu, de les adapter à la vie réelle. Ami des peintres Joan Mitchell, Michael Goldberg, Willem De Kooning, Jackson Pollock, il était aussi critique d'art. Après avoir commencé comme employé à l'accueil du MoMA, il était devenu commissaire d'exposition. Son pouvoir sur New York attirait à lui les jeunes poètes. Il était homosexuel, charismatique. Il écrivait la vie telle qu'il la vivait, évoquait les taxis new-yorkais, les films qu'il avait vus la veille. L'un de ses poèmes les plus célèbres était « *Having a Coke with You* ». Il y déclarait que boire un Coca avec son amour était plus amusant que d'aller à « Saint-Sébastien, Irun, Hendaye, Biarritz, Bayonne/ou d'avoir mal au ventre sur la Travessera de Gràcia à Barcelone ». Il ajoutait : « je te regarde/et je préfère te regarder toi/plutôt que tous les autres portraits du monde/à part parfois peut-être *Le Cavalier polonais*/et de toute façon il est à la/Frick/où grâce à Dieu tu n'es jamais allé/donc on pourra y aller ensemble pour la première fois ». Dans un autre, « Le jour où Lady Day est morte », il écrivait : « Il est 12:20 à New York on est vendredi/trois jours après le 14 juillet oui/on est en 1959 et je vais me faire cirer les chaussures ». Il mentionnait les pièces de théâtre en vogue, des horaires de train, les paquets de gauloises, avant de conclure sur la mort de Billie Holiday.

Frank O'Hara, donc. Impossible d'écrire sur le New York de cette époque sans y faire référence. Mais il était quand même embêté. Car Giorno et tous les autres le détestaient. Il était né en 1926 et appartenait au monde ancien, ou supposé tel. Il ne provoquait pas, il restait confiné dans son monde d'artistes. Les jeunes gens trouvaient ses vers rasoir. Giorno était allé avec Warhol à une lecture de poètes de l'école de New York, dont O'Hara. « Oh John, c'est si ennuyeux, pourquoi c'est si ennuyeux ? » lui avait soufflé son compagnon.

Malgré tout, Frank O'Hara. Il ne pouvait pas l'esquiver, le retirer du tableau, l'enlever de l'histoire de son immeuble. Tant pis s'il n'y avait aucune logique. Il avait fantasmé son récit du 222 Bowery comme un alignement de dominos. Les petits parallélépipèdes seraient tombés les uns après les autres, et il aurait raconté cet enchaînement. Tout se serait succédé, de manière cohérente, avec des artistes qui s'appréciaient et travaillaient dans le même esprit. Il avait rêvé que son trajet dans l'immeuble serait une chronologie de l'histoire de l'art. Comme ces frises enseignées aux étudiants où, en une flèche, on passe du baroque au classicisme, du rococo au romantisme, puis du naturalisme à l'impressionnisme, au pointillisme, à l'expressionnisme. Et ainsi ad vitam æternam, ad nauseam, rassurant ainsi tout le monde, résumant dans des schémas mémorisables l'art occidental sur plusieurs siècles.

Aux artistes européens fuyant la guerre avaient succédé les artistes américains expressionnistes abstraits, puis les avant-gardes des années 1960. Un mouvement chassait l'autre. Sauf que non. Ce n'était pas vrai. La réalité était moins simple. Frank O'Hara, que John Giorno et Andy Warhol détestaient, était-il proche de Wynn Chamberlain, leur ami, qui l'invitait au 222 ? Frank O'Hara venait là aussi parfois pour voir un autre artiste, Michael Goldberg, le mauvais payeur qui réglait son loyer en toiles. Il observait les lieux, fasciné de sentir la présence de Rothko, notamment dans ces gouttelettes de peinture incrustées dans le parquet. Ces infimes rebuts de chef-d'œuvre tombés du pinceau vivaient dans l'anonymat d'un parquet d'atelier, sans doute mêlés à d'autres pigments exclus de la toile. Eux-mêmes peut-être mélangés à des couches précédentes, comme le sang d'une perfusion revivifie celui de la veine percée. Goldberg, donc, était ami de Frank O'Hara. Celui-ci avait écrit un texte sur son travail, *Pourquoi je ne suis pas peintre*. Il commençait ainsi : « Je ne suis pas un peintre, je suis un poète. Pourquoi ? Je pense que je préférerais être un peintre, mais je ne le suis pas. » Puis il disait que les mots et la couleur, c'est la même chose et que, contrairement à son incipit, qu'importe le médium, pourvu qu'on ait l'art. Frank O'Hara écrirait également *The Mike Goldberg Variations*. « Voici le pays avec ses maisons remplies de peinture rouge / et de tuiles grises et le papier jaune clair du ciel. [...] J'arpente le pays avec des chaussures mouillées pendant que tu es dans la mine, / ô New York ! sous le même soleil qui est ici plus blanc / et bleu la nuit, et qui a son propre ennemi vénitien au / couchant / quand les nuages se pressent depuis le Battery dans la chaise de l'Atlantique... » Ces vers, beaux, lyriques, étaient ceux des peintres et des poètes qui s'aimaient, de mondes qui se mêlaient.

Il lisait ces récits de compagnonnages, d'amitiés, ému, surpris par la réalité, l'imprécision des manuels d'histoire de l'art. Michael Goldberg avait été aidé par Rothko, il serait là pour Chamberlain. En 1969, celui-ci n'habitait plus sur le Bowery. Après son mariage avec Sally Stokes, une jeune fille de bonne famille, il était devenu le père de jumeaux. Les escaliers du 222 trop raides pour des jeunes parents, ils s'étaient installés dans le loft que leur prêtait Alex Katz. Ils partaient souvent à la campagne. Un soir d'hiver, une tempête de neige s'abattit sur leur cottage. Impossible de sortir, de se déplacer, la maison était comme enterrée. Mais la télévision marchait. Pendant tout le week-end, ils regardèrent, amusés et effarés, les programmes idiots, les publicités mensongères, les émissions qui faisaient de la politique un spectacle. À longueur de temps se donnaient à voir l'hypocrisie d'un pays supposément idéal, la misogynie, l'hétérosexualité comme seule règle, l'argent roi, la guerre du Vietnam présentée comme un devoir patriotique… Eux qui étaient si loin de tout ça découvrirent une autre Amérique. C'était si crétin que Chamberlain y trouva matière à faire un film. Une comédie moquant ces heures d'ineptie consommées par tout un pays.

Il écrivit un scénario, plutôt des saynètes mises bout à bout, un best of d'une journée de programmes télévisés. Restait à faire le casting. Sa vedette serait Taylor Mead. La sainte trinité : poète, acteur, performer. Un quadragénaire rachitique, au long visage asymétrique et aux yeux exorbités, né dans une bonne famille de Detroit, qui avait tout quitté pour devenir beatnik puis hippie, avait vécu à San Francisco avant de s'installer à New York, attiré par la ville gigantesque où l'on pouvait vivre dans l'anonymat. Contre-intuitif pour un artiste, mais logique pour un esprit aussi étonnant, que Susan Sontag décrivait ainsi dans son article « *Notes on "Camp"* » en 1964 : « La source de son art est la plus profonde et la plus pure possible : il se donne lui-même, entièrement et sans réserve, dans une forme de bizarre fantaisie autiste. […] Rien n'est aussi beau chez quelqu'un, mais c'est extrêmement rare, passé l'âge de 4 ans. » Marcel Duchamp, expatrié à New York depuis des décennies, vénéré par tous ces jeunes artistes, l'adorait. Il ne ratait aucune de ses performances, lisait ses poèmes où il était question de policiers pédés, violeurs. Le génie du siècle, celui qui avait ouvert la voie à tous les autres, le pyromane de l'art, ne pouvait qu'aimer la pureté de Mead, sa capacité à jouer pour de vrai, sans envie de faire carrière, ni de remporter un quelconque succès.

Quand Wynn Chamberlain lui proposa de jouer le premier rôle de *Brand X*, Taylor Mead accepta tout de suite. Il avait besoin d'argent et voulait montrer à Andy Warhol qu'il pouvait travailler sans lui. Car la petite gloire qu'il avait acquise venait de son passage à la Factory. Après leur rencontre, par l'intermédiaire de Henry Geldzahler, commissaire d'exposition au Metropolitan, Mead et Warhol étaient devenus amis. L'artiste l'avait emmené à Los Angeles, avec quelques autres, pour le vernissage d'une exposition. Là-bas, ils avaient tourné *Tarzan and Jane Regained… Sort Of*, un remake des films de Tarzan, fantasme gay de la génération des années 1950 et 1960, joué ici par le malingre acteur, à Venice Beach ou au Beverly Hills Hotel. Ils continuèrent ensuite à travailler ensemble, Mead montant, étalonnant les films de Warhol, en plus de faire l'acteur. Dans *Village Voice*, un lecteur laissa éclater sa colère, considérant que le magazine défendait trop les élucubrations de Warhol, « ses films sans caméra, sans pellicule, flous, qui s'intéressent au cul de Taylor Mead pendant deux heures ». Ledit Mead s'amusa à répondre ne pas avoir trouvé un tel film dans les archives. Peu après, ils tournèrent un film avec un plan unique : le cul de l'acteur devant lequel passaient divers livres ou images, la photo de Richard Burton et de Liz Taylor, la couverture de *Life Magazine* avec les Beatles, celle d'une revue porno, un exemplaire d'*Anna Karénine*, des fleurs…

À présent, fauché, frustré, furieux de devoir vivre à la petite semaine, quand Warhol vendait ses sérigraphies de plus en plus cher, Taylor Mead s'impliqua avec enthousiasme dans le projet de Wynn. C'est même grâce à lui que le film trouva un financement. Au cours d'une soirée donnée après un concert de Janis Joplin, Wynn Chamberlain avait discuté avec une connaissance de sa femme Sally, Emily Harding, la fille d'Alice Astor, appartenant à l'une des familles les plus riches du monde, dont le nom était partout à New York, de l'hôtel Waldorf-Astoria au quartier d'Astoria dans le Queens. À cette jeune femme, dont la mère venait de mourir, lui laissant une partie de la colossale fortune familiale, il avait parlé de son projet, dans lequel Mead jouerait le rôle principal. Elle aurait répondu : « Quitte à perdre de l'argent, autant que ce soit sur un projet avec Taylor. »

Les scènes d'extérieur furent tournées dans le nord de l'État de New York. Tout le reste dans l'ancien gymnase du 222. Michael Goldberg avait remisé ses toiles, amusé de voir son atelier accueillir toutes sortes de gens. Le bel Abbie Hoffman, poster boy des campus engagés, futur auteur du livre *Steal This Book*, manuel de la contre-culture expliquant comment mener une guérilla ou cultiver du cannabis, était là. Lui qui avait, deux ans plus tôt, organisé un happening dans Wall Street où, avec ses acolytes, ils brûlaient de l'argent devant des traders furieux, s'amusa encore avec des billets de banque. Dans un sketch où il jouait un policier véreux, faisant toutes sortes de bruits aux toilettes, il se jetait dans une baignoire remplie de dollars, des pots-de-vin, disait-il, auxquels il mettait ensuite le feu. Candy Darling, une Superstar de Warhol, la fille la plus glamour de la ville, née dans un corps d'homme, avait également une scène. Enveloppée dans un trench beige, elle était « Marlene D-Train » (la ligne de métro qui traverse New York du nord au sud), une invitée de *What's My Sex ?*, parodie de *What's My Line ?*, un célèbre jeu de la télévision américaine où des juges masqués devaient deviner le nom d'une célébrité présente sur le plateau. Sam Shepard, Jane Holzer, Ultra Violet passaient aussi une tête devant la caméra. Dans une scène, on clamait : « Mangez plus, pensez moins ! » Un spot publicitaire vantait les bienfaits de la crasse. Les invités d'un talk-show se massaient le visage avec des vibromasseurs. Une animatrice très charismatique discutait avec Mister New York, Mister Chicago et Mister East Coast, leur demandant de contracter leurs muscles. Les trois hommes, repérés dans une salle de sport, souriaient, sans trop savoir où ils avaient atterri. Taylor Mead et un beau moustachu reniflaient leurs aisselles respectives.

Mead jouait aussi le président Nixon, récemment élu, intervenant dans une conférence de presse. « Qu'allez-vous faire quand l'inévitable arrivera ? » lui demandait une journaliste. « Je suis optimiste, l'inévitable n'arrivera pas », répondait-il. À ses côtés, une jeune femme jouait son épouse, Pat Nixon, qui gonflait des ballons et faisait des bulles de savon tout le temps de la conférence de presse. Devant un mur du gymnase tendu d'un immense drapeau américain, des amis de Wynn Chamberlain avaient été rassemblés. Certains assurèrent avoir repéré parmi eux des amis de Warhol, venus espionner le tournage. Depuis sa Factory, Andy aurait été jaloux de voir autant de beau monde accourir au 222. Pourtant, il avait déjà fait scandale et connu le succès avec des films, comme *Pauvre Petite Fille riche, My Hustler, Chelsea Girls*. Mais il ne voulait pas se faire voler la vedette. Et quelqu'un – mais qui ? Candy Darling ? Ultra Violet ? Jane Holzer ? – lui rapportait tout.

En 1970, le film sortit à New York, Washington DC et Los Angeles. Ce concentré, en une heure quarante, d'une journée télévisée fit rire les étudiants. Les blagues corrosives de Wynn Chamberlain et son utilisation paritaire de la nudité – autant de corps masculins que féminins – reçurent leurs applaudissements, au cours d'une tournée des campus. Chamberlain partit ensuite en Inde avec Sally et leurs deux enfants, entamant un voyage qui les emmènerait au Mexique, en Californie, au Maroc, puis de nouveau en Inde, où il mourrait en 2014.

La maison de production perdit finalement la trace des bobines, et tout le monde oublia *Brand X*. Le film fut retrouvé, restauré et projeté dans quelques salles, des décennies plus tard. Des critiques noteraient alors son étrangeté, on aurait dit une préfiguration du *Saturday Night Live*, émission hebdomadaire de sketches parfois acides. Ceux qui l'avaient créée, en 1975, avaient sans doute vu *Brand X*. La contre-culture est une bombe à retardement.

6
Les escaliers

C'est quelque chose d'être au cœur du mouvement, de suivre son rythme, de le chevaucher comme une fidèle monture, d'avancer avec lui, sans savoir où cela nous emmène. Grisant, exaltant, jouissif. Les dictionnaires manquent d'adjectifs pour définir l'état d'esprit de celui qui figure son époque. Magnifique, insolent, hautain. On pourrait trouver des dizaines de synonymes, exprimant tous le bonheur, insupportable pour les autres, de celui qui incarne son temps. Il est tout ce que les livres d'histoire diront un jour, dans les grandes lignes et les menus détails, de la situation politique, sociale, philosophique d'une époque. Il est les symptômes superficiels de son temps. Il est une mode, une apparence. Il est ce que John Giorno était. Un homme dont la jeunesse se prolongeait parce que, pour la première fois dans l'histoire, on la laissait s'étirer, on la mettait dans les mains des intéressés plutôt que dans celles de la famille ou de la religion. Il était un jeune homme qui s'insurgeait contre le monde, qui voulait le changer, à coups de joints fumés, de corps baisés et de poésies récitées. Un jeune homme dont les cheveux devenaient longs, dont la barbe foisonnait, et qu'on ne voyait jamais en cravate. Un jeune homme parfaitement de son temps, comme tous ses camarades. Et chacun de leurs verres, de leurs spectacles, chacune de leurs baises était un concentré d'eux, de leur jeunesse, de leur époque.

Et les autres, alors ? Parce qu'il y en a toujours, des autres. Il y a ceux qui vivent loin, très loin, pour qui tout cela n'est qu'une image mal imprimée dans un article de journal, une poignée de secondes vite oubliées d'un reportage télévisé sur une ville extraordinaire à l'autre bout du pays. Il y a ceux qui sont là, à seulement quelques kilomètres, mais que l'époque n'inclut pas, parce qu'ils n'en ont pas les moyens, que la vie de bohème a un coût, économique, mental, qu'ils n'ont pas le temps de baiser, de fumer et de réciter des poésies, qu'ils ont eu leur lot d'épreuves et que le pouls de leur temps, ils n'ont d'autre choix que de l'ignorer. Ils ne savent même pas ce qui se passe au cœur du réacteur. Heureux les aveugles ? Heureux les sourds ? Heureux les ignorants ?

Et puis il y a ceux qui frôlent tous les jours l'époque, qui la connaissent intimement, en saisissent les strates, les nuances. Mais ils n'en font pas partie parce qu'ils ne sont pas conviés à la table, ils sont trop éloignés de ceux qui se rêvent différents. Ils ont été installés aux premières loges un peu par hasard et ils ne peuvent que contempler le spectacle et reconnaître leur décalage. Bien sûr qu'ils sont amers, bien sûr qu'ils s'agacent. Bien sûr qu'ils veulent autre chose. S'asseoir à la table ? Peut-être. Ou plutôt que la table ne porte pas les marques de tous ces défauts qu'ils connaissent si bien, que les bruits des dîneurs ne soient pas les mêmes.

Ceux-là, il y en avait au 222. Non pas au troisième étage, chez Wynn Chamberlain, ni dans l'ancien gymnase où Michael Goldberg travaillait, ni chez John Giorno au deuxième. Mais derrière les nombreuses portes devant lesquelles on passait en montant chez l'un ou chez l'autre, ces portes en enfilade, toujours fermées, dont on se demandait si c'étaient celles de placards ou de pièces secrètes. L'immeuble intriguait même ses visiteurs réguliers. On ne savait jamais vraiment combien il y avait d'ateliers, de lofts, de pièces. Impossible également de se repérer avec ces demi-étages, cette entrée sur le côté, ces hauteurs de plafond qui n'étaient pas les mêmes d'un étage à l'autre.

Les cris, les rires, les hurlements même, quand un convive se lançait dans une danse folle ou qu'une dispute éclatait, tous ces bruits résonnaient dans les escaliers du 222. Ils agaçaient, évidemment, ceux qui n'en étaient pas. Il fallait porter des œillères pour ne pas constater cette évidence : celles et ceux qui entraient parfois dans le loft de Wynn Chamberlain pour faire la fête et en sortaient au petit matin, ceux que John Giorno ramenait chez lui et qu'on voyait repartir le lendemain après-midi, l'œil fatigué par la nuit blanche et brûlé par les volutes de joints, étaient de leur temps.

On pouvait maudire cette époque, la mépriser pour son mauvais goût, sa décadence. On pouvait se plaindre de ne pas en être et passer à autre chose. Mais c'était comme ça. Au 222, ils étaient quelques-uns à être ainsi.

Charles Pollock : celui au sujet duquel, pour l'éternité ou presque, on demanderait s'il était de la famille de Jackson. Eh bien, oui. Il était l'aîné de dix ans de la comète de la peinture, du James Dean du *dripping*, mort, non pas comme l'acteur dans une Porsche 550 Spyder sur une route de Californie, mais dans une Oldsmobile décapotable à Long Island. Ce petit frère alcoolique et agité, benjamin d'une famille pauvre et nombreuse de l'Ouest américain, c'était grâce à lui qu'il était devenu peintre. Il l'avait poussé à suivre des cours de dessin à New York, alors qu'il était un adolescent tourmenté. Les deux frères avaient traversé le pays, décor d'un mauvais film au scénario écrit par Wall Street : la crise était partout, dans les wagons des trains de marchandises remplis de ceux qui voulaient fuir la misère, dans les manifestations de grévistes qui demandaient des revenus décents, sur les longues routes arpentées à pied, le long de champs cultivés par des gosses. Jackson était ensuite devenu un demi-dieu, un satyre de la peinture, éclaboussant la toile, la maltraitant avec la violence de la vie dans les ranches. Charles peignait avec application et dévotion. Il avait délaissé les scènes réalistes de la vie ouvrière pour l'abstraction, cherchant à travailler la peinture comme Rothko avant lui, à faire de la toile la page d'une douce calligraphie. Il avait longtemps enseigné dans le Michigan, puis, avec sa femme Sylvia et leur fille de 1 an, Francesca, s'était installé à New York en 1968. Un ami, Angelo Ippolito, quittait son atelier du 222 Bowery et l'avait recommandé à Sam Wapnowitz. Et voilà que, chaque matin, il partait de son appartement de l'Upper West Side, sur la 86e Rue, pour se rendre sur le Bowery. Il descendait Manhattan, comme on tombe dans les Enfers. À 66 ans, il retrouvait ce qu'il pensait disparu, des hommes allongés par terre en été, inanimés, les mêmes, collés les uns contre les autres autour d'un brasero, en hiver, les files d'attente devant la Bowery Mission. En trente ans, l'Amérique n'avait pas changé, pas progressé. Elles étaient bien belles, les promesses des démocrates. En tout cas, ce n'étaient pas les effusions de jeunes gens libérés qui allaient le séduire. Il s'enfermait toute la journée dans son atelier, et mettait du jazz, cette musique de vieux. Il peignait méticuleusement, des formes géométriques de couleur. À son arrivée au 222, il s'était plaint du manque de lumière. Mais l'obscurité lui servirait. Il la mêlerait à ses couleurs. Comme s'il passait un filtre sur la toile, une preuve que, dans l'abstraction la plus absolue, dans la recherche la plus formelle, la réalité et la mélancolie pouvaient s'immiscer. Rien à voir avec ce pop art obsédé par l'argent et la célébrité. Rien à voir avec cette dépression esthétisée et rendue élégante. Rien à voir avec cette mise en scène de soi-même, ces peintres qui voulaient rivaliser avec les stars hollywoodiennes. Il avait fini par quitter, en 1971, ce pays qu'il ne reconnaissait plus. Il avait oublié l'Amérique et New York. Était parti à Paris où il resterait jusqu'à sa mort en 1988. Avant de partir, il stocka, en secret, dans un entrepôt de Harlem, une grande partie de ses œuvres, laissant là sa vie américaine, réduite à un souvenir.

Warren Brandt : faire l'inverse de tout le monde. Commencer par l'abstraction pour aller vers le réalisme. L'inverse de tous les autres, dont les dessins d'enfants reproduisaient leurs parents, maison, frères et sœurs et instituteurs, dont les travaux d'adolescents représentaient leurs aspirations, dont les gribouillages révélaient l'excitation devant le corps nu du modèle. Et qui, adultes, étaient passés à la pure forme, à ce monde dont les portes avaient été ouvertes par Kandinsky. Mais pas Warren Brandt. Lui, il avait délaissé l'abstraction. Comme tout le monde, *L'Atelier rouge* de Matisse au MoMA l'avait transporté. Mais chacun était ressorti du musée avec un avis différent. Rothko avait compris que la peinture pouvait créer un espace, un lieu. D'autres y avaient décelé l'idée que la couleur et la forme écrasaient le sujet, que celui-ci ne pouvait être qu'un prétexte. Warren Brandt, lui, avait adoré la modernité dans le traitement du réel, la splendeur avec laquelle Matisse avait reproduit son atelier. Le sien, au 222 Bowery, n'était pas celui d'Issy-les-Moulineaux. Les voisins étaient bruyants, bien différents de lui. Et alors ? Il leur souriait, amusé. Il n'avait aucun ressentiment contre eux, aucune rancœur à les voir aussi insouciants. Il les aimait bien, même s'ils n'étaient pas du tout du même monde. Le sien, c'était celui du riche Upper East Side, où sa deuxième femme, Grace Borgenicht, possédait une galerie. La bonne société s'y pressait, s'offusquait d'apprendre qu'un homme aussi élégant, urbain, amusant que lui, puisse aller tous les jours travailler sur le Bowery. Heureusement, il ne représentait pas ce qu'il voyait tous les jours là-bas. Il peignait des natures mortes, des bouquets de fleurs, des portraits de femmes assises. Il savait que ses toiles étaient au-delà du supposé bon goût des riches invités. Il avait voyagé en Europe, visité tous les musées possibles. Il savait à quel point Cézanne était le peintre le moins décoratif du monde, que Chardin était un génie, que personne ne savait composer une image comme lui, que les couleurs de Derain vibraient sur la toile. Il n'était pas le seul à penser ainsi. Il y avait aussi Fairfield Porter, dans les paysages duquel on rêvait d'entrer, ou Robert De Niro, dont le fils acteur commençait à être remarqué par le cinéma indépendant. Tous auraient aimé que New York fût semblable au Paris de 1890. Ce n'était pas le cas. Mais cela n'avait aucune importance. Ils continuaient à peindre dans leurs ateliers. Le bruit du monde est plus facile à éviter qu'on ne le pense.

William Walton : lui avait tout vu. Aussi, quand il traversait le Bowery, franchissait la porte du 222 et montait les marches pour rejoindre son atelier, rien ne l'impressionnait. Ni les clochards, ni les fêtards qui allaient se coucher à l'aube. Rien ne choque quelqu'un qui avait couvert la guerre pour *Time Magazine*, qui avait été parachuté avec la 82e division aéroportée en Normandie, le 6 juin 1944. Quelques noceurs n'allaient pas effrayer celui qui, pendant la guerre, s'était lié d'amitié avec Ernest Hemingway, qui avait passé une semaine avec lui et Robert Capa au Mont-Saint-Michel en août 1944, vidant les caves des restaurants, qui avait suivi pour les journaux américains la fin du conflit depuis une chambre du Ritz. Et puis, tout ce beau monde qu'il croisait au 222, pourquoi l'aurait-il impressionné ? À la Maison-Blanche, il avait vu tant de personnalités défiler… C'était après l'élection de Kennedy, en 1961. Il l'avait rencontré à Washington DC, où il s'était installé après la guerre, en tant que correspondant pour *Time Magazine*. Bientôt, il en avait eu marre du journalisme et s'était consacré à la peinture. Des œuvres d'expressionnisme abstrait, comme on en faisait à l'époque. C'était un mondain. Les gens comme il faut l'aimaient. Et notamment ses voisins, le couple formé par le sénateur du Massachusetts et son épouse Jacqueline. Ils avaient acheté quelques-unes des toiles de « Billy Boy », comme l'avait surnommé le fringant sénateur. Quand ce dernier entra en campagne, Walton lui apporta son aide. Il accompagnait Jackie quand son mari ne pouvait pas le faire, quand il s'agissait de mettre la future First Lady à l'honneur. Il était avec eux le soir de l'élection, quand les votes des grands électeurs tombaient État par État. Il accueillit chez lui les bureaux du futur président avant que celui-ci ne rejoignît la Maison-Blanche. Il repensait à cela, bien sûr, quand il entendait les jeunes fous du 222 maudire le pouvoir, quand il les voyait s'apprêter à rejoindre une manifestation – lui qui n'avait jamais caché à son ami président son opposition à la guerre du Vietnam. Il repensait à tout ce qu'il avait vécu avant d'arriver ici, à la nuit du 22 novembre 1963 quand, après l'assassinat du président à Dallas, il avait fallu tout organiser pour le transport de sa dépouille. Il avait constitué une équipe pour réaménager la East Room, draper les fenêtres et les lustres avec du crêpe noir, installer le catafalque. Il avait vu, au petit matin, le cercueil enveloppé d'un drapeau entrer dans la pièce, un prêtre le bénir, et les proches défiler devant jusqu'au lendemain, avant que la foule ne rende hommage au président au Capitole. Désormais, Walton peignait, cela lui suffisait. Il savait qu'il n'était plus de son temps, mais le cocon dans lequel il vivait était toujours confortable. Celui dont le Tout-Washington se demandait s'il aimait les femmes ou les hommes, qui était le compagnon idéal des épouses, sans jamais rendre les maris jaloux, vivait comme autrefois. La portraitiste Alice Neel l'avait peint dans sa beauté adulte, habillé tout en jean, les manches de chemise relevées, comme le faisait les garçons qui en observaient d'autres, les soirs d'été, à Greenwich Village. Il était cet inconnu qui avait croisé la lumière, qui ne s'était pas laissé éblouir. Son nom amusait les érudits, c'était le même que celui d'un grand compositeur britannique, « l'enfant terrible de la musique anglaise », reclus sur l'île d'Ischia dans la baie de Naples. Frank O'Hara adorait que son ami, ce peintre si mondain, si politique, qui connaissait tous ceux qu'il fallait connaître, soit éclipsé par un homonyme. En 1961, il écrivit « *Who Is William Walton ?* ». Un jour, il serait oublié. Ne resterait de lui que quelques toiles, pas les meilleures de leur époque, des mentions dans les biographies de ceux qu'il avait aimés et croisés (Ernest Hemingway, Jackie et John Fitzgerald Kennedy), et dans les catalogues raisonnés d'Alice Neel et de Frank O'Hara. Une vie à la postérité étiolée, mais au passé intense.

7

L'appartement à gauche, au deuxième étage

Andy Warhol le dévorait. Il ne pouvait pas faire sans lui. La perruque blonde surgissait, comme un gag idiot. Il se faisait avoir à chaque fois, alors même que son obsession était le 222, cet immeuble que la silhouette maigre n'avait guère fréquenté. Mais Warhol s'immisçait dans ses mots, comme autrefois dans les vies de ses Superstars. Il l'avait adoré. Il l'avait compris mieux que quiconque – c'était l'effet d'une vraie star sur un adolescent que de donner l'impression d'un lien direct entre eux. Quand son nom était cité, quand le style Warhol, pixélisé et coloré, se déposait sur une affiche, il haussait les épaules. Il savait que la révolution warholienne était beaucoup plus corrosive, qu'elle n'était pas qu'un procédé Photoshop ou une série de citations creuses. Warhol avait dynamité le monde, qui, lui, ne s'en rendait pas compte. Et puis, c'était passé. On pouvait se lasser de tout, même d'Andy. Il avait cessé de hausser les épaules, de penser au secret qui les unissait. Comme un ancien amour, quitté depuis longtemps, dont on connaît l'adresse, les lieux de rendez-vous, les habitudes, les films préférés, mais dont la moelle a disparu.

Il avait été monogame. Il était devenu polyamoureux. Il aimait le glacial et obsessionnel Jasper Johns. Il aimait le génial Robert Rauschenberg, auquel il songeait à chaque exposition d'art contemporain, certain que tout artiste aurait dû rendre hommage au maître absolu. Il aimait son ancien compagnon, Cy Twombly, exilé en Italie pour se rapprocher des héros antiques qu'il avait tant aimés. Il aimait John Cage, même s'il n'y comprenait rien, et Merce Cunningham, dont il ne saisissait pas grand-chose non plus. Il aimait ces hommes qui se connaissaient, couchaient, travaillaient ensemble. Il aimait ces hommes qui s'adoraient et rivalisaient de génie. Il aimait John Giorno parce qu'il les avait tous connus, parce qu'il le faisait entrer dans leur monde. Il l'aimait pour ses récits, pour ce qu'il racontait du sexe avec certains d'entre eux, du corps puissant de Rauschenberg, pour ses précisions sur la forme et la taille du pénis de ce dernier, sur la baignoire japonaise que Johns avait fait installer chez lui. Il aimait Giorno parce qu'il était futile et profond.

En réalité, il ne l'aimait pas. Il l'adorait, se délectait de chaque détail de la vie de ce jeune agent de change qui passait ses semaines à écrire des poèmes, qui était malheureux, dépressif, suicidaire, malgré sa sexualité folle, sa beauté, et le monde étonnant qui était le sien. Lui qui s'ennuyait toute la journée s'imaginait dans la peau de Giorno, quittant Wall Street pour devenir poète, partant pour Tanger, après être devenu l'amant de Brion Gysin, un artiste, performer, écrivain, inventeur du cut-up, cette technique d'écriture qui consiste à découper des textes et à former des phrases aléatoirement. Il adorait lire les détails de sa vie conjugale, de son amitié pour les écrivains Jane et Paul Bowles au Maroc, de sa séparation d'avec Gysin, et de son retour, déprimé, à New York en septembre 1966.

John Giorno rentrait sans argent, et sans l'envie de vivre avec ses parents à Long Island. Il avait besoin d'un appartement. Wynn Chamberlain lui parla d'un loft au deuxième étage du 222, dans lequel il entreposait ses peintures. La vaste pièce donnait sur le Bowery. Deux grandes fenêtres en arche, une hauteur sous plafond de 3,60 mètres, une immense cheminée et de somptueux vitraux Tiffany. C'était l'ancienne salle de lecture et de conférences du Young Men's Institute. La faune qui montait autrefois dans le loft de Wynn se déplaça un étage plus bas, dans le luxe couvert de poussière. Les joints circulaient toujours autant. Les dealers livraient leur marchandise et restaient s'amuser. Ses amants dormaient dans le lit que Warhol avait filmé dans *Sleep*. Et ils étaient nombreux. Mais c'est de Robert Rauschenberg que Giorno tomba amoureux. Il couchait déjà avec son compagnon, le danseur Steve Paxton. Un jour, l'interphone avait sonné et c'était le mari jaloux. Mais à New York en 1966, les vaudevilles ne se déroulaient pas comme ailleurs. C'était Paxton qui avait fui, et quelques heures plus tard, Rauschenberg et Giorno couchaient ensemble. Un couple s'était formé.

C'est une chose de dormir, vivre, manger, baiser avec un artiste. C'en est une autre quand il s'agit d'un homme comme Rauschenberg, pour qui tout était art, ou tout devait l'être. Il avait signé des monochromes blancs, réalisé des sculptures avec des objets trouvés et des animaux empaillés, collé ensemble des photos de presse, comme vidées de leur contenu. Il voulait casser les règles, faire de l'art comme personne n'en avait jamais fait avant lui. Après des nuits intenses, il en parlait à Giorno. La technologie l'attirait. L'informatique apparaissait, de nouveaux moyens de communication se perfectionnaient. Un monde éthéré naissait. Rauschenberg devinait qu'il fallait s'aventurer loin des galeries et des musées. En octobre 1966, avec un ingénieur de chez Bell, il lança *9 Evenings : Theater and Engineering*, une série de performances dans un immeuble de Midtown, où se mêlaient deux univers, scientifique et artistique. Y participaient un musicien (John Cage), des chorégraphes (Lucinda Childs, Steve Paxton, Yvonne Rainer) et d'autres artistes. Rauschenberg présenta *Open Score*, un match de tennis qui opposait l'artiste Frank Stella et sa professeure Mimi Kanarek, dans une salle où des dizaines de spots lumineux étaient installés. Les raquettes étaient connectées et, à chaque choc de la balle contre le tamis, une ampoule s'éteignait. L'obscurité se fit progressivement, au fil des sets. Quand tout fut éteint, mettant ainsi un terme au match, 500 personnes montèrent sur scène et s'embrassèrent. Des caméras infrarouges, dont une actionnée par Giorno, filmaient leurs mouvements, projetés sur un écran géant.

John Giorno ne se contentait pas d'être technicien, ni même amant ou figurant de ce monde. Il composait des vers. Pendant de longues semaines, il s'attelait à un texte, simplifiait toujours plus les vers. Depuis l'enfance, il écrivait des bouts de phrases, étudiait leur rythme. Adolescent, il lisait W. H. Auden, T. S. Eliot, Arthur Rimbaud, Dylan Thomas et Walt Whitman. Tout était grandiose, mais pas à la hauteur de son mal-être, ni de son corps qui bouillonnait, excité par la vision des curés en soutane. La révélation avait eu lieu en avril 1956, quand un ami lui avait donné un recueil, publié deux mois plus tôt à San Francisco, *Howl and Other Poems*. Son auteur, Allen Ginsberg, faisait partie de la Beat Generation, avec Jack Kerouac, William Burroughs, Gregory Corso ou Neal Cassady… Comme eux, il avait écrit sur un nouveau mode de vie qui prônait le vagabondage, la drogue, en s'opposant à l'Amérique de l'après-guerre et ses valeurs réactionnaires. Comme certains, Ginsberg était homosexuel. Il avait voyagé en Amazonie à la recherche de l'ayahuasca, une drogue hallucinogène, assurait avoir été en conversation avec le poète anglais William Blake, mort en 1827. Surtout, il avait écrit *Howl*. En trois parties et conclu par une « note de bas de page », nourri de références à l'actualité, aux textes sacrés, à la littérature, le poème plongeait dans l'esprit d'un autre, sa vie amoureuse et sexuelle, sa haine du capitalisme vainqueur, sa détestation des asiles. Il entamait le texte ainsi : « J'ai vu les plus grands esprits de ma génération détruits par la folie, affamés hystériques nus, se traînant à l'aube dans les quartiers noirs en quête d'un furieux shoot, initiés à gueules d'anges brûlant pour l'antique lien céleste avec la dynamo étoilée dans la machinerie de nuit. » Ce lyrisme et cette trivialité avaient choqué. Ginsberg et son éditeur avaient même été poursuivis en 1957 pour obscénité, mais le juge de la Cour suprême de l'État de Californie avait débouté les censeurs. Dans les universités, les étudiants décryptaient, fascinés, les mots de Ginsberg.

> John Giorno, dans son autobiographie : « Dylan Thomas m'avait montré la possibilité de la poésie, mais pour la toute première fois, un poème me touchait au plus profond du cœur. Je me mis à pleurer. Il me semblait impossible qu'on ait pu écrire un tel poème. Ce que Ginsberg a fait pour moi, il l'a fait aussi pour d'innombrables autres personnes, pour tous les hommes gays ou les gens hip de ma génération. J'étais émerveillé par ce qu'il avait accompli, par sa grande compassion. »

Devant les vitraux Tiffany et sa cheminée majestueuse, Giorno écrivait dans le sillage de son héros, de ses héros, ceux cités par Ginsberg à la toute fin de *Howl* : « Sacré Peter sacré Allen sacré Solomon sacré Lucien sacré Kerouac sacré Huncke sacré Burroughs sacré Cassady sacrés les mendiants maudits inconnus et souffrants sacrés les anges humains hideux. » Il savait que leurs inventions, l'idée même de casser les mots pour les réinventer, de détruire le style, d'oser écrire sur les tabous, résonnaient avec le monde d'aujourd'hui. Il n'écrivait pas comme eux, mais grâce à eux. Et certainement pas grâce à Frank O'Hara et à l'école de New York. Ceux-là, Giorno les trouvait convenus. Il détestait leurs mots bien pesés, comme pour séduire. Lui voulait voir la poésie exploser, déborder. La monotonie n'avait plus droit de cité, pas dans le New York des années 1960, pas dans ce monde-là, fait de massacres au Vietnam et de saloperies en Amérique latine.

S'il n'y avait pas de règles en politique, la poésie ne devait pas plus en avoir. Surtout si elles étaient dictées par un grand maître qui distribuait les bons et mauvais points. La mort de celui que Giorno et ses amis considéraient comme tel, Frank O'Hara, à 40 ans, écrasé par une Jeep sur la plage de Fire Island, bouleversa le monde de l'art américain, constitua un point de bascule entre la fin de l'après-guerre et l'entrée dans un nouveau New York. À William Burroughs, le 17 décembre 1967, John Giorno n'hésita pas à écrire : « Avec la mort de Frank O'Hara, l'école de New York de poésie a pratiquement disparu, avec ses marchandages et sa stupide écriture poétique, que tout le monde s'accorde aujourd'hui à trouver vraiment stupide. » Si la télévision divertissait jusqu'à l'épuisement, si la littérature de gare occupait les voyageurs des trains de banlieue, au point de leur faire manquer leur correspondance, si la radio grésillait sans cesse et si le sport faisait vibrer comme les jeux du cirque romains, pourquoi la poésie aurait-elle dû être sinistre ?

Giorno composait des vers avec ce qui lui tombait sous la main. Comme O'Hara, peut-être, sauf qu'il n'avait pas envie de mentionner ses visites à la Frick Collection ou la pièce de théâtre du moment. Il composait les vers en piochant des phrases dans des revues pornographiques gays. Dans *Poème pornographique*, en 1967, il lançait : « Sept officiers/de l'armée cubaine/en exil/étaient chez moi/toute la nuit. [...] J'ai oublié le compte/du nombre de fois/qu'ils m'ont/baisé/dans toutes les positions concevables/À un certain moment/ils ont fait/un cercle/autour de moi/et j'ai dû/ramper/d'un entrejambe/à l'autre/en suçant/chaque pine/pour qu'elle durcisse. » La suite faisait le récit de sodomies multiples : « Les positions/que nous avons prises/étaient démentes/mais avec deux/grosses et grasses/pines cubaines/dans mon cul/en même temps/j'étais/au paradis. » La revue *Gay Power*, le « *New York's First Homosexual Newspaper* », publia le poème entouré de photos de pénis.

Les émeutes de Stonewall, qui initièrent l'idée même de mouvement gay, n'auraient lieu qu'en 1969. Le cul entre garçons n'était encore que clandestin et se déroulait dans les buissons de Central Park, dans les toilettes publiques, dans les terrains vagues et les entrepôts désaffectés. Giorno parlait de ces baises-là, intenses, anonymes, furtives, dégoulinantes de sperme et de sueur. Il allait droit au but, voulait faire de la poésie avec des mots, tous les mots. Comme Marcel

Duchamp qui avait imaginé de l'art avec des porte-bouteilles, des pelles ou des urinoirs achetés dans le commerce. Comme Robert Rauschenberg et Andy Warhol qui découpaient des phrases, des titres à sensation ou des légendes de photos saugrenues dans des journaux. Comme William Burroughs et Brion Gysin qui déchiraient des phrases. Comme Jasper Johns, dont il deviendrait bientôt l'amant, et dont les toiles représentaient des cibles, des drapeaux américains ou des chiffres. Autant de choses que tout œil humain identifiait. De signes qui ne nécessitaient aucune autre culture que celle partagée par tout le monde. Dans l'art dit « classique », le spectateur passait par une phase de reconnaissance, d'apprentissage. Qui était la dame peinte ? Était-elle la maîtresse de l'artiste ? Avec Johns, Rauschenberg, Warhol, quelque chose d'autre se produisait. La donne s'inversait. Le plaisir ne venait pas d'une réflexion, d'un travail de reconnaissance. L'art frappait à la figure, comme une ligne de coke durant les premières secondes. Tout ne formait plus qu'un. Mots, images, sons, performances. John Giorno jouait ses poèmes. C'en était fini, jurait-il, de la conférence classique où l'auteur était soit sinistre, assis à sa table et débitant ses vers, soit emphatique, Sarah Bernhardt ressuscitée.

John Giorno bougeait comme personne. Jean-Jacques Lebel le lui montra, cinquante ans après les premières performances du New-Yorkais. Le compagnon de route des poètes beat, qu'il avait traduits en français, plasticien, performer, organisateur de festivals de poésie sonore, fils du critique et ami de Marcel Duchamp, Robert Lebel, avait été témoin de tant de performances. Devant lui, l'octogénaire se leva et commença à taper le sol avec un pied. Puis avec l'autre, sur une mesure différente. Le corps se pencha en avant. Les bras s'agitèrent comme les ailes détraquées d'un papillon. C'était à la fois rapide et doux. Lebel lui dit d'imaginer les textes, les gros mots, les phrases superbes. La scansion redémarra. On était ailleurs, pas dans le moment présent. On était à New York, dans les années 1960. Les corps se transformaient, s'agitaient, se tordaient comme les mascottes publicitaires en tissu qui dansent le long des autoroutes, chorégraphiées par le vent et l'air de ventilateurs. C'était du sexe, du jazz. Bientôt, dans le nord de Manhattan, à Harlem, et de l'autre côté de la rivière, dans le Bronx, des jeunes Noirs feraient de même. Les premiers rappeurs déclameraient des textes, mélanges de réflexions sur leur condition misérable et de messages personnels. Dans les fêtes de quartier, les *block parties*, ils prendraient les micros qui servaient à donner des informations pratiques (horaires des prochains spectacles, annonce d'un enfant perdu dans la foule) et les utiliseraient comme porte-voix.

Depuis la fenêtre du 222, le spectacle de la misère empirait chaque jour. Les conscrits rentraient du

Vietnam. On ne parlait pas encore de stress post-traumatique. Les vétérans buvaient pour oublier les massacres, les camarades tués. Ils se détruisaient pour ne pas voir cette Amérique qu'ils avaient défendue à l'autre bout du monde, sans trop savoir pourquoi, ce pays dont le président proclamait qu'ils étaient des héros, mais qui ne se souciait guère de leur sort. Beaucoup se droguaient avec ce qu'ils pouvaient, incapables de se sevrer de la toxicomanie contractée là-bas. Les forces américaines distribuaient du speed pendant les opérations. Un rapport remis en 1971 à la Chambre des représentants indiquait que, entre 1966 et 1969, plus de 225 millions de cachets de stimulants, principalement des amphétamines, avaient été distribués. Sur le Bowery, les hommes souffraient du manque. John Giorno voyait des soldats de tout le pays, jeunes Blancs de la Rust Belt sans avenir, Noirs du Sud pour qui l'armée avait été la seule issue. L'Amérique créait autant de richesse que de misère. Mais Giorno ne faisait face qu'à la détresse. Celle des Noirs, pour qui l'intégration n'était toujours pas une réalité concrète, celle des homosexuels, pour qui un baiser en public valait une raclée, celle des femmes qui voulaient avorter. Comment l'art pouvait-il passer à côté de ça ? Il était fini le temps où, comme les expressionnistes abstraits qui s'enivraient à la Cedar Tavern, l'art se suffisait à lui-même, où, sous la houlette du critique Clement Greenberg, maître à penser de la génération qui précédait celle de Giorno, le peintre était libre de s'extraire du monde.

Giorno ne pouvait pas faire autrement que d'examiner la menace tapie sous ses fenêtres. Une autoroute à huit voies devait être construite dans le sud de Manhattan et traverser le Bowery. En 1929, la Régional Plan Association avait préconisé de relier le Holland Tunnel à l'ouest de Manhattan, qui passe sous l'Hudson River depuis le New Jersey, à Brooklyn à l'est, pour rejoindre ensuite Long Island, au nord. En 1941, le projet avait été adopté par la municipalité. À la manœuvre, Robert Moses. Cet Haussmann du 20e siècle avait lancé la construction de grands bâtiments, afin de procurer du travail aux chômeurs pendant la Grande Dépression, et rêvé de faire de New York une ville où la voiture serait reine et remplacerait le train. En cette fin des années 1960, le Lower Manhattan Expressway devait donc traverser Manhattan et couper en deux des quartiers entiers de Downtown, SoHo ou du Lower East Side. Beaucoup, jusqu'au *New York Times*, avaient applaudi le projet. Mais un collectif s'était créé, le Joint Committee to Stop the Lower Manhattan Expressway in Greenwich Village, le « Comité pour arrêter la voie rapide du sud de Manhattan à Greenwich Village », regroupant des habitants des quartiers concernés. La municipalité décida d'enfouir l'autoroute dans un tunnel souterrain. Un projet de logements fut même conçu, en surplomb du tunnel.

La mobilisation ne faiblit pas. Plus de 6 000 artistes s'étaient installés dans des anciennes usines, ateliers ou entrepôts. Le comité Artists against the Expressway, dans un communiqué de presse, dénonçait le danger que représentait le projet pour toute la communauté artistique, ainsi que les risques de pollution atmosphérique et sonore qu'il engendrerait : « Le LME est une mauvaise idée depuis les années 1940. Aujourd'hui, c'est un projet destructeur, hors de prix et anachronique. » Des rapports scientifiques établirent que les émanations de monoxyde de carbone dans l'éventuel tunnel seraient dangereuses. L'influence de Robert Moses n'était plus la même qu'autrefois. Le projet fut abandonné. Les artistes avaient-ils fait basculer la donne ? Sans doute pas. L'activisme du Joint Committee avait pesé davantage. Mais, pour une fois, des peintres, des sculpteurs, des poètes étaient sortis de leurs ateliers pour enrayer le réel. En apparence, le sud de Manhattan était le même que quelques années plus tôt, avec ses zones sinistrées et ses beaux quartiers, les usines de Downtown, les communautés qui ne se croisaient pas, les quartiers où on interdisait aux adolescents de traîner. Pourtant quelque chose frémissait, ou bouillait, selon qu'on était, ou pas, à l'intérieur de la marmite.

Il imaginait John Giorno nager dans la marmite, petit personnage satisfait de cuire avec les autres. Il lui inventait des journées, banales pour le poète, incroyables pour lui-même. Ses rêveries animaient Giorno, en faisaient un jouet qu'il lançait à travers les rues. Il pensa à une journée de l'automne 1968. Rien n'est plus beau que la lumière new-yorkaise à cette saison-là – celle du printemps la talonne, sans atteindre sa splendeur. Il devinait que Giorno aimait ces jours-là, quand une rafale de vent ou la lente baisse des températures annoncent l'hiver, où le visage se pétrifie, où il faut rester sur le trottoir ensoleillé et éviter l'ombre pour gagner quelques petits degrés, où la nuit est maudite. Il ne pouvait que l'imaginer, ce New-Yorkais absolu, enfilant sa veste en se réjouissant à l'avance de ce que la ville lui réservait. Tout était là, à sa portée. En sortant du 222, il lui fit prendre la première à gauche, Prince Street, pour remonter jusqu'au numéro 96. Une jeune femme, Paula Cooper, venait d'y ouvrir une galerie d'art. Tout le monde l'avait prise pour une folle, surtout ceux pour qui l'art était réservé à l'Upper East Side. Les marchands s'étaient moqués d'une telle idée, avec une bonne dose de misogynie en supplément. Elle connaissait les artistes. Elle avait leur âge, les comprenait. Elle savait qu'ils travaillaient et vivaient à côté. À ceux qui lui affirmaient que personne ne viendrait dans sa galerie, elle répondait : « Quand l'art est de qualité, les gens viennent. » Peut-être que, dans d'autres villes, l'adage ne se serait pas vérifié. À New York, où les gens traversaient la ville pour manger un sandwich vanté par tous, cela fonctionna. Car l'art présenté était très bon. La première exposition, dont les profits furent reversés, pour moitié, au Student Mobilization Committee to End the War in Vietnam, le « Comité étudiant pour la fin de la guerre au Vietnam », comprenait un dessin mural, le premier, de Sol LeWitt. Ainsi que des créations des premiers artistes minimalistes : Carl Andre, et ses œuvres de métal posées sur le sol, presque invisibles ; Dan Flavin, et ses néons de couleur ; Donald Judd, ancien critique d'art devenu sculpteur ; Jo Baer, et ses séries de toiles similaires mais qui, quand on s'en approchait, étaient si différentes ; ou Robert Ryman, obsédé par le blanc, dont les monochromes en montraient toutes les nuances.

John Giorno regarda tout. Puis il continua sur Prince Street, tourna à droite sur Thompson Street et poursuivit jusqu'à Washington Square. Là, devant la Judson Church où, quelques années plus tôt, de jeunes chorégraphes avaient réinventé la danse contemporaine, des manifestations avaient souvent lieu. Contre la guerre au Vietnam et pour les droits civiques, mais aussi pour et contre tout le reste. Il ne se dirigea pas vers l'ouest, vers les quelques bars où les garçons avaient coutume de se rencontrer, mais traversa la place, où, près de la fontaine, au milieu des effluves de marijuana, quelques jeunes allumés dansaient. Arrivé à la 8e Rue, il prit à droite et remonta jusqu'à St Mark's Place. Il passa devant le Dom, une salle où la communauté polonaise célébrait autrefois des mariages, et où Andy Warhol, encore lui, avait présenté Exploding Plastic Inevitable, l'année précédente. Une sorte de spectacle multimédia, où la bande de la Factory avait montré l'étendue de ses talents, et où The Velvet Underground & Nico avaient joué. Au coin de la 2e Avenue, il s'arrêta chez Gem Spa, le « centre névralgique de la ville », selon Allen Ginsberg, un kiosque à journaux où il acheta le *Village Voice*, que tout son entourage lisait, et d'autres magazines underground. Comme tous les hippies en descente, il commanda un *egg cream*, une boisson à base de lait, d'eau gazeuse et de sirop.

Le sucre agitant ses neurones, il poursuivit sa marche et arriva enfin à St Mark's Church où, depuis 1966, des lectures de poésie étaient régulièrement organisées. Il y retrouva les siens, les poètes pas comme les autres. Il avait fait ici des performances avec une machine à fumée emplissant l'église d'un nuage de brume, avait « joué » ses transes avec les mots, admiré celles des autres. Il enchaîna avec le St Mark's Baths, un sauna gay, où il passa quelques heures. Puis il rentra chez lui, au 222, s'installa dans l'atelier qu'il louait au premier étage, en dessous de son loft. La vaste salle aux murs vides était le siège de Giorno Poetry Systems – un nom d'entreprise informatique plus qu'un pseudonyme d'artiste. Via cette structure, il diffusait des disques de poésie, comme *Raspberry*, sorti en 1967.

En ce faux jour d'automne 1968, il travaillait sur un projet d'ampleur, *Dial-A-Poem*. Un standard téléphonique où chaque appel serait transféré vers un répondeur qui diffuserait un poème lu par son auteur. Ayant en tête le rêve de Marcel Duchamp d'envoyer de l'art par le téléphone, il avait loué une dizaine de machines, les avait reliées ensemble, puis il avait récupéré des enregistrements de William Burroughs, Brion Gysin, Allen Ginsberg, et ajouté les voix d'une dizaine d'artistes, dont John Cage, Bernadette Mayer, Taylor Mead, Anne Waldman, John Perreault, Peter Schjedahl, John Ashbery et lui-même… Chaque jour, le programme de textes serait modifié. L'Architectural League of New York, destiné à aider « le travail intellectuel et créatif dans l'architecture, l'urbanisme et les disciplines qui leur sont liées », soutenait le projet. Elle lui prêta un bureau dans une maison de l'Upper East Side. Une ligne de téléphone fut posée. Le numéro : 212-628-0400.

Les premiers jours, en décembre, furent plutôt calmes. Et puis, le matin du 14 janvier 1969, un article parut dans le *New York Times*, intitulé « *Dial-A-Poem, or even a Hindu Chant* » : « Hier, vous auriez pu entendre Allen Ginsberg réciter son "Cannabilis ?" et chanter quelque chose en hindou, David Henderson lire un poème sur la police et les Noirs [...] et John Giorno faire "Lucky Man" avec un écho qui n'était pas un problème technique mais faisait partie de l'œuvre. » De quoi déclencher des milliers d'appels. Quelques heures plus tard, le réseau de l'Upper East Side manquait d'exploser. Giorno passa les journées suivantes dans la salle des machines de son invention, à s'étonner du succès de son œuvre. Dans son bureau de l'Upper East Side, il observait les signaux des appels sur les répondeurs et les cassettes qui s'enclenchaient, les bandes qui se déroulaient lentement, imaginant les réactions des auditeurs.

John Giorno, dans son autobiographie : « Le schéma des appels était intéressant. Il y avait un premier pic d'activité qui commençait dès sept heures, quand les gens se levaient, et qui augmentait quand ils arrivaient au travail. À neuf heures moins cinq, quand ils arrivaient au bureau, Dial-A-Poem était au maximum de ses capacités et émettait un grand nombre de tonalités d'occupation. C'était une façon d'échapper au boulot. Pendant la pause-café de dix heures et demie, à l'heure du déjeuner, et durant la pause-café de trois heures et demie, les chiffres remontaient à nouveau. Ils plongeaient à cinq heures du soir lorsque les gens quittaient le bureau, reprenaient à six heures, et atteignaient leur pic entre sept et neuf heures quand les gens étaient chez eux, seuls et détendus. Il y avait une grosse vague d'appels à dix heures et demie quand ils rentraient d'un dîner, puis une autre après minuit, à une heure et demie, trois heures et demie, et quatre heures et demie, quand ils rentraient des bars. Ce schéma se répétait tous les jours. C'était une expression poignante des besoins et de la solitude des gens. »

Toute la presse parla de *Dial-A-Poem*, même un journal pour adolescents, *Junior Scholastic*. C'est ainsi qu'un gamin du Queens obtint le numéro, et, avec un ami, le composa. Sa mère les surprit tous les deux hilares. Elle s'empara du téléphone et entendit le récit de deux sœurs suçant des hommes. Furieuse, elle contacta l'opérateur téléphonique qui supprima le numéro. Cependant, il ne tarda pas à être rétabli, la presse en parla davantage encore et les appels se multiplièrent de plus belle. En tout, assurerait Giorno, 1 112 337 appels furent passés.

En 1970, le MoMA accueillit *Dial-A-Poem*, dans le cadre de l'exposition *Information*. On y voyait, pour la première fois, l'art conceptuel en majesté. Ce nouveau courant, qui n'en était pas un, pas plus qu'il n'était un mouvement, ulcérait l'arrière-garde. L'une des vedettes de l'exposition était Joseph Kosuth, 25 ans. Il présentait une chaise, avec, placardés au mur une photo de la même chaise et un panneau indiquant la définition du mot « chaise ». L'art conceptuel, c'était ça, « l'art comme idée en tant qu'idée », affirmait le jeune homme avec morgue, comme s'il crachait au visage des vieux. Un ami de Giorno, Vito Acconci, se domicilia au MoMA et vint tous les matins récupérer son courrier. L'Allemand Hans Haacke distribua des questionnaires demandant aux visiteurs s'ils approuvaient le soutien de Nelson Rockefeller, gouverneur de l'État de New York et ancien président du MoMA, à la guerre du Vietnam. Les poèmes sur répondeur étaient dans leur élément. Cela en dérangea beaucoup, qui oubliaient que la peinture d'une marquise est aussi un concept, qu'une nature morte en est un autre, que la technologie n'est qu'un procédé, au même titre que la peinture à l'eau ou à l'huile.

Cette fois-ci, ce ne furent pas les évocations sexuelles qui choquèrent, mais des textes politiques. Dans l'une de ses *Revolutionary Letters*, la poétesse Diane di Prima recommandait d'éviter « ceux qui trouvent Bonnie et Clyde trop violent », et ajoutait : « Il y a ceux qui peuvent vous dire/comment faire des cocktails Molotov, des lance-flammes, des bombes et tout ça/cela peut vous être utile / trouvez-les et apprenez, définissez / clairement votre cible, choisissez vos munitions / avec ceci en tête / il est / possible même sur la côte Est / de trouver un endroit isolé pour s'entraîner au tir / le succès / ne dépendra que de votre état d'esprit : méditez, priez, faites l'amour, soyez préparés / à mourir à chaque instant. » D'autres poèmes reprenaient les revendications des Black Panthers. De quoi agacer. L'hebdomadaire *Time* publia un billet, le 14 septembre 1970, intitulé « *Dial-A-Radical* » : « Une institution présidée par le banquier David Rockefeller et dont le gouverneur Nelson Rockefeller est membre de son conseil d'administration, le musée d'Art moderne de Manhattan, finance une entreprise incongrue. Dans le cadre de son exposition actuelle sur "l'Information", un poète nommé John Giorno a élaboré une sorte de service qu'on pourrait qualifier d'Appelle-un-gauchiste. En téléphonant au (212) 956-7032, le public peut entendre l'un des 600 messages préenregistrés, principalement révolutionnaires. Le poète Allen Ginsberg chante des mantras, l'activiste [des Weathermen, groupe radical d'extrême gauche] Bernardine Dohrn annonce que son groupe fera exploser un symbole de "l'impérialisme américain". Le musée paie 284 dollars par mois pour ces cassettes et le téléphone. Mais est-ce de l'art ? » Une nouvelle polémique et un nouveau succès. 200 000 appels en quelques semaines et une surveillance de l'exposition par le FBI.

Il se perdait dans tous ces projets, tous ces noms. 1966, 1967, 1968, 1969, 1970. Cinq années dans une ville, et combien d'œuvres ? Combien d'idées qui changeaient tout ? Combien de concepts ? De collaborations, d'amitiés nées autour d'une même envie ? D'ambitions diverses ? Certains, dans leur atelier ou leur Factory, réfléchissaient à leur postérité, travaillaient chaque jour pour elle. D'autres, comme Taylor Mead qui voulait être anonyme, ne se préoccupaient pas de l'avenir. John Giorno était moins intéressé par publier des livres que par jouer ses textes. Plus radical encore, Vito Acconci organisa, avec le poète et critique d'art John Perreault, les *Street Works*, des performances dans la rue, souvent invisibles. Acconci suivit chaque jour pendant un mois des passants au hasard. Il marchait derrière eux jusqu'à ce qu'ils entrent dans un taxi, un immeuble ou une salle de cinéma. Marjorie Strider accrocha des images encadrées sur des poteaux électriques ou dans des cabines téléphoniques. Des artistes dessinèrent à la craie sur le sol, sachant pertinemment qu'une averse ou des milliers de pas effaceraient l'œuvre. Des poèmes furent distribués comme des tracts politiques. Pour l'action « *Stop the Cars, Stop Vehicle Pollution, Stop Air Pollution* », des sacs de clous furent distribués à des amis, lesquels, sous amphétamines, les répandirent sur la chaussée. Un pneu éclata, puis d'autres. La situation devint intenable, les automobilistes s'énervaient, perdaient le contrôle de leur véhicule. Le nom de John Giorno circula. C'était peut-être lui qui était aux commandes ? En tous les cas, ce fut ce qu'il affirma lui-même.

Il aimait Giorno parce qu'il mentait sans doute un peu. Parce qu'il était tout à la fois, l'artiste pur et le dilettante qui traînait au lit, les lendemains de fête ; celui qui s'engageait, travaillait des mois sur *Dial-A-Poem*, et la folle qui ne racontait que ses histoires de cul, préférait décrire la sueur de ses nuits plutôt que celle de ses jours. Il l'aimait parce qu'il était poreux à son époque. Giorno touchait les corps, s'y confrontait, laissait ses tympans éclater aux sons de la musique. À l'été 1969, il partit à Woodstock. Le 18 août, il écrivit à Jasper Johns : « La première nuit, j'ai dormi sous un arbre, sur de la boue et des pierres, alors qu'il pleuvait. La seconde nuit, le concert a duré jusqu'à 9 heures du matin et j'ai dormi dans une tente pareille à un dôme de [l'architecte] Bucky Fuller. » Il lui raconta Jefferson Airplane sous acide, compara le festival à un pèlerinage où « 100 000 bédouins nomades et Touaregs sortent du Sahara et de tout le pays pour venir dormir sur le flanc d'une montagne et participer à une fête religieuse où ils dansent et chantent pendant une semaine ». Les deux hommes n'avaient plus rien en commun, et l'amour s'arrêta là. Jasper Johns partirait bientôt à Saint-Martin, aux Antilles, où Philip Johnson lui construirait un parallélépipède blanc avec vue sur un lagon.

John Giorno adorait les ragots. Cul, fric, engueulades, veuleries, tout y passait. Au point que l'artiste et graphiste Les Levine lui proposa de tenir une rubrique dans la revue qu'il venait de créer, *Culture Hero*. Giorno l'appela « *Vitamin G* ». Le 14 août, avant de partir pour

Woodstock, il avait écrit à Jasper Johns : « C'est génial de demander aux gens des ragots. Cela provoque en eux une réaction physique. » Au fil des quelques mois de parution, aléatoire, de la revue, il parla d'art, de cul, d'amour, de fric, avec le ton efficace des tabloïds et des dépêches d'agences de presse : « Andy Warhol s'apprête à lancer un magazine, appelé *Interview* » ; « Christo veut emballer la côte australienne dans du polyéthylène » ; « Exclusif : Anne Waldman et Lewis Marsh traversent une mauvaise passe » ; « Des sources proches nous confient que Claes et Patty Oldenburg ont divorcé. Elles affirment également que Patty est maintenant amoureuse d'un poète » ; « Est-ce que Dan Flavin a une petite copine au Canada ? ». Il était même question d'animaux : « La chienne de Robert Rauschenberg, Leik, a eu sept chiots. » Il ne précisait pas qui était le père. « Est-ce vrai que Philip Johnson revient juste de Suisse où il a suivi un traitement à base d'injections de cellules qui rendent jeune ou qui vous donnent l'air jeune ? Marlene Dietrich, la duchesse de Windsor, Winston Churchill l'ont déjà expérimenté. » Il cancana sur lui-même : « Jasper Johns et John Giorno se sont quittés. Ça, c'est en direct de la bouche du cheval. » Il distribua des informations : « Indice santé : saviez-vous qu'il n'y a que 90 calories dans une bouche remplie de sperme ? »

La chronique mondaine prit un tour particulier : « Ce qu'ils aiment faire : Bob Rauschenberg se fait enculer et aime être branlé après que vous avez joui et pendant que vous êtes encore en lui et que vous lui pincez les tétons ; William Burroughs se fait enculer et se branle ; Brion Gysin se fait enculer à genoux et se branle. On pourrait comparer leurs trous du cul à des aspirateurs. Woof ! Jasper Johns aime enculer et être branlé, et Andy Warhol aime lécher et jouer avec votre bite. Plutôt glauque. » Dans un autre numéro : « Jasper Johns 18 centimètres, Bob Rauschenberg 18 centimètres, Brion Gysin 12,5 centimètres, Andy Warhol, 11,5 centimètres, William Burroughs, 9 centimètres. » Pas grand monde lisait la revue, sauf les intéressés. Jasper Johns n'apprécia pas.

8
Le Bunker

Et puis, une autre fête, deux ans plus tard, en 1965. Au même endroit, au troisième étage, dans le loft de Wynn Chamberlain. Avec les mêmes invités, ou presque. 130 personnes serrées les unes contre les autres, essoufflées par l'ascension des marches. Encore une fois tout New York se réunissait là, parce qu'il fallait bien être ensemble, former un régiment qui guiderait le monde vers la modernité, qui changerait les choses, l'art, la vie, la poésie. Et pour qui chaque fête, chaque rassemblement, chaque anniversaire, chaque verre improvisé était une marche vers la postérité.

Le message, qu'une telle vie existait, devait se répandre, toucher chaque strate du reste du monde, trop calme et trop normal. À cette soirée, donc, du 22 avril 1965, étaient notamment invités :

la photographe Diane Arbus
le photographe Richard Avedon
l'actrice Beverly Grant
la sculptrice Marisol

le peintre Barnett Newman
le poète Frank O'Hara
le réalisateur Jack Smith
le compositeur Karlheinz Stockhausen
et Andy Warhol

L'ambiance : dévote. Il n'y eut pas de sérénades chantées par de mauvais garçons de Little Italy, pas de gâteau géant, pas tellement d'engueulades entre anciens amants. Ils étaient venus pour voir un homme, William Burroughs, l'auteur du *Festin nu*, qu'ils avaient tous lu et auquel ils n'avaient pas compris grand-chose – pas plus que ses autres lecteurs, des décennies après. Ils avaient été excités par ces récits de monstres tuant un garçon en le violant, ces histoires de vareuses et de culottes en peau d'esclave noir, de jeune Scandinave bronzé ou de paysan malais, par la description des montées matinales de cocaïne coupée à l'héroïne… Ils avaient été effarés par *La Machine molle*, où le narrateur, atteint du ténia, se lamente car son compagnon refuse, pour cette raison, de le sodomiser, et par *Junky*, où l'auteur affirmait que l'héroïne n'était pas un passe-temps, ni même une addiction, mais bien un mode de vie.

Ils connaissaient tout de cet homme de 50 ans : son enfance à Saint-Louis, dans le Missouri, au sein d'une famille bourgeoise enrichie par des usines de caisses enregistreuses ; ses années à Harvard puis à New York, et ses amitiés, qui viraient en nuits de baise et de drogue, avec Jack Kerouac, Allen Ginsberg ou

Lucien Carr ; le meurtre, par ce dernier, de son amant, David Kammerer, qui marqua à jamais la Beat Generation, en fit un mouvement pédé et entaché de sang ; le départ au Mexique avec une femme rencontrée à New York, Joan Vollmer, avec qui il eut un enfant ; le drame du 6 septembre 1951, à Mexico, quand, ivre, il l'avait tuée, dans des circonstances dont le récit changerait tellement qu'on ne saurait jamais rien : mise en scène à la Guillaume Tell pour rire, chute du revolver et accident, certitude que l'arme n'était pas chargée ; l'emprisonnement durant treize jours, la libération sous caution, le retour en fuite aux États-Unis ; l'errance ; Tanger, où la drogue était bon marché, où les notes s'empilaient sur son bureau, en vue, qui sait, d'un roman ; l'aide de Ginsberg pour le faire publier sous le titre *Le Festin nu* ; les encouragements de Kerouac, qui lui disait que, oui, il était un écrivain ; Paris et le Beat Hotel, rue Gît-le-Cœur, un hôtel du Quartier latin avec une seule baignoire, de l'eau à peine chaude, des chambres quasiment sans lumière, c'était là qu'Allen Ginsberg, Gregory Corso, Peter Orlovsky, notamment, avaient vécu en 1957, là qu'il avait fini *Le Festin nu*, que Gysin lui avait enseigné son fameux cut-up ; l'amitié avec Gysin si grande, si belle, qu'ils avaient eu l'idée du « troisième esprit », à la fois somme et extension de leurs deux consciences. Ensemble, ils avaient écrit en cut-up, coupant des phrases et les associant, cassant à jamais l'idée d'auteur classique.

Pour ceux venus au 222, ce soir-là, Burroughs était l'oncle d'Europe, comme de l'autre côté de l'océan on avait des oncles d'Amérique. Une chimère d'homme, dont on se demandait s'il existait vraiment. La soirée débuta avec une lecture d'un ami de Burroughs, Mack Thomas. Puis Brion Gysin fit une démonstration de sa Dream Machine, une « machine à rêve », une lampe tournante et ajourée, destinée à stimuler l'onirisme de celui qui s'éblouissait en fixant les rayons de lumière, et à laquelle il essayait de trouver un débouché commercial. Enfin, Burroughs prit la parole. Il se plaça devant un drap blanc et, syllabe après syllabe, récita une histoire ponctuée de coupes sèches, faite de phrases sans fin, sans verbe, sans sujet. Il fut question de la guerre atomique, de personnages étranges. Le public n'y comprenait rien. Ce n'était pas le but. L'homme en costume sérieux, un peu sale, qui lançait des horreurs d'un ton sec n'avait pas pour ambition de flatter son auditoire. Il lui montrait quelque chose, peu importe quoi. Un univers porno et violent fait de drogue et de haines. On ne comprenait pas grand-chose au Vietnam, à la bombe atomique, à la promesse qu'un jour des ordinateurs dirigeraient le monde, au retour annoncé des épidémies médiévales, aux dictatures, à la persistance du Ku Klux Klan dans le sud du pays. Alors pourquoi la littérature devrait-elle être compréhensible ? Pourquoi serait-elle aussi bête, aussi limitée ? Burroughs parlait, cela ne s'arrêtait pas. Soudain son ton monocorde cessa. Il tira le rideau blanc. Une peinture de tarentules apparut, surprenant l'assistance. Ils redescendirent, heureux, les marches du 222, se couchèrent, rêvant aux cauchemars du sage.

Le *New York Times* publia un compte-rendu de la soirée. Comme dans un texte en cut-up, l'article parut au côté d'un autre, consacré aux écrits du poète Ezra Pound, immigré en Italie, « *That Premature Expatriate, Ezra Pound* ». Deux stylistes, deux exilés, unis sur une même page.

Burroughs n'était pas de son époque. Il était plus vieux que les autres. Douze ans de plus que Ginsberg, vingt-deux de plus que Giorno. Il incarnait l'Amérique, ce monstre qui dévie les êtres, qui traîne le rêve dans la fange. Mais aussi l'Europe, perversion parmi les perversions, qui pousse ses visiteurs à aller encore plus loin dans leur chute. Il était le lien entre ces New-Yorkais qui voulaient tout changer et ceux qui, quelques décennies plus tôt, avaient eu la même ambition. Les dadaïstes à Zurich, les surréalistes à Paris, les futuristes à Milan. Il rassurait ses cadets, prouvait qu'on pouvait vivre ainsi, comme un artiste, que l'avant-garde n'était pas une passade. Ils avaient longtemps vu en Marcel Duchamp, cet adepte de la fainéantise, ce gigolo paresseux, cet élégant impertinent, un cas unique. Quand ils le croisaient à Washington Square, jouant aux échecs avec la grâce d'un vieux Cairote, ils étaient impressionnés. Un jeune homme qui n'avait jamais abandonné la vigie, il ne pouvait y en avoir qu'un seul. Mais non, Burroughs était là aussi, face à eux. Un, cela constituait une anomalie. Deux, une possibilité.

Et puis, plus rien. Ou presque. Burroughs eut quelques rendez-vous, dîna avec certains, notamment avec John Giorno, rencontré quelque temps plus tôt. Ah, quand même, une fête en son honneur, peu après, à la Factory avec, entre autres :

> l'acteur Montgomery Clift
> l'actrice Judy Garland
> le musicien Brian Jones des Rolling Stones
> le photographe et assistant de Warhol,
>   Gerard Malanga
> le danseur Rudolf Noureev
> le mannequin Edie Sedgwick
> et Andy Warhol

Et puis, William Burroughs était retourné dans son monde. Une dépression à Londres. Des voyages à Tanger, à Miami. De la drogue, une passion pour la scientologie, un reportage à Chicago pour couvrir la convention démocrate de 1968. Un autre voyage à New York, où la ville s'enfonçait dans les années 1970, où les *rent boys* peuplaient Times Square, où les drogues devenaient moins psychédéliques que dures. Des boutiques de sex-toys, de magazines pornos. Un paradis burroughsien, minable, collant, instantané. Comme une prise de came.

Il n'avait jamais été un drogué. Mais il avait pris de la drogue. Des drogues, en l'occurrence. Psychédéliques, excitantes, lénifiantes, chimiques, ancestrales. Il connaissait leurs effets, la violence d'un petit matin à la kétamine, la douceur matraquée d'une fin de soirée à la cocaïne, le bonheur du speed bon marché, la pilule dont l'effet monte d'un seul coup et dont, même après des années d'usage, l'étincelle vous surprend toujours. Il avait aimé ça. Ni en professionnel ni en amateur, plutôt en curieux. Il en avait assez pris pour savoir que la drogue n'est pas rien, mais qu'elle n'est pas tout. Bien sûr, cela vous réveille, vous rend heureux, vous ravage le corps et l'esprit, vous tue, vous remet les idées en place ou vous les détruit. Mais cela ne raconte pas tout d'un être. Celui-ci ne se réduit pas à ses yeux exorbités ou à ses narines asséchées. Se droguer, cela ne fait pas de vous un mauvais auteur, un mauvais musicien ou un mauvais peintre. Cela n'en fait pas non plus un meilleur.

Mais le drogué doit vivre. Il a besoin des autres. Burroughs avait ses amis, et surtout Ginsberg. Le dieu de la poésie américaine était autant le héros des étudiants en lettres que le manager, l'attaché de presse, l'assistant, le Svengali de ses proches écrivains. Il leur présentait des éditeurs, des journalistes. C'était sa manière de régner. Quand on a écrit *Howl* et *Kaddish*, on peut tout faire. Ses textes étaient toujours aussi grandioses, mais ils scandalisaient moins qu'avant. Il n'avait pas réussi avec Kerouac, mort poivrot en 1969. Pour Burroughs, il avait tout fait. Il le sauverait sans cesse. En 1973, il se rendit à Londres, où il trouva son ami malheureux, sans perspective, rien. Celui-ci venait de demander à son éditeur de lui trouver un lieu où vivre en Écosse. Puis il avait eu l'idée d'acheter une propriété au Belize. De retour aux États-Unis, Ginsberg contacta le City College de la New York University, leur suggérant de recruter Burroughs. Il savait convaincre. L'auteur du *Festin nu* fut embauché pour animer un séminaire durant trois mois, de février à mai 1974.

Et puis enfin, ces mots. « *Mr Burroughs is back in town.* » « M. Burroughs est de retour en ville. » La jeune femme qui prononça ces mots sur la scène de la St Mark's Church n'était pas encore célèbre. On la confondait avec son ancien amant, Robert Mapplethorpe, on observait ses tenues androgynes, on se plongeait dans son regard incandescent. Elle n'avait pas encore scandalisé avec *Gloria*, une chanson qui commencerait ainsi : « *Jesus died for somebody's sins but not mine* », « Jésus est mort pour les péchés de quelqu'un, mais pas pour les miens ». Patti Smith, une jeune musicienne de 28 ans, écrivait de la poésie. Ses concerts étaient à la fois des spectacles, des conférences, des récitations. Elle parlait de ses lectures, du monde qui l'entourait, des autres que les mots faisaient vivre, puis sa voix s'emballait et elle chantait. Ce fut elle qui eut l'honneur d'annoncer le retour de Burroughs. On sonnait la victoire, Austerlitz ou Waterloo.

La nouvelle se répandit dans le New York des artistes, des écrivains, et même des rockeurs. Le vieux sage beat était le trait d'union entre tous. Adolescents, ses récits leur avaient appris que d'autres réalités étaient possibles – en particulier pour ceux nés dans les pavillons aux pelouses d'un vert nucléaire –, que l'Amérique n'était pas une fin en soi. Combien, dans les campus, s'étaient juré qu'ils iraient assister à l'une de ses lectures ? Qu'ils l'applaudiraient, le remercieraient ? Combien seraient fiers d'ignorer et de mépriser les crétins qui ne connaissaient pas ce monsieur de 60 ans, au visage fané, toujours en costume ? Combien étaient-ils à vouloir le rencontrer ?

James Grauerholz y parvint mieux que quiconque. Il était beau, si beau que c'en était dérangeant. Immense, mince, les cheveux d'un blond immaculé, les yeux cerclés de lunettes. Un garçon parfait du Kansas, élevé avec toutes les promesses de l'Amérique. Un jeune homme qui voulait vivre tout l'inverse de ce que Coffeyville, 17 000 habitants dans le comté de Montgomery, lui réservait. Il avait goûté à la mescaline, aux acides. Il avait lu Burroughs, Ginsberg et les autres, avait essayé d'écrire comme eux. Il avait participé à la grande communion entre les jeunes Américains et la poésie beat. James Grauerholz avait écrit à Burroughs quand celui-ci vivait encore à Londres, et à Ginsberg, qui l'avait invité à New York. L'auteur de *Kaddish* l'avait dragué, et Grauerholz était revenu dans le Kansas en se disant qu'il pouvait lui aussi appartenir à cette ville où les mots s'entremêlaient à la vie. Quelques mois plus tard, il montait, avec ses livres et ses disques, à bord de son mini-van. Il était à peine arrivé à New York que Ginsberg lui fit rencontrer Burroughs. Ils couchèrent ensemble. C'était la première fois avec un homme pour Grauerholz. Burroughs tomba amoureux.

Il trouvait tout cela sinistre. Il n'avait rien contre les différences d'âge, ni contre les fans qui couchent avec leurs idoles. Mais il apprit que Grauerholz n'aimait pas les vieux, qu'il n'appréciait que le corps des jeunes hommes. Il comprit que Burroughs, ce génie, l'homme le plus intelligent d'Amérique, selon Ginsberg, vivait une histoire sordide. Il y avait quelque chose de pathétique chez cet homme sans attaches, ravagé par les excès, et, avec pour seule bouée, un bellâtre trop jeune pour lui. Pourtant il fallait en passer par là. C'était bien beau de raconter les fêtes et de donner les listes des invités, des chefs-d'œuvre, des peintures abstraites. Il devait aussi affronter la vie, le cul, la déception, les amours minables, le quotidien sans solennité.

Celui de Burroughs changea vite. Grauerholz le sauva. Le jeune homme s'installa avec le maître pendant un moment à SoHo. Quand il ne travaillait pas dans une librairie, la Gotham Book Mart, célèbre pour son enseigne « *Wise Men Fish Here* » (les sages pêchent ici), il l'aidait à ranger ses notes, à structurer sa vie.

Mister Burroughs ne savait rien faire. On s'occupait de lui. Ginsberg le poussait à écrire un nouveau roman. Via ses connaissances, Grauerholz le fit piger pour le magazine de rock *Crawdaddy*, et Burroughs interviewa des groupes comme Led Zeppelin. Grauerholz, qui avait été manager de groupes dans le Kansas, organisa même des tournées de lectures de Burroughs. John Giorno y participa, jouant à la fois le rôle de costar et de porte-valise. Tous baisaient avec Burroughs à l'occasion. Pour lui faire plaisir, pour passer le temps, pour se dire que, eux, ils côtoyaient vraiment la légende, qu'ils connaissaient le goût de sa peau, la texture de son sexe, minuscule.

Burroughs avait besoin de trouver un nouvel appartement, son propriétaire actuel augmentait le loyer et il ne pouvait plus payer. John Giorno lui parla d'un local vide dans son immeuble. Alors que Burroughs attendait la fin de son bail, James Grauerholz s'installa avec son compagnon de l'époque, un tout jeune homme nommé Richard Elovich, un petit brun qui rendait Burroughs fou de jalousie, dans ce local. En réalité, les anciennes douches de l'Institut, avec des urinoirs au fond. Aucune fenêtre ou presque, juste des canalisations au plafond. Aucune lumière naturelle. Le père d'Elovich, avocat, avait fait faillite, et l'interminable table de réunion de son cabinet devint la table de salle à manger.

À la fin de l'année 1976, Burroughs s'y installa. Il continua de voyager, dans le Colorado, en Europe, mais le Bunker resterait son port d'attache jusqu'en 1981. Il était bien, au 222 Bowery. Il aimait l'idée que des hommes avaient autrefois baisé dans ces vestiaires, qu'ils s'étaient sucés dans les chiottes. Il les imaginait tous avec lui quand, allongé dans son lit, il lisait des revues pornos. Il passait ensuite à des magazines consacrés aux armes, *Guns & Ammo, Handgunner*. Des feuilles de chou pour les anciens combattants, pour les hommes en manque de violence, pour qui les guerres étaient trop réelles et pas assez idéalisées, pas assez mises en scène.

Il adorait les armes. Une passion dont le meurtre de son épouse ne l'avait pas dévié. Il était un farouche partisan du deuxième amendement qui garantit le droit à chaque Américain de posséder une arme, affirmant que le monde devenait toujours plus chaotique et que les citoyens devaient pouvoir se défendre quand le fascisme l'emporterait. Ici, il pouvait s'entraîner. Dans le Bunker, personne ne pouvait vous entendre tirer. Il installa des cibles, des silhouettes d'hommes, comme celles qu'on trouve dans les stands de foire. Il astiquait ses revolvers, rangeait méthodiquement ses couteaux. Les quatre lourdes portes qui le séparaient de la rue faisaient de cet espace une église, seulement perturbée par le bruit des canalisations au plafond. Le sexagénaire vivait ainsi dans cette drôle de piaule, éternel locataire pour qui la plus grande des frayeurs était de posséder quelque chose. Il avait choisi le métier le plus léger du monde, celui qui ne nécessite ni châssis ni caméra. Il écrivait. Du lever jusqu'à la fin du jour, moment où John Giorno arrivait avec de quoi boire et manger, souvent des côtelettes ou du poulet au bacon, Burroughs remplissait des feuillets. Tous ses livres, il les avait écrits à l'étranger. Ce qu'il rédigeait ici était ses premiers mots écrits en terre américaine. Autour de lui, tous le savaient : rien n'était plus important que les futurs textes. Ils le choyaient, le baisaient. Tout pour entretenir le génie.

Au 222, le bien-être de Burroughs déterminait chaque action de ses disciples. C'était une vie à la Louis XIV, une chambre d'adolescent, cet être qu'on nourrit, blanchit, loge, mais qui vous signifie son pouvoir, crie que ces murs qu'on lui a offerts, il peut les décorer comme bon lui semble, pourquoi pas avec des posters qui vous insultent, et qu'il est le vrai maître des lieux. Tous les jours, William Burroughs s'installait dans son *orgone box*. Une boîte aux parois de bois, dont l'intérieur était tapissé de métal et de diverses matières organiques. Quelques années plus tôt, il avait découvert les écrits, dédiés à l'étude de la libido, de Wilhelm Reich, psychanalyste particulièrement apprécié de Freud et grand défenseur de l'importance de l'orgasme. Au fil de ses recherches sur la sexualité, celui-ci avait démontré qu'une énergie guidait la vie humaine. Une « orgone », une substance sans forme, qu'il s'agirait de canaliser pour soigner toutes les maladies, notamment les cancers. Immigré aux États-Unis en 1939, il avait, via l'Orgone Institute, tenté de diffuser ses idées, en particulier les *orgone energy accumulators*, des cabines dans lesquelles ses adeptes s'asseyaient pour se charger d'énergie. L'administration américaine qualifierait son entreprise de frauduleuse et Reich ne verrait jamais son invention se populariser.

Dans sa boîte, Burroughs était protégé du monde par une paroi supplémentaire. Il aurait pu y en avoir encore plus, ses admirateurs seraient quand même tous venus le consulter, lui la Pythie du Bowery. À peine y avait-il emménagé que tout le monde voulut le rencontrer. James Grauerholz et John Giorno recevaient de nombreuses demandes. Des dîners furent organisés. Parmi ceux qui franchirent les lourdes portes, il y eut :

le peintre Jean-Michel Basquiat
le mannequin Jerry Hall
la chanteuse Debbie Harry
l'écrivain Christopher Isherwood
le chanteur Mick Jagger
le chanteur Lou Reed
la chanteuse Patti Smith
l'écrivaine Susan Sontag
le chanteur Joe Strummer
le journaliste André Leon Talley
et Andy Warhol

Ils étaient riches, célèbres, ou en train de le devenir dans des proportions phénoménales. Les rockeurs remplissaient des salles immenses, et même des stades. Les toiles de Warhol atteignaient des prix de vente encore insoupçonnables, il y a peu. Le groupe Blondie, adoré de la faune underground, était conspué pour avoir sorti *Heart of Glass*, un tube, un morceau conçu pour être dansé et vendu en masse. Le vieux monsieur qui les accueillait, assis à cette immense table moche, qui les invitait à boire un verre de vodka, était leur antithèse. Il incarnait tout ce qu'ils n'étaient pas, tout ce dont ils avaient besoin. Sans la contre-culture, ils disparaissaient. Celle-ci est comme une couleur de cheveux naturelle, elle fait partie de nous et les efforts de teinture sont souvent des échecs. Jagger, Hall ou Warhol venaient prendre leur shoot de Burroughs. Ils admiraient ses armes, riaient devant les poses étranges des mannequins pornos. Ils l'écoutaient. Il évoquait Tanger, Paris, ses rencontres avec Jean Genet ou Louis-Ferdinand Céline. Burroughs parlait de l'Amérique, que des forces dangereuses, il en était sûr, guidaient vers des horizons funestes.

On célébrait le vieil homme parce qu'il rappelait que la poésie était nécessaire, salvatrice, à condition qu'elle fût clandestine. La jeunesse ne citait plus l'école de New York, Frank O'Hara n'était plus un dieu que pour quelques esthètes. La Beat Generation ne choquait plus comme autrefois. Même *Howl* était rentré dans le langage commun. New York avait ses bardes, ses druides, et même son icône, Arthur Rimbaud. La ville n'était pas Charleville-Mézières mais le Paris de la Commune, le Marseille de l'agonie, l'Aden des matins louches. On lisait les *Illuminations*, on se demandait ce qu'était ce A noir, ce E blanc, ce I rouge, ce U vert et ce O bleu. Un jeune artiste, David Wojnarowicz, se promenait avec un masque en papier à l'effigie du poète. Rimbaud pissant, Rimbaud dans le métro, Rimbaud camé, Rimbaud *hustler*, Rimbaud dans un *dinner*. Rimbaud était partout, même dans Burroughs. Burroughs l'avait peut-être connu lors d'une transe ? À Paris, dans une nuit fiévreuse, avait-il marché dans ses pas ? Croisé quelqu'un qui l'avait connu ? Burroughs avait été en communion avec lui, c'était évident. Certains ne comprenaient pas ce qu'il disait. John Giorno traduisait. Burroughs s'emportait contre la peine de mort, la pire des abominations à ses yeux, enchaînait les déclarations misogynes. Il citait des vers de T. S. Eliot, faisait des rapprochements entre *Les Voyages de Gulliver* et l'actualité.

Enfin, il fallait poser. On buvait, on mangeait, on posait. La légende devait s'imprimer. Idem pour les réunions plus intimes, avec Allen Ginsberg ou Gregory Corso. Les invités les plus célèbres partaient au milieu de la nuit. Une voiture les attendait. Ils marchaient très vite pour la rejoindre, habitués à être reconnus. Mais les clochards dormaient déjà et la rue était vide. Les stars n'avaient même pas le temps de constater leur anonymat soudain. De retour chez elles, elles s'endormaient, galvanisées, fières de pouvoir désormais citer ce que Burroughs leur avait dit, un soir entre amis.

New York s'apprêtait à fêter Burroughs en grande pompe. Du 30 novembre au 2 décembre 1978 eut lieu la Nova Convention. « Nova », comme la trilogie éponyme, trois romans (*La Machine molle, Le ticket qui explosa, Nova express*) parus des années plus tôt, sur des malfaiteurs de science-fiction dont l'ambition est de détruire la Terre. « Nova », un mot à lui, qui avait inspiré le nom de code d'un endroit où acheter de l'héroïne, près du Bowery. « Convention », comme ces rassemblements géants lors desquels les deux grands partis, républicain et démocrate, choisissent leur candidat pour la Maison-Blanche. Sur l'affiche, Burroughs posait assis sur une chaise, en costume clair et cravate noire, le visage neutre comme à l'accoutumée.

> William Burroughs, sur l'affiche de la Nova Convention : « Je suis avant tout préoccupé par la question de la survie – avec les complots de Nova, les criminels de Nova et la police de Nova. Concernant le futur de cette planète, une nouvelle mythologie est possible dans l'Âge spatial, où il y aura de nouveau des bons et des méchants. Je sens que le futur de l'écriture est dans l'espace, pas dans le temps. »

À l'origine de l'événement, le philosophe Sylvère Lotringer, passeur des théoriciens français aux États-Unis, en particulier via sa revue *Semiotext(e)*. Puis John Giorno prit les choses en main, appela les amis de Burroughs, ses proches, des intellectuels et des rockeurs. Tous accoururent à l'Entermedia Theatre, à l'angle de la 2ᵉ Avenue et de la 12ᵉ Rue. Le premier jour, il y eut une réception à la New York University, puis une signature dans une librairie avec Brion Gysin, spécialement venu d'Europe. Sur la scène on vit des éditeurs (Maurice Girodias, John Calder et Richard Seaver) dialoguer, des poètes (Kathy Acker, John Giorno, Anne Waldman, Ed Sanders, Allen Ginsberg et Peter Orlovsky) faire des lectures, des danseurs et des musiciens (Merce Cunningham, John Cage et Laurie Anderson) faire des performances.

Tous voulaient en être. Aucun programme précis n'était annoncé, il changeait sans cesse. Si bien que chaque apparition créait des remous dans l'assistance. Un visage était plus attendu que les autres. À Londres, Brion Gysin avait parlé de la Convention à Keith Richards, qui avait promis d'être là. La presse l'avait annoncé. Le public voulait le voir. Déçu, il siffla Philip Glass quand celui-ci monta sur scène. Le Rolling Stones avait annulé – il s'apprêtait à être jugé au Canada pour possession d'héroïne, et se montrer publiquement aux côtés de Burroughs n'était pas conseillé. Grauerholz avait fait venir Frank Zappa, qui lut un extrait du *Festin nu*. Patti Smith, furieuse de s'être fait voler la vedette, arriva en manteau de vison et joua de la clarinette. Certains crurent deviner dans la foule la silhouette d'Abbie Hoffman, pourtant en cavale, et recherché par les autorités.

« Si les performers de samedi soir ont une chose en commun, écrivit le *New York Times* le lendemain, c'est leur dette de pure audace envers Burroughs. » Les années où, à Tanger, Paris ou Londres, il se sentait seul, où lui et les poètes beat n'étaient qu'une poignée d'êtres à part, où la marginalité était traquée, conspuée, s'achevaient. Bientôt, le rock ne serait qu'une esthétique commerciale comme une autre, et l'underground disparaîtrait au moment même où la lumière se poserait dessus. Mais on n'en était pas encore là. Les nuits étaient encore pures, pensait John Giorno, étirant à jamais la douceur de sa jeunesse.

Si Burroughs se voyait sacré par son époque, c'était que celle-ci semblait émaner de ses livres. New York en tout cas. La municipalité frôlait la banqueroute. Des maquereaux frappaient des prostitués en pleine rue. Des gosses vendaient leur corps sans se cacher. Les canicules s'enchaînaient, un été après l'autre, et les pauvres suffoquaient dans leurs minuscules appartements. Central Park, la fierté de la ville, n'était plus qu'une bande de terre battue. L'année 1976 avait été marquée par les crimes de David Berkowitz, serial killer qui se faisait appeler « Son of Sam ».

La police repêcha des sacs-poubelle flottant dans l'Hudson River et, en les ouvrant, trouva des bras, des jambes ou des morceaux de torse, encore vêtus de tenues de cuir achetées dans les boutiques SM de Greenwich Village. Un jeune homme, Paul Bateson, fut accusé de l'assassinat d'un journaliste de *Variety* à son domicile, et soupçonné d'avoir démembré et jeté à l'eau ces morceaux d'inconnus. En juillet 1977, pendant vingt-cinq heures, il n'y eut plus d'électricité. La ville était dans un black-out total. Les scènes d'émeutes se multiplièrent. À Crown Heights, à Brooklyn, 75 magasins furent détruits en quelques heures. On brûla des maisons. Au petit matin, quand l'électricité revint, les pillages continuaient encore. La police arrêta 3 000 personnes, qui s'entassèrent dans les prisons de la ville. Le 28 mars 1979, le cœur d'un réacteur de la centrale nucléaire de Three Mile Island en Pennsylvanie fondit partiellement. 200 000 personnes fuirent la zone. Dans le Lower East Side, des punks taguaient

« US Go Home » sur les murs. Un acteur crétin, Ronald Reagan, s'apprêtait à remporter l'investiture républicaine et à devenir président des États-Unis.

Burroughs avait écrit le scénario de ce qui était devenu la vraie vie de l'Amérique. C'était une histoire violente, dégueulasse, injuste. Le récit d'un monde dénué de morale et de valeurs. Où les flics qui pourchassaient les délinquants n'avaient pas d'autre raison d'être que celle-là, et faisaient donc en sorte de ne jamais les arrêter. La réalité prenait la forme d'une roue de hamster. Sordide comme un livre de Burroughs, comme une chanson de rock nihiliste et violente. On voulait croiser Burroughs, rentrer dans son Bunker. On attendait devant sa porte, en espérant que l'adresse du 222 Bowery dévoilée par un ami était la bonne. On respirait un bon coup quand il arrivait de l'autre côté de la rue, la démarche lente. Si on osait sonner, et qu'un grand jeune homme blond très beau, un peu glaçant, vînt vous ouvrir, il fallait sourire. Il vous ferait peut-être rentrer si vous étiez un garçon mignon. Enfin, vous pouviez approcher l'idole.

Il rendait parfois visite à un écrivain, considéré comme un « grand écrivain » du fait des honneurs reçus. Il aurait repris l'expression s'il ne l'avait pas toujours trouvée idiote. Il allait donc de temps à autre voir cet homme, âgé de plusieurs décennies de plus que lui, dont il aimait les rares livres. L'écrivain vivait dans un quartier riche. Pour se rendre chez lui, il passait devant des ambassades et des ministères. L'immeuble n'avait aucun faste. L'écrivain le recevait toujours dans la même pièce, dont il n'avait jamais compris l'utilité puisqu'il devinait un salon et un bureau derrière des portes entrebâillées. C'était une pièce de réception. Des livres y traînaient, et quelques bibelots. Absolument rien de valeur, pas une œuvre d'art, ni d'éditions rares. Des feuilles volantes, des carnets de notes. Là aussi, il était dans une chambre d'adolescent. Ils buvaient du champagne. L'épouse de l'écrivain apparaissait parfois, éclair dans le calme, laissant vite les hommes entre eux, avec un sourire. Ils parlaient de beaucoup de choses. Très peu de l'état du monde, dont l'écrivain s'était peu à peu retiré. En réalité, ils se racontaient leurs lectures. L'écrivain balançait des saloperies sur les usurpateurs qui ne faisaient aucun effort. C'était ce qu'il aimait chez cet homme, qui ressemblait à chaque visite davantage à une gravure flamande, cette liberté qu'il avait avec les auteurs, surtout les « grands ». Il disait que Proust l'agaçait quand il se prétendait sociologue, que rien n'était aussi drôle que Robert Walser, que Chateaubriand était ridicule. Pendant ces moments-là, la littérature régnait. Rien d'autre ne comptait, ni même ne rentrait dans la pièce.

Il en sortait souvent ivre. Il remontait les rues de ce quartier bourgeois, riant à voix haute du décalage entre les conversations alcoolisées qu'il venait d'avoir sur le surréalisme, et les couples guindés et les policiers concentrés qu'il croisait, fier comme le membre nouvellement admis d'une société secrète. Sa misanthropie s'amplifiait. Les jours qui suivaient, il jugeait davantage les autres qu'à l'accoutumée, vivait encore plus en marge. Il était persuadé que les convives de Burroughs étaient ainsi, le lendemain d'un dîner au Bunker, quand les restes d'alcool frappaient la boîte crânienne, qu'ils repensaient évidemment aux conversations, les évaluaient. Comme eux peut-être, il se demandait ce que ces discussions lui apportaient. Dirait-il à un lecteur interloqué, lorsque l'écrivain aurait depuis longtemps disparu, qu'il allait autrefois le voir, et lui décrirait-il tous les détails de l'appartement ? Les débats sur le style infuseraient-ils en lui ? Écrirait-il dans leur sillage ? Écrirait-il tout court ?

Il se savait midinette et adorait reconnaître les noms célèbres dans les récits du Bunker. Mais sa mélancolie gangrenait toujours plus son regard warholien. Quand il lisait les listes d'invités, scannait les légendes des photos, il s'arrêtait, au hasard ou bien par acquit de conscience, sur des inconnus. Il se lançait dans des recherches, parfois très ardues, sur les personnes en question, découvrait des vies entières. Celles des stars devenaient banales. À moins que ce ne fût son propre ego, redoutable imprésario, qui défendait ses pouliches, ces acteurs oubliés, devenus figurants, qu'il voulait mettre en pleine lumière. Il s'enorgueillissait de connaître tous les noms au générique. Il les soupesait comme des fruits frais, les caressait, comme on menace une pêche d'un ongle acéré.

Deux noms frisaient la perfection. Victor Bockris et Andrew Wylie. Au début des années 1970, le premier, né au Royaume-Uni et arrivé enfant aux États-Unis, avait rencontré le second, issu d'une famille cultivée de la Nouvelle-Angleterre. Ils aimaient tous deux la poésie, le rock, l'underground, Rimbaud. Ils avaient les cheveux longs, et dans les soirées qu'ils fréquentaient, les drogues tournaient. À Philadelphie, ils avaient créé une petite maison d'édition, Telegraph Books, avaient publié dix livres de poésie, dont *Seventh Heaven*, le premier recueil de Patti Smith, et *Yellow Flowers*, d'Andrew Wylie lui-même. Il y était question de sexe, de pantalons de cuir noir, de cuisses autour du cou et de clitoris léchés. À New York, ils fréquentaient le Max's Kansas City, où ils retrouvaient Andy Warhol et sa bande.

Dans ce club, ils furent spectateurs de tout ce que New York comportait de sensationnel. Des rockeurs roulant des pelles à des mannequins, des messieurs dignes dont on apprenait qu'ils étaient coupables d'horreurs, des créateurs de mode célèbres discutant avec des cinéastes célèbres. Ils voulaient danser avec leur temps, rencontrer toujours plus de personnes connues. Mais c'était une chose de les rencontrer, c'en était une autre d'être des leurs. Ils ne seraient jamais leurs égaux stricto sensu, ils ne savaient ni mettre en scène, ni jouer, ni poser, ni chanter. Mais ils voulaient exister, et pas comme des figurants. Ils s'inventèrent un rôle : scribes. Chaque pharaon en a besoin d'un. Et Victor Bockris et Andrew Wylie inventèrent un personnage, Bockris-Wylie. Ils s'habillaient pareil, en costume cintré – Wylie abandonna définitivement ses chemises débraillées. Ils avaient établi une liste de cibles : 100 personnalités qu'ils jugeaient être les plus intelligentes de leur époque, Mohamed Ali, Andy Warhol, John Lennon, Roy Halston, François Truffaut, Salvador Dalí… Ils les harcelaient au téléphone jusqu'à obtenir leur accord, et vendaient ensuite les entretiens à des revues.

Parmi leurs cibles aussi, William Burroughs. Le vieux sage les avait appréciés. Ils étaient jeunes, mignons, insolents. Il aimait le style direct de leurs interviews, sans questions préparées à l'avance. Un jour, Bockris lui demanda : « Quand vous avez tué Joan, qu'est-ce qui a flanché ? Votre main ou votre arme ? » Ils rejoignirent la petite bande d'intimes. Victor Bockris, autoproclamé « envoyé spécial au Bunker », organisa des dîners au 222 Bowery, et chez lui dans West Village. Il enregistrait tout. Lui qui travaillait pour la revue *Interview* d'Andy Warhol prévoyait de publier un long portrait de Burroughs dans le magazine *People*. L'article ne parut jamais, mais il vivait son moment burroughsien et accumulait des anecdotes pour les décennies à venir. Quel jeune journaliste, écrivain, poète, présent à New York en ces années-là ne l'enviait pas ? Comment pouvait-il masquer sa fierté quand, sortant du Bunker et remontant le Bowery, il toisait les passants, ou quand, dans une soirée, il racontait la soirée de la veille « avec Bill » ? Sa signature serait à jamais liée à celle de Burroughs. Le nom de Wylie n'apparaissait plus vraiment. Il ne publiait pas ses poèmes, ne signait pas d'articles, fréquentait moins les dîners. Il s'attelait déjà à ce qui serait sa profession future : agent littéraire.

Des années plus tard, il dîna chez Bockris avec Burroughs et quelques autres. Quand Burroughs se plaignit de ne pas pouvoir payer ses factures, Wylie s'en émut. Il vint chez lui, demanda à voir ses papiers. Au fond d'une caisse, il trouva un manuscrit, *Queer*, son deuxième livre, récit d'une errance sexuelle et droguée au Mexique, et jamais publiée. Wylie alla voir l'éditeur historique de Burroughs, qui refusa de publier cet inédit. Finalement, Viking Press accepta de l'éditer et s'engagea à en publier plusieurs autres, assurant un revenu à l'écrivain. L'ancien scribe, le fan, devint le plus grand agent littéraire du monde, connu pour sa dureté dans les négociations, sa lecture passionnée des manuscrits de ses auteurs, ce qui lui valut le surnom de « Chacal ». Bockris et lui s'étaient perdus de vue. Bockris avait disparu dans la nature, certains juraient qu'il était en Floride, et Wylie était devenu un roi.

Il ne pouvait s'empêcher de lire et relire le parcours du duo. Il lui trouvait la puissance d'une parabole. Il se demandait lequel des deux il aurait pu être. Il avait toujours eu l'impression, même enfant, qu'il était sur le point de poser le pied sur une marche qui le mènerait ailleurs. Laquelle ? Il n'avait jamais su. Il n'avait jamais eu l'impression de faire un choix. Il se sentait tiré dans un sens, mais, étourdi, il ignorait où il allait.

Il était cet homme dont la jeunesse n'en finissait pas, mais dont le futur s'amenuisait. Il sentait bien que quelque chose n'allait pas, que cela ne pourrait pas durer ainsi éternellement. Mais il en profitait, il se satisfaisait d'être comme il avait toujours été, dans une chambre d'adolescent mentale, à se moquer du monde. Il s'étalait, insolent, et demandait aux autres de le cajoler, de prendre les décisions à sa place. Il ne savait pas comment faire autrement. Il était un jeune homme, après tout.

9

L'appartement parisien

Le 222 avait une annexe. Loin du Bowery, de l'autre côté de l'océan. Pour l'atteindre, il fallait traverser une partie du monde, 5 842 kilomètres exactement, prendre la direction de l'Europe, aller en son centre ou, en tout cas, dans l'un de ses centres, Paris, et ne pas dévier de la trajectoire, toujours garder le cap. On arrivait au cœur de l'escargot des arrondissements. On quittait la capitale pour un autre monde. Deux îles, puis une seule, la plus petite. Et là, dans un bel immeuble face à la Seine, un appartement rempli de livres et de disques, habité par des humains et des chats. L'inverse du 222, et surtout du Bunker. De la lumière partout, grâce aux grandes fenêtres, de l'histoire, avec, à quelques pas de là, l'ancien atelier de la sculptrice Camille Claudel, et de la fiction, l'Aurélien d'Aragon passant tous les jours sur le quai d'en bas. Et de la vie, surtout, éclatante et unique.

Là vivaient Bernard Heidsieck et Françoise Janicot. Lui avait grandi à Reims, dans la famille des producteurs du champagne du même nom, était venu à Paris faire Sciences Po et, puisqu'il fallait bien travailler, était entré à la Banque française du commerce extérieur. Grâce au Domaine musical, l'association créée par le compositeur Pierre Boulez, qui organisait des concerts d'avant-garde, il avait découvert ce que l'électronique pouvait apporter à la musique. *Le Chant des adolescents*, agglomérat de sons semblant fabriqués par des machines, de cris poussés par un jeune garçon, et de bruits encore plus mystérieux, aux références supposément bibliques, l'avait bouleversé. La poésie, la vraie, pouvait passer par autre chose que par des vers, ces mouvements ordonnés et bien alignés qu'il avait appris enfant, et que répétaient, dans un mimétisme moutonnier, les poètes professionnels d'alors. Le taiseux savait que les mots valaient mieux que cela.

Il s'était marié, très jeune, avec Françoise Janicot, une peintre abstraite, formée à l'Académie Julian. Elle y avait rencontré des artistes venus de toute l'Europe et fréquentait les vernissages, où elle emmenait souvent son mari. Un soir des années 1950, dans une exposition avenue de l'Opéra, elle avait fait la connaissance de Brion Gysin. Ils étaient devenus amis. Elle lui avait présenté son époux. Les deux hommes avaient la même obsession, le même rêve, celui de voir la poésie offrir une liberté à son auteur identique à celle de l'ingénieur du son face à sa machine. Ils avaient tous deux acheté un magnétophone et commencé les expérimentations. L'un était un connaisseur de la musique savante, concrète, dodécaphonique, et l'autre venait de la contre-culture. Ils se rejoignaient.

Le jeune couple français se rendait souvent aussi au Beat Hotel, rue Gît-le-Cœur, où logeaient beaucoup des amis que Gysin leur avait présentés. Françoise Janicot s'entendait bien avec Burroughs, avec qui elle partageait la même passion des chats. Les écrivains finirent par quitter l'hôtel, partant chacun dans une direction différente, avec une invitation permanente chez les deux jeunes Parisiens.

L'appartement du quai Bourbon devint un refuge. Le couple recevait une lettre, annonçant une arrivée prochaine, du Maroc, des États-Unis, du Royaume-Uni. La date n'était jamais fixe. Quelqu'un sonnait et s'installait pour plusieurs jours. Les grandes tablées étaient fréquentes. Au courrier, on recevait des nouvelles d'un invité précédent, parti en Toscane, en Grèce. Il accompagnait sa missive d'un petit recueil de poésies, qui plairait à Bernard et Françoise. Des livres arrivaient, d'autres partaient. Des disques aussi. Quelle différence ? La poésie était vivante. Lire un texte écrit par un ami à des milliers de kilomètres, c'était l'imaginer face à vous, le récitant, le jouant, vivant chaque mot, chaque virgule, incarnant les verbes et les silences. C'était aussi l'avoir là, à son retour quai Bourbon, faisant, avant ou après un dîner, une lecture de ses nouvelles compositions. C'était vivre ensemble la grande révolution des mots, continuer celle rêvée, des décennies plus tôt, par les futuristes italiens et Filippo Tommaso Marinetti en tête, avec son poème, *Zang Tumb Tumb*, où les diverses typographies et les sons onomatopéiques des mots rendaient compte de la violence d'une bataille dans les Balkans. C'était revenir à Antonin Artaud, et à sa recherche d'un texte sans ornement aucun, écouter les surréalistes, se sentir si proche des dadaïstes du Cabaret Voltaire à Zurich, ou des futuristes russes, Zdanevitch ou Khlebnikov, et de leur zaoum, ces poèmes où seuls comptent les sons. Être comme leurs descendants, les lettristes. On rêvait à une poésie absolue, parfaite, non encombrée de sens et du pathos qui l'accompagne.

Chaque soir, le banquier Bernard Heidsieck revenait de la banque. Il enlevait sa veste de costume, enfilait un chandail en shetland et faisait une patience. Un sas d'une vingtaine de minutes. Le poète Bernard Heidsieck travaillait ensuite à ses œuvres, accompagnait Françoise Janicot à des vernissages, correspondait avec d'autres artistes, organisait des lectures. Avec quelques autres, aussi enthousiasmés que lui par les magnétophones disponibles dans le commerce, il participait à l'aventure de la poésie sonore. La technologie faisait de nouveau du poète un barde, elle l'autorisait à sortir du carcan parallélépipédique du livre.

Pendant quelque temps, la vie de groupe dut se faire discrète. Le couple avait eu des enfants. Deux filles, Nathalie et Emmanuelle. Les dîners interminables, les lectures, les amis qui débarquaient à l'improviste, tout cela était plus difficile désormais. Heidsieck écrivit « Relâche » sur une feuille de papier, qu'il accrocha à la porte de l'entrée. Il continua de travailler. Au tout début des années 1960, il composa *Poème-partition B2B3*.

Une œuvre superposant deux textes, l'un préenregistré, l'autre qui devait être lu sur scène. Loin, très loin de tout ce que la plupart des poètes français faisaient. Une lecture à la fois technique et humaine, sortant des machines et des bouches, cassant l'idée même d'auteur et d'acteur. Une poésie comme l'imaginait alors John Giorno à New York, pendant qu'il s'ennuyait aux lectures de Frank O'Hara et de John Ashbery. Peu après, Bernard Heidsieck inventa la poésie action, où les mots ne peuvent qu'être performés. Giorno devint son correspondant américain. Ils s'étaient rencontrés en 1965, à Paris, via Gysin. Ils s'écrivaient, échangeaient sur tout. Plus que tous leurs camarades, les deux poètes étaient ancrés dans le réel, ils lisaient les journaux, connaissaient l'impact du politique et de l'économie sur la vie de tous les jours. Le Français le constatait chaque jour à la banque, l'Américain avec ses amis activistes.

Les filles grandirent, l'appartement put accueillir de nouveau des invités. John Giorno, surtout. Heidsieck le fit inviter dans tous les festivals convertis à l'idée de performance. En cette fin des années 1970, l'Europe découvrait une poésie pas comme les autres. Heidsieck créa en 1976 le premier Festival international de poésie sonore, puis en 1980 les Rencontres internationales de poésie sonore, à Rennes, au Havre et à Paris, au Centre Pompidou – où, en 1977, Blaise Gautier, grand entremetteur d'artistes, avait lancé sa *Revue parlée*. Jean-Jacques Lebel, l'ami des poètes beat, qui avait organisé les démentiels Festivals de la libre expression dans les années 1960, où le pouvoir gaulliste était vilipendé, imagina en 1979 le festival Polyphonix, scène ouverte à l'internationale de la poésie expérimentale.

À Paris, John Giorno, c'était ce bel Américain souriant qui parlait de ses aventures, racontait *Dial-A-Poem* et les soirées à la St Mark's Church, montait sur scène et faisait onduler son corps sous les spasmes de ses mots, jamais fatigué, même par sa folle nuit de la veille – le Paris homosexuel accueille toujours avec bonheur ses amis new-yorkais. Il était celui qui s'installait pour quelques jours dans l'appartement du quai Bourbon, à qui l'une des filles Heidsieck donnait sa chambre, et qui repartait en Italie ou ailleurs, laissant une grande valise qu'il revenait chercher plus tard. Il souriait aux adolescentes, qui ne parlaient pas bien l'anglais, baragouinait quelques mots de français. Bientôt, elles pourraient échanger avec lui, s'amuseraient des anecdotes de cet ami des parents pas vraiment comme les autres, félin et doux.

Paris-New York. Bernard Heidsieck et Françoise Janicot partaient souvent aux États-Unis. Surtout après la retraite du banquier, à la fin des années 1980. Le poète faisait des lectures, en particulier de son *Vaduz*, l'un de ses chefs-d'œuvre, une dizaine de minutes au cours desquelles il récitait, sa voix se répercutant contre elle-même, la liste des peuples qui entourent la capitale du Lichtenstein, cette ville où personne ne va jamais, dont on ne connaît rien, qui semble être une anomalie vide. John Giorno les invitait toujours à dîner au 222. Ils retrouvaient Christo et Jeanne-Claude, leurs amis parisiens devenus new-yorkais au milieu des années 1960. Françoise Janicot aimait faire des photos des lieux, notamment depuis le toit de l'immeuble. Heidsieck aimait dormir dans le Bunker. Ici, il n'y avait plus de décalage horaire, plus de temps, rien. Seulement un espace hors du monde, hors de tout. Il s'installait dans le lit et lisait toute la journée. Il était bien dans ce Vaduz new-yorkais, loin de son appartement parisien baigné de lumière et de vie.

10

L'appartement à droite, au premier étage

Burroughs n'aimait pas les femmes. Ni leur corps, ni leur compagnie. Quand une photographe, envoyée par un journal pour lui tirer le portrait, frappa un jour à sa porte, il la lui claqua au nez, furieux de découvrir une femme et pas un homme. Les seules femmes qu'il tolérait étaient ses admiratrices. Debbie Harry, une apparition, une femme si belle, si éthérée, surtout au regard de la saleté du Bowery, qu'elle n'en était pas réelle. Une femme à pédés. Patti Smith, un autre genre. Une fille qui s'habillait en garçon, ne portait pas de maquillage, se fichait de ses cheveux, qui avait vécu avec un pédé, Robert Mapplethorpe, l'avait vu rentrer au petit matin après des nuits passées dans les backrooms. Burroughs n'aimait pas les filles, nombreuses en ces années 1970, qui criaient fort, demandaient beaucoup, trop à ses yeux, couchaient entre elles. Ces lesbiennes, ces féministes, ces activistes l'agaçaient. Elles ne venaient pas au Bunker. Tant mieux. Il était bien entre hommes.

La nouvelle locataire de l'immeuble, Lynda Benglis, arrivée un jour de 1977, il ne voulait pas la connaître.

Elle avait aménagé son atelier dans le loft du premier étage, là où le délicieux William Walton travaillait jusque-là. Le peintre et journaliste mondain venait de s'acheter un espace magnifique dans le quartier de Hell's Kitchen, à l'ouest de Manhattan. Burroughs croisait parfois Benglis dans les escaliers ou dans l'entrebâillement du portail métallique, celui installé par John Giorno il y a peu, après qu'il avait trouvé, un matin d'hiver, le cadavre d'un clochard contre sa porte. Burroughs voulait éviter Benglis, bien sûr, mais celle-ci le devançait. Elle s'écartait de lui, ne voulait ni le frôler ni même lui parler. Il ne l'aimait pas, elle non plus.

Burroughs ne savait pas vraiment qui elle était. De toute manière, il ne lisait pas *Artforum*, une revue mensuelle créée en 1962 et devenue, entre-temps, le magazine de référence de l'art contemporain. Il ne recevait pas non plus les cartons d'invitation des galeries. Alors, l'image de Benglis enfant qui avait tant fait parler, où elle portait le costume traditionnel grec d'un petit garçon, et qui annonçait son exposition au Clocktower sur Leonard Street, il ne l'avait pas vue. Pas plus que cette photographie où elle posait, les cheveux ramenés en arrière, une veste de costume masculin sur les épaules, devant une Porsche blanche, avec la décontraction assurée d'un artiste californien. Le pire, ce qui lui aurait vraiment fait détourner le regard, c'était le carton d'invitation d'une autre exposition, chez Paula Cooper cette fois. Annie Leibovitz avait photographié Benglis de dos, pantalon baissé jusqu'aux chevilles, torse nu, et se retournant vers l'objectif. La pose était empruntée à Betty Grable, la pin-up aux jambes assurées pour un million de dollars, dont les GI de la Seconde Guerre mondiale gardaient précieusement l'image en maillot de bain dans leur poche intérieure.

Mais il avait sans doute entendu parler du scandale causé par la publicité parue dans *Artforum*, trois ans plus tôt, en décembre 1974. Il ne pouvait pas être passé à côté. Tout le monde s'était écharpé à ce sujet. Un article sur une des expositions de Lynda Benglis devait être publié, et elle avait proposé une image pour l'illustrer. Un portrait d'elle, nue, le corps huilé, cambré, des marques de bronzage laissant deviner les traces d'un bikini, les yeux masqués par des lunettes de soleil, et, au niveau du vagin, un immense double godemiché. Une des extrémités semblant la pénétrer, l'autre se dressant devant elle. Un être qui baise et se baise lui-même, en pleine possession de son pouvoir. Une femme qui méprise les hommes et ne les laisse même pas scruter son regard. Une fille désirable, comme celle des revues pornographiques, mais qui détruit toute pulsion. Une pin-up d'un nouveau genre, ni intersexe ni androgyne, qui n'a besoin d'aucun homme. Le plastique d'un godemiché pouvait bien remplacer la chair et le sang d'un pénis. John Coplans, rédacteur en chef d'*Artforum*, avait refusé l'image. Alors, Lynda Benglis avait acheté un espace publicitaire dans la revue. 3 000 dollars, deux fois le tarif habituel. La photographie précédait de quelques pages la critique. Bronca.

En avril de la même année, l'ami, amant, compagnon de route de Benglis, l'artiste Robert Morris, avait posé pour une publicité d'une de ses expositions, qui avait été publiée aussi dans *Artforum*. Torse nu, cou cerclé d'un collier argenté à pointes. Aux poignets, des manchettes en métal. Des lunettes de soleil masquant le regard. Sur la tête, un casque de soldat nazi. Le corps entouré d'une chaîne. Personne n'avait dit grand-chose devant cette image, qu'on aurait cru tirée d'un magazine gay SM. Le double godemiché, lui, avait enragé les lecteurs. Le magazine croula sous le courrier. Des galeries bien comme il faut le menacèrent de ne plus acheter d'espace publicitaire. Des universités mirent fin à leur abonnement. Dans les bibliothèques, on arracha la fameuse page, la transformant en un objet rare. Deux journalistes de la revue décidèrent de démissionner, ulcérés.

Dans le milieu féministe, on s'était engueulé. Lynda Benglis ne se soumettait-elle pas aux hommes en posant ainsi nue ? Ne leur donnait-elle pas ce qu'ils voulaient, l'image d'une femme uniquement sexuelle ? Non, c'était le contraire, juraient les autres. Cette femme était tout sauf soumise, elle était menaçante. Alors, pourquoi avait-elle besoin d'une bite, fût-elle en plastique – et qu'elle conservait dans sa boîte à bijoux comme un trophée ? Elle aurait pu dénoncer le machisme, sacrer la puissance des femmes, sans faire appel à quelque chose d'aussi grotesque, dépassé, qu'un phallus. Avec un vagin géant, plutôt. Tous les débats féministes convergeaient vers cette image, cette publicité devenue de l'art, ou était-ce l'inverse ?

À New York, à SoHo, dans le Lower East Side, sur le Bowery, dans ce qu'il restait de Greenwich Village, dans quelques coins de Brooklyn, dans des fermes Upstate, les hommes changeaient le monde. Ils écrivaient, peignaient, photographiaient, dessinaient, sculptaient, filmaient, performaient, inventaient, imaginaient. Et les femmes ? Aussi. Mais tout le monde s'en foutait. Sauf elles. Depuis le début des années 1970, elles avaient décidé que cela devait se savoir. En janvier 1971, l'historienne de l'art, Linda Nochlin, publia dans l'ouvrage collectif *Woman in Sexist Society : Studies in Power and Powerlessness*, un article intitulé « Pourquoi n'y a-t-il pas eu de grandes artistes femmes ? ». Elle s'interrogeait, tout en connaissant les réponses, sur l'absence de femmes dans les musées, sur la nudité comme leur moyen pour elles d'y apparaître. Elle évoquait la peintre animalière française, Rosa Bonheur, grande oubliée, injustement à ses yeux, de l'histoire de l'art.

La même année, dans le numéro de septembre-octobre d'*Art in America*, la critique Lucy Lippard publiait un texte sur la discrimination à l'égard des femmes dans le monde de l'art. Elle y dénonçait neuf attitudes particulièrement misogynes.

Lucy Lippard, dans *Art in America* : « 1) mépriser les femmes et leur ôter toute confiance en elles, et ce dès le début de leurs études ; 2) ne pas considérer une femme mariée ou une mère de famille comme une artiste légitime, quels que soient ses efforts ou sa production. » Plus loin : « 4) voir les artistes femmes comme des objets sexuels et trouver là une excuse pour ne pas visiter leurs ateliers ni exposer leurs œuvres (“Bien sûr, son travail est formidable, mais c’est une si belle nana que si j’allais dans son atelier, je ne saurais pas si c’est l’œuvre ou elle qui me plaît”, m’a dit un marchand avec sérieux). » Et puis encore : « 6) traîner dans la boue celles qui participent à la vie mondaine, malheureusement cruciale, de l’art (si elle vient au bar avec un homme, c’est un appendice sexuel, donc, on l’ignore ; si elle vient avec une femme, c’est une homosexuelle ; si elle vient seule, c’est qu’elle est prête à tout) ; 7) associer systématiquement les artistes femmes à des hommes (“C’est la femme d’Untel” ; “Je pense qu’elle peint aussi”). » Et pour finir : « 9) les galeries qui refusent une artiste femme sans regarder son book, en arguant : “Désolé, on a déjà une femme”, ou qui refusent de représenter des artistes femmes parce que les femmes sont “trop difficiles”. »

Son fameux godemiché, Lynda Benglis l’avait acheté dans un sex-shop de la 42e Rue. C’était le plus grand qu’elle avait trouvé. Elle ne l’avait pas fabriqué elle-même. Elle aurait pu. Son travail, c’était de jouer avec les matières, la cire, le métal, les matières élastiques. Avant d’être l’amazone chevauchant un bout de silicone, elle avait été une jeune femme affairée, travaillant sagement dans son atelier, que les lecteurs de *Life Magazine* avaient découverte en 1970. Elle avait alors 29 ans, était arrivée à New York de Louisiane, quelques années plus tôt. Sur les photos, on la voyait jeter de la peinture par terre. Des coulures rouges, jaunes, orange ou bleu-gris, comme de la lave. Elle peignait sur le sol, comme Jackson Pollock avant elle.

Sauf qu'elle, elle allait plus loin encore. Pollock avait inventé l'idée de peindre sans pinceau. Mais c'était sur une toile que ses éclaboussures tombaient. Benglis, elle, renversait ses pots à même le sol. Pollock était resté un peintre. Toile et couleurs. Pour elle, les couleurs suffisaient. Elles séchaient et formaient quelque chose, une sculpture.

À New York, à la même époque, Carl Andre imaginait de simples carrés de métal sur lesquels ont pouvait marcher. Donald Judd concevait des objets dont on ne pouvait deviner s'il s'agissait de meubles, d'œuvres d'art, ou de pures recherches formelles. Une fois encore, Lynda Benglis se différenciait. Ils aimaient les lignes droites, les mondes parfaitement ordonnés, méticuleux. Elle laissait la matière vivre par elle-même, gonfler, baver. Cela donnait de drôles de choses, des sculptures comme des tas de glaise, des étrons, des escalopes découpées sur l'étal d'un boucher. Quand elle se mit à travailler le métal, la feuille d'or ou le papier mâché, elle laissa dans ses sculptures si précieuses, si délicates, les traces du grillage de poulailler qui avait servi d'armature pendant la fabrication.

Elle avait adoré caresser les traces de peinture laissées par Rothko sur le sol du gymnase du 222. Après tout, il était bien le moins atroce, le moins couillu, des expressionnistes abstraits. Michael Goldberg, qui avait repris l'atelier de ce génie, l'avait invitée à venir voir ses toiles, un jour de 1970. Il y avait de la peinture partout. Étalée sur la toile, bien entendu, mais aussi sur le sol, mêlée aux couleurs de Rothko, sur les chiffons et sur les murs. Et sur Goldberg lui-même. Cet homme élégant, qui revenait tout le temps d'Italie, sans qu'on sache vraiment comment il pouvait se payer tous ses voyages, portait toujours de très beaux costumes. Il les achetait chez Meledandri, un tailleur pour hommes qui avait eu l'idée astucieuse de n'embaucher comme vendeurs que des jeunes acteurs très beaux et sans rôle, de futurs Paul Newman, donnant envie à ses clients de leur ressembler. Michael Goldberg adorait passer des heures dans sa boutique et s'y ruinait. Mais ces précieux costumes finissaient couverts de peinture, comme ses jeans. Cela faisait rire Benglis. Il était gentil.

Elle avait imaginé des sculptures accrochées au mur, comme des formes qui prendraient vie depuis un tableau, des tentacules de monstres qui sortiraient d'une toile et viendraient se coller au spectateur. Un expressionnisme qui n'aurait rien d'abstrait. Goldberg accepta de lui laisser les clés du gymnase et lui « prêta » une paroi. Elle conçut *Wing*. Une « aile », peut-être celle d'un ange déchu.

Et puis, sept ans plus tard, voilà qu'elle avait un atelier dans l'immeuble. Elle n'avait cessé d'imaginer entre-temps des œuvres qui partaient des murs. Elle fit recouvrir ceux de l'atelier de contreplaqué pour pouvoir en accrocher d'autres. Mais ils n'allaient pas jusqu'au plafond. Elle voulait toujours voir la lumière du Bowery rentrer dans la pièce, ces rayons magnifiques qui aident à peindre, à penser, à créer, que l'on soit un artiste figuratif, un sculpteur abstrait, un poète d'un nouveau genre. Elle installa un lit convertible, une nouveauté à l'époque, pour les soirées où elle n'aurait pas la force de rentrer chez elle, une table de bois de style Biedermeier, quelques meubles de récup. Ce fut tout. Elle travaillait sans arrêt. Elle n'avait pas beaucoup de temps pour autre chose. Au petit matin, elle se glissait dans une des vieilles douches datant de l'époque YMCA, et elle croisait Michael Goldberg et John Giorno qui en sortaient, frigorifiés. Souvent, elle montait chez le premier. Il cuisinait, toujours italien. Bientôt, sa compagne, l'artiste Lynn Umlauf, vint habiter chez lui. Les dîners étaient animés. Michael et Lynn se chamaillaient pendant qu'ils préparaient à manger. Benglis les regardait, amusée, en buvant du vin. Les invités arrivaient peu à peu. Elle aimait cette vie-là, ce New York où l'art régissait tout.

Pourtant, très vite, elle voulut partir. L'Inde, Ahmedabad, où elle rencontra l'homme de sa vie. La Grèce, Kastellorizo dans le Dodécanèse, d'où sa famille était originaire. Le Nouveau-Mexique, où les maisons en pisé ressemblaient à des sculptures minimalistes. Elle découvrit toutes ces lumières, celle rasante et poussiéreuse de l'Inde, celle idéale de la Grèce, celle étourdissante du Nouveau-Mexique. Elle garda son atelier du Bowery, même si elle y revenait peu. La lumière y était unique.

11
La réserve du Bunker

Et puis, ce nom inconnu. Howard Brookner. Il fit comme avec tous les autres, petit détective obsessionnel. Combien de nuits passées au 222 ? Combien de discussions avec Burroughs, Giorno, Ginsberg ? Combien de verres descendus ? Combien de marches gravies pour accéder au Bunker, combien de petits matins aveuglants sur le trottoir du Bowery ?

Howard Brookner. Un authentique New-Yorkais, né en 1954, et élevé à Long Island. Un visage mutin, un regard sarcastique. L'un de ces jeunes hommes brillants, comme la ville en comptait des centaines, que les parents avaient rêvés avocats, journalistes, professeurs d'université, mariés avec une femme bien, et qui, un jour, avaient décrété vouloir être artistes. Lui voulait faire du cinéma. Il s'était inscrit à la New York University, à la Tisch School of the Arts. C'était là, sans nul doute, que le cinéma de demain se créait. Bien sûr, le cinéma triomphait en Californie. Mais pour des New-Yorkais nés dans les années 1950, la gloire immédiate ne constituait pas un but. Hollywood ne les faisait pas rêver. Le cinéma, ils brûlaient d'en faire à leur manière. Comme leurs aînés du Nouvel Hollywood, les Coppola & Co., comme ceux de l'underground des années 1960. Bientôt, au début des années 1980, Spike Lee, un jeune étudiant de la Tisch, présenterait, en guise de projet de fin d'études, *Joe's Bed-Stuy Barbershop : We Cut Heads*, un moyen métrage se déroulant dans un salon de barbier d'un quartier mal famé de Brooklyn, Bedford-Stuyvesant. L'un de ses camarades, Ang Lee, serait son assistant sur le tournage.

En attendant, à la Tisch, Howard Brookner rencontra un jeune homme venu de l'Ohio, Jim Jarmusch, aux cheveux blancs depuis l'adolescence, dont personne ne savait s'il préférait la musique, la littérature ou le cinéma. Il disait avoir passé du temps à Paris, avoir dormi dans les fauteuils de la Cinémathèque française. Tout se mêlait, s'enchaînait sans ordre précis : films, soirées, drogues, concerts. La plupart des fêtes se déroulaient au CBGB, club punk sur le Bowery. Brookner aimait ces soirées, plutôt hétérosexuelles, où le rock explosait, surtout qu'il était facile de s'en échapper pour aller draguer les garçons sur Christopher Street. Comme ses amis, il voulait goûter à la liberté de New York, à la littérature, balayer les modes de vie des générations précédentes. Évidemment, il admirait Burroughs.

Comme projet de fin d'études, il décida de réaliser un film sur lui, le premier documentaire sur le druide beat. Jim Jarmusch s'improvisa preneur de son. Burroughs accepta. Le jeune homme était mignon et bien élevé. James Grauerholz donna son aval. Non seulement il appréciait Brookner, mais il savait que la carrière de Burroughs y gagnerait. Les idoles étaient trop éphémères. Un grand auteur, un rockeur, pouvait surgir et déloger un ancien dieu. Aussi, on ouvrit grand les portes du Bunker au trio. Le jeune réalisateur filma la Nova Convention, les foules impatientes, Burroughs arrivant flanqué de Grauerholz et Giorno. Il demanda à Patti Smith ce qu'elle pensait de l'écrivain. « On ne le vénère pas assez, c'est l'un des plus grands esprits de notre temps », répondit-elle d'un air agacé. Il filma Francis Bacon, Brion Gysin, Herbert Huncke. Il installa sa caméra sur le toit du 222 et enregistra Burroughs récitant, en trébuchant sur les mots, les premiers vers de *Howl* devant un Ginsberg amusé. Il récupéra les images de l'actrice et mannequin Lauren Hutton, présentant Burroughs invité au *Saturday Night Live,* sa première apparition télévisée, comme « le plus grand écrivain américain vivant ». Il mit en scène dans les toilettes du Bunker un passage d'un de ses romans où il était question d'une opération chirurgicale particulièrement violente, avec Burroughs dans le rôle du médecin pervers, et Jackie Curtis, la Superstar warholienne, héroïne de la chanson de Lou Reed *Walk on the Wild Side,* dans celui d'une infirmière. Il emmena Burroughs dans le Missouri, devant la maison où il avait grandi, et on vit l'écrivain rire devant son frère qui lui avouait ne pas vraiment aimer ses livres.

Brookner le filma pendant cinq ans. Il devint un membre du Bunker, de ceux qui restaient une fois le dîner terminé. Il sortait avec Brad Gooch, poète, admirateur de Frank O'Hara et mannequin. Oui, un mannequin, au visage et au corps parfaits, qui défilerait pour Thierry Mugler, poserait pour *GQ*, passerait de longs moments à Paris et Milan, et apparaîtrait un jour dans une publicité pour le parfum Allure de Chanel. Un autre de ces garçons élevés dans un monde qui tendait le bras à leur beauté, en faisait des héros, des Antinoüs américains. Un autre de ces garçons au visage doux, qui, le soir venu, ne pensaient qu'à s'habiller de cuir et à rentrer au Mineshaft, établissement SM où tous les artifices de la masculinité de Wall Street, parfums, costumes trois pièces, étaient interdits, où un client fut même poussé dans les escaliers pour avoir osé venir avec des mocassins. Un autre de ces garçons que Robert Mapplethorpe photographierait non pas nus ni en cuir, mais en costume sage, laissant imaginer, sous la chemise, un harnais ou les marques de la nuit passée. Un autre de ces garçons qui étaient un rêve de porno dont, pendant les décennies suivantes, on posterait les images musclées et huileuses comme celles d'une Antiquité pédé. Deux garçons, donc, amoureux, que les habitués du Bunker observaient avec désir. Quand Burroughs n'était pas là, il leur prêtait parfois sa chambre. Et le couple s'endormait après avoir reluqué les armes et ri devant les revues de cul, un peu inquiets d'être réveillés en pleine nuit par un bruit de canalisation et ne pouvant se rendormir, terrifiés par l'ambiance sous-marine.

« *Toto, I've a feeling we're not in Kansas anymore.* » Dorothy, l'héroïne du *Magicien d'Oz*, serre son petit chien, Toto, contre elle. Elle comprend que le Kansas est loin. Elle n'est plus chez elle. On ne sait pas si elle a peur, si elle sourit, si elle est heureuse d'être là ou si elle savoure les horreurs à venir, la petite garce. Un peu de tout cela, sans doute. Tous les jeunes hommes qui franchissaient la porte du 222 et venaient s'asseoir sur les chaises orange étaient semblables à cette petite princesse gay, Judy Garland, dont ils avaient vu et revu les films. Les mots de cette fiction enfantine prenaient sens. Au 222, il y avait des ragots, du sexe, des vacheries, des stars et des vagabonds. Et il y avait de la drogue. De la cocaïne, sniffée, injectée. Des joints, partagés comme on sert des verres de vin. Des amphétamines, plus très en vogue. Du poppers, dont les phéromones envahissaient la pièce dès l'ouverture des flacons fourrés au fond des poches. De l'héroïne, surtout. Burroughs alternait période de défonce et cure de méthadone. Il replongea pour de bon. Pendant les dîners, il partait se piquer dans les toilettes avec d'autres membres de la confrérie droguée. Tout le monde savait que l'héroïne n'est pas une drogue comme les autres, qu'elle détruit doucement, comme l'aigle dévore le foie de Prométhée.

Pourquoi auraient-ils arrêté d'en prendre ? L'héroïne, c'était de la nourriture, comme l'ambroisie des dieux. Si Burroughs survivait, en se défonçant autant, si Keith Richards ou Chet Baker pouvaient encore faire de la musique, cela ne devait pas être si grave. L'héroïne avait été la drogue des jazzmen, puis de la Beat Generation. La French Connection en avait inondé l'Amérique et, même après son démantèlement, cela avait donné des idées à tous les dealers du pays. La première drogue démocratique était née. Les vétérans du Vietnam en prenaient, comme les immigrés portoricains, les fils de la classe moyenne italo-américaine du Queens, ou les gosses de riches de l'Upper East Side. Les grossistes encaissaient des fortunes. Les frères Gotti, dont l'un d'entre eux deviendrait le *capo di tutti capi*, paradaient sur le Bowery.

Au Bunker, Howard Brookner se droguait, buvait, discutait, mais avant tout, il filmait. Il fixait à jamais la pièce de théâtre qui se jouait devant lui, cette bande d'hommes qui en citaient d'autres, échangeaient amants et anecdotes. Ils étaient pareils à ces groupes représentés sur des tableaux qu'avait peints Henri Fantin-Latour à Paris dans la seconde moitié du 19e siècle. D'abord l'*Hommage à Delacroix* en 1864, réunissant des admirateurs du peintre romantique, mort l'année précédente, dont Fantin-Latour lui-même, James Whistler, Édouard Manet, Charles Baudelaire ; *Le Toast*, avec des peintres réalistes, œuvre qu'il détruisit ; *Un atelier aux Batignolles*, en 1870, avec Édouard Manet, Claude Monet, Frédéric Bazille, Auguste Renoir et Émile Zola ; *Un coin de table*, en 1872, avec les écrivains de Montparnasse, dont Paul Verlaine et Arthur Rimbaud ; et *Autour du piano*, en 1885, avec des admirateurs de Wagner.

En vérité, jamais ces hommes ne s'étaient physiquement réunis devant Fantin-Latour. Quelle importance ? Il en avait fait des groupes sur ses toiles. Pour ceux qui les regarderaient, des décennies plus tard, pour les lycéens qui verraient côte à côte ceux dont ils devaient analyser un tableau et apprendre par cœur un poème, ils formaient des bandes dont on aurait aimé faire partie. L'espace d'une heure ou deux, pour voir comment ces géants se comportaient, qui ils étaient. Et aussi pour qu'ils nous regardent enfin, ces hommes admirables, pour qu'ils nous fassent nous sentir moins invisibles, comme l'un des leurs qui venait de faire son entrée dans la pièce et vers lequel tout le monde se tournait. Un égal, un témoin adoubé. Voilà ce qu'était Howard Brookner, un homme décidé à apposer son nom à côté de celui de Burroughs.

Des images du Bunker avec des célébrités, il y en avait eu. Des plans où on voyait Burroughs se réveiller et travailler, marmonner ses mots et remonter lentement le Bowery, comme un passant normal, c'était une première. Brookner le montrait dans son élément, cela n'enlevait rien à sa légende, mais ça racontait la façon dont elle s'échafaudait. Au milieu de crabes qui se déchiraient dans le panier qu'était le Bunker. Ils se détestaient tous. Ou presque. John Giorno haïssait James Grauerholz, qui le lui rendait bien. Giorno s'estimait plus proche de Burroughs parce qu'il le couvait, le nourrissait et ne le critiquait jamais. Grauerholz pensait que c'était grâce à lui que le grand homme s'était remis à écrire et qu'il étendait sa renommée. Personne n'aimait vraiment Allen Ginsberg, parce qu'il avait trop de longueurs d'avance. Il avait connu Burroughs avant eux et, quoi qu'ils fissent, il serait toujours l'homme de *Howl*, celui qui avait fait paraître *Le Festin nu*. Ils le trouvaient parfois grandiloquent, pédant, quand il se lançait dans des réflexions sur le bouddhisme, la poésie et l'état du monde. Et si Gysin était là, Burroughs n'en avait que pour lui. Leur lien était si fort. Le « troisième esprit » n'allait pas disparaître à cause de la distance géographique.

Sans oublier Billy. William Burroughs junior, le fils qu'il avait eu avec Joan Vollmer. Il n'allait pas bien. Quand on a une mère accro aux amphétamines, qui a pris de la benzedrine enceinte, quand votre père, héroïnomane, a tué votre mère dans la maison familiale, on va rarement bien. Billy avait grandi avec ses grands-parents paternels. Le lien avec son père avait été chaotique. En visite à Tanger, à peine sorti de l'enfance, il avait découvert le haschich et échappé à une tentative de viol. De retour au pays, adolescent perdu, il avait tiré par mégarde sur un ami, qui avait miraculeusement survécu. Il avait été interné, avait commencé à se droguer et à boire. Il avait publié deux livres, que l'on avait comparés à ceux de son père. En 1976, lors d'un dîner dans le Colorado avec Ginsberg et son père, il se mit à vomir du sang. Il souffrait d'une cirrhose et dut subir une greffe du foie. Il continua de boire, reprit une vie itinérante. Il interrompit tous ses traitements. Un soir de 1981, on le retrouva dans un fossé, à l'est de la Floride. Le lendemain, il mourut à l'hôpital, il avait 33 ans.

Howard Brookner l'avait filmé. Le spectacle du jeune homme bouffi d'alcool était pathétique. Voir John Giorno déclarer que Billy était le dernier des poètes beat, le seul, le vrai, l'authentique, était étonnant. Mais le plus cruel était le témoignage de James Grauerholz affirmant face à la caméra qu'il avait adoré Billy, comme « un frère ». « Mais il y a toujours une rivalité entre frères, surtout quand l'un d'entre eux s'en sort beaucoup mieux. » Il ajoutait : « Il me regardait comme un reproche, comme si j'étais le fils que William avait voulu. » Et : « Maintenant qu'il est parti, j'ai l'impression d'être un fils pour [William]. »

Burroughs, à presque 70 ans, avait besoin de calme. Au tout début de la décennie 1980, Grauerholz, l'ancien amant, le nouveau fils, retourna vivre dans le Kansas, dans la ville universitaire de Lawrence, où il avait fait ses études. Il retournait régulièrement au Bunker et, devant le spectacle de Burroughs toujours plus drogué et fauché, poussa celui-ci à le suivre. Burroughs accepta. En 1981, il s'installa à Lawrence. Sa vie y fut plus calme, relativement. Il écrivait, pouvait vivre grâce aux à-valoir négociés par Andrew Wylie, prenait sa méthadone, tirait à la carabine sur des toiles comme Niki de Saint Phalle l'avait fait, quelques années plus tôt, en France. On lui préparait à manger. Il recevait de la visite, John Giorno ou Debbie Harry. Le rituel était le même : les invités avaient droit à une balade en forêt pour jouer avec les armes. Au 1927 Learnard Avenue, il écrirait sept livres. Certains fans et spécialistes affirmèrent que Grauerholz s'immisçait trop dans les textes, qu'il les modifiait. Personne ne saurait jamais si c'était vrai.

William Burroughs revenait parfois à New York. Pour la première du film de Howard Brookner, au New York Film Festival, le 8 octobre 1983, où Jasper Johns, Jackie Curtis, Brion Gysin et James Grauerholz l'applaudirent. L'année suivante, le 5 février 1984, pour y fêter ses 70 ans. Cette soirée fut l'événement du mois. Tous se pressèrent au Limelight, la boîte de nuit du moment, à l'angle de la 6e Avenue et de la 20e Rue, dans une ancienne église épiscopalienne. On se battit pour y rentrer, on supplia ceux qui avaient un carton de les accompagner. On savait qu'ils seraient tous là, Allen Ginsberg et les autres. Et ils en furent :

l'écrivain Jim Carroll
le compositeur Philip Glass
le réalisateur David Cronenberg
la chanteuse Lydia Lunch
la chanteuse Madonna
l'écrivaine Edie Parker
le chanteur Lou Reed
le chanteur Sting
le guitariste Andy Summers
mais pas Andy Warhol

Burroughs ne connaissait pas Sting ni Summers et, en entendant le nom de leur groupe, Police, il crut être face à des flics. Il salua tout le monde, posa avec ses intimes, fut présenté aux jeunes du moment, dont Madonna qui venait de sortir son premier album. Il alluma lui-même les bougies du gâteau, les souffla, puis les invités partirent au Danceteria, une autre boîte à la mode, à Midtown, où Nina Hagen, cheveux à moitié rasés et eye-liner montant jusqu'au front, donnait un concert.

Il avait du mal à imaginer cette fête, les conversations amusées et enivrées. Il se demandait si tous les invités avaient pu venir, si certains n'étaient pas restés cloués chez eux, assaillis par la fièvre ou souffrant d'une diarrhée épouvantable. Il pensait à ceux qui riaient trop fort pour occuper leurs pensées et oublier la tache noire apparue sur leur corps, quelques jours plus tôt. Il imaginait ceux qui comprenaient de quoi était mort leur amant. Quelque chose rôdait autour des invités, de ce gâteau d'anniversaire un peu ridicule. Tous, au Limelight, avaient lu l'article du *New York Times* : « *Rare Cancer Seen in 41 Homosexuals* ».

Le journaliste spécialisé en santé, Lawrence K. Altman, dans le *New York Times,* le 3 juillet 1981 : « Des médecins, à New York et en Californie, ont diagnostiqué une forme de cancer, rare et souvent très

> rapidement fatale, chez des hommes homosexuels. 41 cas. 8 des malades sont morts moins de 24 mois après le diagnostic. La cause est inconnue, et il n'y a encore aucune preuve de contagion. »
>
> Le même Lawrence K. Altman, le 11 mai 1982 : « Un dysfonctionnement important du système immunitaire est diagnostiqué par des médecins depuis moins d'un an – un dysfonctionnement qui semble affecter en premier lieu les hommes homosexuels. [...] Les autorités sanitaires fédérales craignent que des dizaines de milliers d'autres hommes homosexuels soient silencieusement affectés par des maladies potentiellement graves. »

Le journaliste évoquait la GRID, la Gay Related Immunodeficiency : l'immunodéficience gay, le « cancer gay ». Prochainement, on parlerait de virus de l'immunodéficience humaine et de syndrome d'immunodéficience acquise. VIH et SIDA. Pour l'heure, le journaliste du *New York Times* décrivait tout : les ravages sur les yeux, les lupus, les thrombocytopénies immunitaires, certains types d'anémies, des cancers comme le lymphome de Burkitt, ou des cancers de la langue et de l'anus. Il indiquait que beaucoup souffraient d'une pneumocystose, une maladie longtemps vue comme une complication chez les leucémiques dont le système immunitaire était affaibli par la chimiothérapie. Et il ajoutait que les experts en maladies infectieuses les plus expérimentés étaient désemparés. « Pourquoi maintenant et pas avant ? Étant donné que l'homosexualité n'est pas quelque chose de neuf, la question la plus intrigante est de savoir pourquoi cette épidémie survient seulement aujourd'hui. »

Certains, au Limelight, avaient aussi lu l'article publié dans le numéro du 18 mai 1981 de la *New York Native*, une revue gay bimensuelle – la première mention de ce qui deviendrait une épidémie. Le journaliste spécialisé dans les questions de santé, le docteur Lawrence D. Mass, avait écrit : « Les rumeurs de maladie sont largement infondées. » Il évoquait la pneumocystose, dont certains homosexuels venaient de mourir, et, à la suite d'une réunion au département de santé de l'État de New York, affirmait que le mode de vie homosexuel n'avait pas de lien avec la maladie.

1982 : 556 diagnostics, 273 morts.
1983 : 1 116 diagnostics, 858 morts.
1984 : 1 879 diagnostics, 1 965 morts.

Bientôt, cela empirerait.

1985 : 2 910 diagnostics, 3 799 morts.
1986 : 4 282 diagnostics, 6 512 morts.
1987 : 5 281 diagnostics, 9 866 morts.

Il ne pouvait pas s'arrêter. Ces chiffres, qui ne concernaient que la ville de New York, il les disséquait, imaginait ce que cela donnerait s'ils ne formaient qu'une suite de 1 : 1+1+1+1+1+1... Il pensait à ces noms anonymes qui s'accumulaient. La ville se pétrifia, se calcifia. On se demandait pourquoi Untel avait disparu, et puis on ne posait plus de questions. On disait que c'était n'importe quoi, encore un coup des médias homophobes pour stigmatiser les gays. Il ne fallait pas prendre de poppers, les infections venaient de là. L'air conditionné du Mineshaft diffusait partout la maladie, voilà pourquoi ses habitués tombaient malades. Cela passerait, c'est sûr. La grippe de Hong Kong avait bien disparu. Il suffisait de faire attention, de ne pas embrasser ni toucher quiconque pendant un moment. Klaus Nomi, cet Allemand excentrique à la voix de soprano, n'était plus remonté sur scène. On apprit que les grands cols qu'il portait, pareils aux fraises de la Renaissance, lui servaient à cacher des sarcomes de Kaposi, les terrifiantes taches noires couvrant son cou. Il succomberait en 1983, seul dans sa chambre d'hôpital. On comprit de quoi Hibiscus, performer dans la troupe des Cockettes, était mort l'année précédente. Michel Foucault, philosophe français adoré des campus américains, mourut l'année suivante à Paris. On s'inspectait le corps, on tâtait ses ganglions. On se mit à faire des listes. De ceux dont on savait qu'ils étaient morts, de ceux qu'on ne voyait plus. On ne savait pas qu'elles s'allongeraient, que le pire était à venir.

Il repensa à Fantin-Latour, à ses portraits de groupes. Il avait lu dans *Ce que le sida m'a fait*, ouvrage dans lequel la critique Élisabeth Lebovici décrit en quoi la pandémie a changé l'art et l'activisme, quelques pages où ces toiles étaient comparées à une œuvre de Philippe Thomas, *Hommage à Philippe Thomas : Autoportrait en groupe*. En référence à Fantin-Latour et à Delacroix, le plasticien français photographiait ses proches devant une de ses propres images. Comme si l'artiste imaginait ses amis réunis après sa mort. Il s'étonna de cette synchronicité. Qu'est-ce qui liait le peintre du Paris du 19e siècle au sida ? Quel drôle de pont se dressait entre les deux ?

Il pensa à d'autres œuvres de Fantin-Latour, à sa trentaine de bouquets de fleurs. Jacinthes, jonquilles, roses resplendissaient sur la toile. Leurs corolles et pétales attiraient le regard, donnaient envie de les toucher. Le peintre avait dû insister auprès des fleuristes pour qu'elles ne fussent cueillies qu'à la dernière minute. Elles devaient être les plus fraîches possible, éclater de vie. L'eau des vases les maintenait droites, leur apportait un supplément de vigueur. Bientôt, les pétales tomberaient, les tiges sécheraient, et une odeur putride envahirait la pièce. *Nature morte*, tout était dans le titre. Fantin-Latour montrait des organismes au bord du précipice. Ses portraits de groupes aussi. Ces hommes redoublaient d'intelligence, de talent, devant le peintre. Pour être là, sur la toile, ils étaient forcément brillants. Ils ne savaient pas s'ils resteraient ou non dans l'histoire. Mais, en posant ainsi, ils prouvaient qu'ils avaient été de leur temps.

Il pensa à un autre portrait de groupe, pris en 1966 ou 1967, par le photographe Peter Hujar. Ce dernier, parce qu'il était homosexuel, new-yorkais, qu'il prenait parfois les corps nus de ses amants comme modèles, et qu'il travaillait en noir et blanc, serait pour toujours comparé à Robert Mapplethorpe. Il en était pourtant l'inverse absolu, moins carriériste, radical quand son rival se rêvait classique. Dans les années 1960, Hujar aimait photographier sa bande d'amis. Il les réunissait dans son atelier. Comme sur une photo de classe d'écoliers, les plus grands se tenaient debout derrière, et les autres étaient assis sur des chaises ou sur les genoux des autres. Ils fumaient, riaient. Les plus âgés étaient en costume-cravate, les plus jeunes en bras de chemise ou en col roulé, voire en jean. Pour quelques images de cette série, Peter Hujar avait demandé à deux modèles de tenir un miroir. Son reflet le montrait souriant, hilare même sur l'une, en train de prendre la photo, s'incluant dans le groupe. Il ne fallait pas rater l'occasion de faire partie de la bande.

Il aurait voulu lui aussi rentrer dans l'image de Peter Hujar, courir, s'excuser d'être en retard et s'asseoir avec eux. C'était son autoportrait (parce que c'en était bien un) préféré du photographe, celui où il était admirable de générosité. Vingt ans plus tard, en janvier 1987, le photographe mourut à l'âge de 53 ans, dix mois après avoir été diagnostiqué séropositif. Son ancien amant, son fils spirituel, David Wojnarowicz, celui qui posait avec le masque de Rimbaud dans les rues de New York, prit des photos de son cadavre, du visage émacié, des pieds et des mains. L'année suivante, ce fut à son tour d'apprendre sa séropositivité. Il aurait encore cinq ans à vivre, cinq ans au cours desquels l'art serait le moyen d'expression absolu de sa rage contre le sida et l'inaction des gouvernants. Il montrerait un corps d'homme nu sur lequel grimpaient des fourmis géantes, enfouirait son visage dans le sable du désert, et se coudrait la bouche dans une œuvre baptisée *Silence = Death*, le slogan du groupe Act Up, dont il était membre.

Il avait toujours vu l'homosexualité, la sienne et celle des autres, comme un lien entre des anonymes. En un mot, un regard, des hommes ou des femmes se comprenaient. Il suffisait d'une chanson, d'une blague, de l'évocation d'une adresse, non loin d'une backroom célèbre, le Mineshaft par exemple, et le même rictus naissait sur certaines bouches. C'était un état d'esprit qui, souvent, transcendait les classes, ou faisait mine de. L'homosexualité, c'était ce beau secret qu'aucune des libérations ou des politiques égalitaires ne trahirait jamais. C'était un idéal parmi d'autres, auquel il était fier d'appartenir. Une bulle extensible, comme celles de savon que les magiciens manipulent pour impressionner les enfants, qui se tordait et intégrait autant l'adolescent qui ose franchir la porte d'un bar, en cachette, que les habitués de l'établissement. Ses parois étaient transparentes – tout le monde en connaissait l'existence –, fragiles – il suffisait d'un homophobe pour en briser la quiétude –, rosées – attirant ceux qui n'en étaient pas. Il imagina les années 1970 à New York, les nuits à baiser dans les entrepôts désaffectés, les saunas, les toilettes publiques, les recoins des stations de métro. La bulle était si belle. Puis il repensa à ces prestidigitateurs qui soufflaient un peu de fumée de cigarette à l'intérieur des cercles de savon. En un instant, tout devenait opaque, toxique.

Au printemps 1987, Howard Brookner apprit sa séropositivité. Après le documentaire sur William Burroughs, il en avait réalisé un autre, sur le metteur en scène Bob Wilson. Mais sa grande ambition était de faire un film de fiction. Il avait écrit un scénario à partir de nouvelles du journaliste Damon Runyon, qui se déroulaient en 1928 à Broadway. À Los Angeles, la Columbia, autant séduite par le projet que par la verve de Brookner, décida de le produire. Il ne pouvait pas révéler que le sida le menaçait. Ses T4 baissaient, mais il continuait à travailler. Le casting du film était sensationnel : le poster boy aux traits de mauvais garçon, Matt Dillon, l'actrice de *La Folle Journée de Ferris Bueller* et de *Dirty Dancing*, Jennifer Grey, et Madonna, qui cherchait à renouveler l'essai gagnant de *Recherche Susan désespérément,* avaient tous dit oui. Le tournage démarra en décembre 1987 dans le New Jersey et à West Village. L'hiver était glacial, Howard Brookner grelottait entre les prises. Chaque journée de travail était épuisante. Il avait commencé l'AZT, médicament antirétroviral alors préconisé pour le traitement de l'infection par le VIH. Les effets secondaires étaient lourds, son cerveau fonctionnait au ralenti. Il ne pouvait pas à la fois réfléchir, penser au film et batailler avec la production pour obtenir une rallonge de budget. Il interrompit le traitement pour avoir l'esprit clair et finir *Il était une fois Broadway*.

En secret, il tournait un autre film, beaucoup plus long, plus dur, plus intime. Avec une petite caméra, il filmait son quotidien. Il plaçait son visage devant l'objectif ou à l'autre bout de la pièce, parlait de lui, de sa famille, de son neveu adoré, Aaron. Il se branlait. Il voulait continuer à faire du cinéma. Il pensait au 222 Bowery, son âge d'or. Là, dans le Bunker, où il avait passé tant de soirées, il avait entreposé tous les rushes de son documentaire sur Burroughs. Une cloison avait été montée dans l'espace principal du loft et, dans cette réserve, toutes les bobines étaient méticuleusement rangées. Il savait que son trésor y était en sécurité. Personne, ni Burroughs, ni Grauerholz, qui revenait rarement à New York, ni Giorno, qui respectait trop tout ce qui touchait à Burroughs, n'aurait osé laisser quelqu'un rentrer dedans. Quant à la température, elle était idéale pour les pellicules inflammables.

Le sida se déclara. Son état empira. Il apprenait le décès de proches. Il maigrit, ne put plus se déplacer qu'en chaise roulante. Il n'arrivait pas à terminer le montage de son film *Il était une fois Broadway*. Les acteurs l'aidaient, prenaient de ses nouvelles. Madonna lui donna 5 000 dollars pour ses frais d'hospitalisation. Elle lui envoya, avant tout le monde, un exemplaire de son album *Like a Prayer*, qui sortirait quelques mois plus tard. Un moment de joie passager, mais c'était déjà ça. Chaque jour, de la dernière année, il lut les mots qu'il avait collés sur la porte de son réfrigérateur : « Il y a tellement de beauté dans le monde. C'est ce qui m'a mis dans le pétrin. » Il mourut le 27 avril 1989, à

34 ans. *Il était une fois Broadway*, dont le montage avait été fini par la production, sans respecter ses directives, sortit le 3 novembre 1989. Ce n'était plus son film. Les critiques furent mauvaises.

Il rencontra les proches de Howard Brookner. Son compagnon, ses amis, son neveu Aaron, devenu réalisateur. Il écouta ces hommes bien vivants parler de l'absent, le nombre d'années écoulées depuis sa mort dépassait largement celui durant lequel ils l'avaient connu. Il pensa à ce que le sida avait fait en stoppant net des vies. Les jeunes hommes n'avaient pas eu le droit d'être prolongés. Ils avaient été fauchés. Leur vie n'avait été qu'un préambule. Il se disait qu'il aurait aimé voir le premier montage d'*Il était une fois à Broadway*, et les films suivants de Brookner. Tout comme il aurait voulu entendre les autres albums de Klaus Nomi. Il aurait adoré, des décennies après leurs débuts, voir en Keith Haring, David Wojnarowicz ou Peter Hujar des vieux artistes ringards, dépassés, mais touchants. Il aurait été les saluer lors de la rétrospective célébrant leurs 50 années de carrière. Il les aurait sagement écoutés ânonner sur leur folle jeunesse. Peut-être qu'il se serait mis à apprécier les œuvres de Robert Mapplethorpe. Il se disait que certains seraient devenus des vieilles folles, un peu méchantes, hilarantes, ou des vieux beaux, que d'autres auraient été délicieux, des artistes doctes, balayant leur jeunesse agitée d'un revers de la main.

Le sida n'avait pas fané les fleurs de Fantin-Latour, il les avait déchiquetées. Les portraits de groupes de Peter Hujar, ceux de tous les autres artistes de l'époque, de la scène artistique de Downtown ou d'ailleurs, n'étaient plus que des trombinoscopes mémoriels.

Il se sentait lié à eux tous. Parce que, s'il avait vécu à cette époque, il aurait été l'un des leurs. Peut-être serait-il mort, en tout cas il aurait été endeuillé. Il lui arrivait, intérieurement, de regarder son groupe d'amis et de calculer, statistiquement, combien d'entre eux auraient alors disparu. Parfois, avec une cruauté irrationnelle, il s'interrogeait sur ceux qui, étant donné leur consommation sexuelle au-dessus de la moyenne, auraient été dans les premières victimes. Des réflexions absurdes, évidemment, indécentes, sans doute, mais qui lui permettaient de penser aux morts comme aux coupables. À Ed Koch, le maire de New York, qui avait longtemps refusé de rencontrer les militants gays, avait imposé un test VIH aux migrants, leur refusant l'accès s'il était positif, et nié la situation dramatique dans les hôpitaux. À Ronald Reagan, qui attendit 1987, et sa deuxième mandature, pour prononcer le mot « sida », alors que les autorités sanitaires le suppliaient d'intervenir. À tous ceux qui avaient assuré que le virus se transmettait par la salive, par la sueur, semant ainsi le doute et le germe de la haine. Aux salauds de galeristes qui, à peine apprenaient-ils la séropositivité d'un artiste, achetaient ses œuvres en grande quantité pour spéculer dessus. Aux autres salauds, beaucoup plus nombreux, qui pensaient que c'était la mauvaise vie qui les avaient tous tués et qu'ils étaient bien tranquilles, eux.

Il avait passé des nuits d'angoisse, la veille de résultats sanguins, parce qu'il savait que c'était possible, une capote qui se déchire. Il avait eu peur, pour lui, pour ses amis. Ce n'était rien, vraiment rien, par rapport aux années 1980 et 1990. Quel que fût le résultat, il survivrait. L'annonce ne serait pas un arrêt de mort. Mais cela faisait de lui un pédé. Il détestait ceux qui, parmi les hétérosexuels, regardaient, apitoyés, les gays dès que le sujet du sida venait dans la conversation, comme s'ils attendaient un témoignage, une histoire qui les ferait pleurer. Il les regardait s'émouvoir au récit d'une mort. Ils prenaient toujours un air larmoyant, penchant un peu la tête, comme si elle s'alourdissait sous le poids de tant de peine. Et puis ils passeraient à autre chose en se disant que cela ne les concernerait jamais. Lui avait pu voir sa jeunesse se prolonger. Ses aînés n'avaient pas eu cette chance.

Il n'y eut pas de mort au 222. Il se demandait pourquoi il s'intéressait à cet immeuble à moitié vide où on faisait de la poésie et de la peinture, alors que, partout ailleurs, on crevait. D'autres lieux l'ébranlaient, l'attiraient. Ceux où le drame s'était joué. Il y avait :

– Le Saint Vincent's Catholic Medical Centers, à Greenwich Village. L'épicentre de l'épidémie sur toute la côte Est. Le « ground zero » du VIH, tenu par les Sœurs de la Charité de la ville de New York. Un mouroir où les malades s'entassaient et où, quand les chambres venaient à manquer, on installait des lits dans le couloir et on les entourait de ruban adhésif de couleur pour délimiter des espaces privés. Les familles et les amis se retrouvaient devant les salles de soins intensifs. En 1986, dans le grand magasin Barney's, un défilé de mode fut organisé pour récolter des fonds. Madonna, visiteuse fidèle des malades de l'hôpital, apparut sur le podium, ainsi que le mannequin Iman.

– L'appartement du dramaturge Larry Kramer à Washington Square, le 11 août 1981. L'auteur avait fait venir 80 hommes, tous homosexuels, pour parler du « cancer gay ». Il avait écrit des pièces se déroulant à Fire Island, haut lieu de rencontre à Long Island, notamment *Faggots* qui avait divisé la communauté. Ce jour de 1981, tous se regroupaient, inquiets. Il y eut des disputes. Fallait-il arrêter de baiser ou non ? Comment récolter de l'argent pour aider les malades ? Ils décidèrent de créer l'organisation Gay Men's Health Crisis. En 1987, Larry Kramer jouerait un rôle majeur dans la création d'Act Up. Il mourrait d'une pneumonie en 2020, à l'âge de 84 ans.

– Les toilettes du Centre gay et lesbien, à quelques pas du Saint Vincent's Catholic Medical Centers, dont les murs furent peints par Keith Haring en 1989. Pour célébrer les 20 ans des émeutes de Stonewall. L'année précédente, il avait appris sa séropositivité. Il avait dessiné des bites géantes, dégoulinantes de sperme, au milieu desquelles apparaissaient des visages, des culs, des mains, elles aussi affublées de sexes, parfois sur pattes. Il avait intitulé la fresque *Once upon a Time*. « Il était une fois ». Il était une fois Stonewall. Il était une fois les partouzes, le bonheur, la liberté des corps qui jouissaient. Il était une fois, il y a peu. Il mourut l'année suivante.

– La chambre d'hôpital où mourut Tseng Kwong Chi, le 10 mars 1990. Le photographe avait survécu moins d'un mois à son ami Keith Haring. Ils faisaient tout ensemble. Quand ils se promenaient dans New York et que le graffeur se mettait à dessiner sur les murs, son ami le prenait en photo. Ces images étaient la preuve du génie de Haring. Tseng Kwong Chi était né à Hong Kong, avait étudié à Paris. Il s'était lancé dans une série d'autoportraits en noir et blanc, posant en costume Mao devant les lettres « Hollywood », les Tours jumelles, la tour Eiffel, les chutes du Niagara… Il avait réalisé une autre série de photos où il demandait à des hommes politiques républicains, coupables de se montrer méprisants envers les morts du sida, de poser avec lui, qui souriait comme un jeune avocat ambitieux. Après la mort de Haring, il n'avait pas pu continuer à lutter.

– La vitrine du New Museum, sur Broadway, du 20 novembre 1987 au 24 janvier 1988. Le commissaire du musée, William Olander, présentait les travaux du collectif Gran Fury, auteur du triangle rose inversé, sous-titré *Silence = Death*, pour Act Up. Étaient exposées une grande photographie du procès de Nuremberg, des images des « criminels du sida » assorties de citations, comme celle du sénateur Helms demandant de mettre en quarantaine les séropositifs. Sous la photo de Reagan, rien, pour dénoncer son mutisme. Sur un néon, on lisait « Let the Record Show » (« Que la situation parle d'elle-même »), le nom de l'exposition tiré d'une citation d'Olander : « Que la situation parle d'elle-même et dise qu'ils étaient nombreux dans la communauté de l'art à avoir choisi de ne pas être silencieux dans les années 1980. » Olander mourut en 1989.

– Les *Billboards*, les 24 panneaux d'affichage que l'artiste Felix González-Torres fit installer dans tout Manhattan, entre le 20 février et le 18 mars 1991. Une image en noir et blanc, à l'horizontale, d'un lit défait, sans aucun commentaire. Son compagnon Ross Laycock venait de mourir, et, par ces draps froissés, il montrait la disparition, le quotidien d'un couple devenu impossible, la banalité de l'amour détruite. Lui-même mourut en 1996.

Il songea à d'autres lieux, des centaines dans tout New York : les restaurants qui refusaient les homosexuels, pourtant des habitués, ceux où des serveurs mettaient des gants en plastique pour récupérer les billets que leur tendaient ceux qui paraissaient malades ; les églises ou les synagogues où on n'invitait pas le compagnon du mort ; la Factory dans laquelle se terrait Andy Warhol, terrifié à l'idée d'être contaminé ; les ateliers que les artistes séropositifs transformaient en fondations pour que leurs œuvres soient protégées après leur mort. Et puis, malgré tout, il ne put s'empêcher de penser au 222 Bowery. John Giorno, à la vie sexuelle active, avait miraculeusement échappé à l'infection. Quant à William Burroughs, sa célébrité lui avait sans doute sauvé la vie : on le laissait toujours se shooter en premier, ce qui lui avait évité le risque d'utiliser une seringue contaminée.

En 1984, John Giorno créa l'association AIDS Treatment Project, dont il installa le siège dans les locaux du Giorno Poetry Systems. « Mon intention est de traiter un inconnu comme un amant ou un ami. Dans le même esprit qu'à l'âge béni de la promiscuité, quand nous célébrions la vie avec des substances féeriques, et avions des relations sexuelles fabuleuses avec de beaux étrangers. Maintenant que la vie est ravagée par le sida, nous offrons le même amour, sous la forme d'une compassion sans limites », écrivit-il dans le manifeste de l'association. Afin de récolter des fonds, il organisa des concerts, enregistra des disques, auxquels participèrent William Burroughs, Debbie Harry, Allen Ginsberg, Patti Smith, Laurie Anderson. Il demandait à chacun de donner ce qu'il pouvait. C'était, disait-il, de « l'argent comptant », de la « petite monnaie ». Quand un malade ne pouvait pas aller à l'hôpital à pied, ni en transports en commun, l'AIDS Treatment Project lui payait un taxi. Quand il ne pouvait plus régler ses factures de téléphone, d'électricité ou son loyer, l'association s'en chargeait.

Plus au sud de Manhattan, à la Bourse de Wall Street, l'argent devenait chaque jour plus abstrait. Les profits atteignaient des sommets mythologiques. Les traders et les stockbrokers empochaient des sommes folles. Bientôt, dans le film d'Oliver Stone, *Wall Street*, une phrase, prononcée par Michael Douglas, frapperait les esprits : « L'avidité, faute d'un meilleur mot, est une bonne chose. » La boîte aux lettres du 222 Bowery se remplissait d'enveloppes remplies de cash. De l'argent concret. Tant mieux, il pouvait être plus vite redistribué. Il circulait, minuscules dollars contre un virus assassin.

12
La cheminée

C'était son rituel. Les beaux garçons, John Giorno les invitait d'abord chez lui, dans son loft. Il leur préparait un thé et, pendant que les feuilles infusaient, leur posait mille questions, répondait à mille autres. Il allumait un joint. Lui, en habitué, le fumait comme une cigarette, mais pour ses invités qui n'avaient pas connu les années 1960, cela avait l'effet de la dynamite. Il les prévenait parfois : cela n'avait rien à voir avec les joints que les skateurs s'échangeaient à Washington Square. Les siens fracassaient le cerveau. Il en riait. Tout son corps virevoltait. Ses yeux, sa bouche, ses mains aussi, qui bougeaient sans cesse, mimant quelque chose. Ses pieds dansaient même pour les tâches les plus quotidiennes : remettre de l'eau dans la théière, aller chercher un bibelot. Il faisait voir la vue sur le Bowery à ses invités, bien sûr, et leur montrait des vieilles photos de l'immeuble encadrées avec des fascicules de l'Institut détaillant les activités des membres. Autant de reliques qu'il conservait précieusement. Il proposait ensuite de descendre au Bunker. Dans les escaliers, il désignait la porte de l'atelier de Rothko. On ne croisait jamais personne. Enfin, on arrivait à l'entresol.

Il faisait le guide. Les flingues de Burroughs, les peintures de Gysin, les revues pornos, les magazines consacrés aux armes. Il évoquait les soirées autour de la grande table, récitait les listes des convives qui y avaient participé. L'invité n'en croyait pas ses yeux. Il était dans le temple beat et ne savait où donner de la tête. Car il n'était pas question que de contre-culture dans ce drôle d'entresol. Là, en pleine Manhattan, il y avait toute une collection d'autels bouddhiques et d'images pieuses aux couleurs vives, chargés de dorures. John Giorno racontait : en 1971, il était retourné en Inde ; à Sarnath, à quelques kilomètres au nord de Varanasi, il avait vécu une expérience mystique ; à Darjeeling, il avait rencontré Sa Sainteté Dudjom Rinpoché, le chef spirituel du Nyingmapa, le courant le plus ancien du bouddhisme tibétain ; il avait suivi ses enseignements et appris la méditation. Il décrivait, avec pédagogie, les déités représentées, terrifiantes et courroucées, non pas contre tous les hommes mais contre l'ego, contre ce qui consume les êtres et les éloigne de la sagesse. Il parlait du tantrisme, du Nyingmapa, un courant confidentiel, dénué de toute ambition politique, des rapports charnels entre hommes qui ne dérangeaient personne. Il décrivait la « folle sagesse », cette liberté qu'ont les maîtres de rudoyer leurs disciples pour éveiller leur spiritualité. Il montrait les bougies récemment consumées et les bâtonnets d'encens dont les effluves flottaient encore, mêlés à ceux des cigarettes des invités.

Ici, il accueillait des cérémonies. Des adeptes de Dudjom Rinpoché voulaient développer ce courant du bouddhisme aux États-Unis. Il leur avait offert le Bunker, qu'il avait récupéré après le départ de Burroughs. Là où, autrefois, la drogue circulait, où les fusils étaient des trophées, on se mit à prier, à méditer. Les moines en visite dormaient là, recevaient des disciples. L'occupation chinoise au Tibet remplissait de plus en plus les conversations et le Nyingmapa prit son envol en Amérique. Au nord de New York, dans les monts Catskill, un disciple de Dudjom Rinpoché, le Vénérable Khenpo Tsewang Dongyal Rinpoché, créa un lieu de prière et d'accueil, le Padmasambhava Buddhist Center. Le Bunker devint son ambassade citadine. À chaque nouvel an, une puja, un rite d'offrandes, était organisée. On allumait un feu dans la cheminée du loft de Giorno pour se débarrasser des épreuves des mois passés. Les fidèles apportaient des fruits, des haricots secs, du riz, du sucre, des épices, des yaourts et du bois. La fumée envahissait la pièce, s'infiltrait sous les portes, et les chants résonnaient dans l'immeuble.

Giorno n'avait aucune raison de bouleverser son doux rituel. Un jeune artiste suisse y eut droit aussi, un jour de 1998. Il s'appelait Ugo Rondinone, était arrivé à New York depuis peu. Il était peintre, réalisait des tableaux en forme de mandalas ou de cibles aux couleurs vives et fluo. Il sculptait aussi, aimait particulièrement la forme tortueuse des arbres. Les clowns étaient une autre source d'inspiration. Surtout, il aimait la poésie. Il avait une œuvre en tête : un ensemble d'arbres avec des haut-parleurs cachés dans les branches, diffusant des poèmes. Il avait 33 ans, aimait les textes de la génération qui précédait la sienne. Il voulait travailler avec Anne Waldman, Diane di Prima et John Giorno. Il avait vu une performance à la St Mark's Church. C'était ce qu'il aimait depuis toujours. Des mots qui devenaient images, prenaient vie, dansaient, traversaient celui qui les récitait.

John Giorno avait 61 ans. Il était très beau. En 1963, quand il l'avait filmé assoupi, Andy Warhol s'était pris pour Michel-Ange sculptant David. Une perfection insolente, des formes idéales. Rondinone s'en souvenait, évidemment. Mais c'était à une autre sculpture du génie qu'il faisait face à présent. Celle de Moïse à Saint-Pierre-de-Rome. Un visage mûr et puissant, une perfection d'un autre genre, rassurante, dense. Ce fut avec lui qu'il passa la nuit. Et d'autres nuits encore. Ils parlaient de poésie, faisaient l'amour. Ugo Rondinone retourna en Suisse pour quelques mois. À son retour, ils se retrouvèrent.

Avant lui, John Giorno avait aimé un seul homme, Paul Albert, un musicien. C'était au temps où le sida ravageait le quotidien, supprimait tout avenir. Il fallait fuir, se ranger. Le virus détruisait non seulement la vie, mais aussi ce à quoi on aspirait. Une jeunesse, des années d'adulte à se battre contre les institutions, le couple, la fidélité, et voilà qu'il fallait faire comme les autres. Non pas par plaisir, ni par ennui, mais pour survivre. John Giorno et Paul Albert quittaient New York dès qu'ils le pouvaient, partaient à la campagne, ou faire du voilier sur un lac. Ils s'éloignaient de cette ville qui crevait, de ces avant-gardes qui ne résistaient pas aux disciples de Reagan ou de Bush, au nouveau maire de New York, Rudy Giuliani, qui traquait l'insécurité et démolissait les quartiers pauvres, ou à ce magnat de l'immobilier, Donald Trump, que l'époque, interloquée, érigeait en modèle.

Tout était triste en ce début de 1998. Allen Ginsberg était mort d'un cancer du foie chez lui, à East Village, le 5 avril 1997. Quelques jours plus tôt, il avait écrit son dernier poème, « *Things I'll Not Do (Nostalgias)* », « Les choses que je ne ferai pas (Nostalgies) ». Il citait tous les lieux qu'il ne verrait jamais : la Bulgarie, l'Albanie, Lhassa, Beyrouth, la Syrie. Il ne se baignerait pas dans le Gange et ne s'assiérait pas sur le Manikarnika Ghat à Varanasi avec Peter Orlovsky. Le Sphinx d'Égypte, au coucher ou au lever du soleil, les bidonvilles de Jakarta, les forêts de Bornéo, les plages de Rio et les garçons des favelas n'étaient plus qu'un rêve. Il ne reverrait jamais Kerouac ni Burroughs. Tout cela, écrivait-il, il ne le ferait jamais, sauf peut-être à l'intérieur d'une urne funéraire.

Burroughs était mort quelques mois plus tard, le 2 août. La poésie avait disparu. Ou plutôt, elle avait été récupérée. Pour payer les factures, assurer un revenu futur à James Grauerholz, il avait accepté de jouer dans une pub Nike. L'entreprise de Seattle voulait lancer une campagne de promotion de ses nouvelles Air Max. Le spot était un montage très rapide, façon MTV, d'images sportives. Le visage de Burroughs, l'homme le moins sportif de l'histoire, apparaissait sur l'écran d'une télévision grésillante. La voix traînait : « Le but de la technologie n'est pas d'embrouiller l'esprit, mais d'être au service du corps » ; « L'unité de base de la technologie n'est pas le bit mais le corps » ; et « Qu'est-ce que la technologie si ce n'est l'esprit repoussant les limites du muscle ? ». Jamais son nom n'était mentionné. Certains téléspectateurs se demandaient qui était ce vieux professeur angoissant, d'autres le reconnaissaient. La contre-culture avait toujours été un secret d'initiés, mais aujourd'hui ces derniers étaient des consommateurs comme les autres.

Et puis, le 30 novembre, Kathy Acker était morte. Dans le New York de la littérature, tous savaient qu'elle était un vrai génie. Comme Ginsberg, et quelques autres, si rares dans une génération. Elle avait grandi dans l'Upper East Side et avait tout quitté pour écrire. Elle avait été strip-teaseuse, secrétaire, avait enchaîné les petits boulots pour pouvoir survivre et, le reste du temps, malaxer les chefs-d'œuvre, comme autrefois Burroughs et Gysin coupaient des phrases. Elle avait imaginé un don Quichotte moderne où le chevalier était une femme venant d'avorter à New York, chapardé des morceaux de textes à T. S. Eliot, Charles Dickens, John Keats, Mark Twain ou au marquis de Sade. Dans *Blood and Guts in High School*, elle avait imaginé l'histoire d'une gamine mexicaine qui couchait avec son père, puis partait à New York, travaillait dans une boulangerie tenue par des hippies, se prostituait et se mettait en couple avec Jean Genet. En 1996, les médecins lui avaient diagnostiqué un cancer du sein. Après une double mastectomie, elle avait perdu la foi dans la médecine traditionnelle, succombé à l'illusion que l'acupuncture, les guérisseurs ou les herbes chinoises pourraient la sauver. John Giorno avait voulu l'aider. Via l'AIDS Treatment Project, il avait lancé des appels aux dons pour régler ses frais médicaux. Quelques chèques étaient arrivés dans le courrier du Giorno Poetry Systems. Cela n'avait pas suffi. Elle était morte dans la chambre 101, le même numéro que la salle de torture de *1984*, d'une clinique de Tijuana au Mexique. Giorno l'aimait, mais sa mort dépassait la simple disparition d'un être. Avec elle, la littérature, sa littérature, crevait doucement.

En visite à la Tate Britain, à Londres, il se retrouva face au tableau de David Hockney, *A Bigger Splash*. Il était accroché dans une grande salle, à quelques dizaines de mètres de celles des *Seagram Paintings* et des Turner. Tout le monde s'immobilisait devant l'une des œuvres d'art les plus célèbres du monde. On l'avait vue en fond d'écran d'ordinateur ou de téléphone, reproduite sur des posters ou des cartes postales. On la connaissait par cœur. Pourtant, elle impressionnait toujours. Sa taille d'abord. Un carré de 2,40 mètres de côté.

Une fois la surprise passée, il se mit à l'observer, rassuré comme devant un paysage familier. Une piscine, un plongeoir jaune, une maison rectangulaire, des baies vitrées où se reflétaient des palmiers, et deux autres palmiers à droite de la maison. Des plantes grasses le long du mur et un siège pliant, comme ceux des réalisateurs sur les plateaux de cinéma. Bien entendu, un *splash*, de l'eau projetée dans les airs par quelqu'un qui plongeait. Qui ? Personne n'en savait rien. David Hockney avait peint ce tableau en 1967. Il vivait en Californie depuis un an et avait déjà réalisé deux tableaux qui semblaient préparatoires : *A Little Splash* et *The Splash*. Deux autres piscines, deux autres plongeons, un même angle.

Il imagina Hockney, gamin du Yorkshire ayant grandi sous un ciel gris, petit pédé londonien pour qui la couleur était réservée aux habits excentriques des boutiques de Carnaby Street, découvrant la Californie, la trouvant si belle, si différente de tout ce qu'il avait vu autrefois qu'il ne pouvait que la peindre. Il le voyait, ce génie binoclard et assez laid, fasciné par les corps musclés des garçons qui se baignaient dans les piscines de Los Angeles. Il était persuadé que ce corps qui plongeait, c'était celui d'un homme. Nu, sans doute. Il pensa à deux autres tableaux datant de la même époque, *Sunbather*, un garçon sans maillot de bain, allongé sur une serviette au bord d'une piscine, et *Peter Getting out of Nick's Pool*, un jeune homme de dos, lui aussi nu, sortant d'une piscine. Ils étaient tous les deux parfaits, évidemment. Mais il y avait moins de mystère que dans les trois *Splash*. Là, on pouvait rêver, idéaliser le corps qui venait de traverser la surface de l'eau. On pouvait se dire que, dans quelques secondes, cet inconnu émergerait et nous inviterait à le rejoindre. Ou bien, ce corps, c'était peut-être l'idéalisation de notre propre plongeon à venir, évidemment parfait.

Dans la salle du musée londonien, il se surprit à découvrir des choses nouvelles dans ce tableau vu et revu. Les bords, par exemple. Ils formaient un cadre de dix centimètres de large environ. Cette marge beige, c'était celle des polaroïds de l'époque. L'Anglais montrait que la beauté de cette Californie adorée passait par la pellicule, le Celluloïd, toutes les techniques de l'image, de la photographie ou du cinéma. La splendeur de ce territoire était fabriquée, parfaite comme les angles droits de la maison, la taille idéale des palmiers. Il envoyait une carte postale au reste du monde.

Ce rêve pop, Hockney l'avait fantasmé avec la palette la plus simple possible. Du bleu de cobalt, du bleu outremer, du vert de Booker, du jaune de Naples, du blanc de titane, du pigment terre de Sienne… Sous ces noms merveilleux, des couleurs basiques, rassurantes qui ne surprendraient personne. Ensuite, il avait soigné les finitions au rouleau, lissé l'ensemble afin qu'aucune aspérité ne vînt troubler l'harmonie de la toile. *A Bigger Splash* devait être lisse et parfait comme la surface d'une piscine calme.

Pourtant, des défauts étaient visibles. Le carré n'était pas parfait. Il y avait un écart de 1,4 centimètre entre la longueur et la hauteur. Le cadre beige, ce faux papier cartonné enserrant le polaroïd imaginaire, n'était pas tracé de façon rectiligne, donnant une forme légèrement trapézoïdale à la peinture. Surtout, deux détails attirèrent son regard. Dans la marge beige du haut, à quelques centimètres des palmiers, et dans celle de gauche, au niveau du toit de la maison, il remarqua deux points. Il s'approcha. C'étaient des marques de peinture bleue, de la même couleur que celle utilisée pour le ciel. Il n'avait jamais entendu parler de ces deux points, de ces éclaboussures. Pourquoi Hockney ne les avait-il pas effacées ? Un coup de détachant et le tour était joué. Son esprit vagabonda. Peut-être que l'Anglais avait tant aimé le ciel californien, si intense, qu'il l'avait laissé transpercer sa toile.

Et puis non. C'était trop simple, trop idiot, trop magique. Ces deux gouttes de peinture, ce vrai *splash*, c'était la marque du peintre. Dans cette œuvre qui voulait imiter le monde mécanisé de l'image, cette féerie pop où n'apparaissait aucun humain, pas même le plongeur, il y avait bien quelqu'un, David Hockney lui-même, qui célébrait sa toute-puissance de peintre. Il pouvait imiter un univers moderne, où des appareils représentaient la réalité, où la main de l'homme n'existait pas. Mais c'était un leurre. Il fallait un artiste, une main, quelque chose de tangible, de réel, pour donner vie à tout cela.

Il en allait ainsi pour toute la pop. Roy Lichtenstein avait dû découper ses comic books pour pouvoir les agrandir. Robert Rauschenberg avait feuilleté des journaux pour en tirer des photographies. Jasper Johns s'était appliqué pour tracer correctement ses suites de chiffres, les contours du drapeau américain ou le cercle de ses cibles. Et Andy Warhol alors ? N'était-il pas le plus humain de tous ? Il filmait des garçons pour pouvoir leur adresser la parole, photographiait les filles les plus élégantes du monde pour se trouver des amies avec qui sortir dans les soirées en vue. Les sérigraphies, il fallait bien les fabriquer, préparer les produits, recadrer une image, tout en discutant avec les assistants de la fête de la veille et des derniers ragots. La vie n'en pouvait plus de bouillir dans ce monde pop. Cependant, une fois les œuvres achevées, exposées, achetées, exposées de nouveau, emballées dans des hangars, prêtées à des musées, c'en était fini. Elles devenaient semblables aux momies égyptiennes, avec lesquelles elles voisinaient d'ailleurs dans certains musées.

Il y avait eu des corps, des mains et des bras. Il y avait eu de la sueur, de la salive, du sperme, de la peinture bleue qui éclaboussait. Il y avait tout eu, et il n'y avait plus rien. Sauf John Giorno. Il était là, dans les bras d'Ugo Rondinone. Ils faisaient l'amour. Il était présent. Ce n'était pas un pharaon embaumé, mais un corps en vie. Une bouche qu'on embrassait, une bite qu'on touchait, de la sueur qui perlait sur la peau. Andy Warhol, Jasper Johns, Robert Rauschenberg, William Burroughs, Brion Gysin, Allen Ginsberg,

Keith Haring avaient connu cette éclaboussure de ciel californien qu'était Giorno. Dormir avec lui, l'aimer, c'était vivre dans la réalité de ce rêve.

Ils tombèrent fous amoureux.

La tristesse s'évanouit. Il y eut des dîners, des fêtes, des apéritifs. Avec le même rituel que celui dédié aux beaux garçons. La soirée commençait dans le loft à l'étage, devant la cheminée. Des bouteilles de champagne étaient ouvertes et des joints allumés. Ensuite, direction le Bunker. Le menu ne variait jamais : une mousse de crabe en entrée, un rôti de veau avec des pommes de terre et des légumes verts, et en dessert un gâteau venu d'une pâtisserie française du quartier, Ceci Cela. Autour de la table, dressée avec l'argenterie et la porcelaine de la famille Giorno, huit à dix personnes à des places précises, définies par le couple. C'était une douce chorégraphie. Chacun devait à la fois se sentir à l'aise tout en faisant des rencontres. Giorno conviait ses amis, Rondinone les siens. Un camarade français ou italien venait en ville, et c'était un prétexte pour organiser un dîner. Au cours de ces soirées, il y eut notamment :

la créatrice de mode et collectionneuse Agnès b.
les artistes Christo et Jeanne-Claude
l'artiste Verne Dawson
la galeriste Elizabeth Dee
le poète Bernard Heidsieck

la commissaire d'exposition Laura Hoptman
la photographe Françoise Janicot
le graphiste Scott King
l'artiste Jean-Jacques Lebel
le commissaire d'exposition Jean de Loisy
l'artiste Brice Marden
l'artiste Philippe Parreno
l'artiste Elizabeth Peyton
la créatrice de mode Phoebe Philo
la galeriste Almine Rech
l'historien de l'art John Richardson
le chanteur de R.E.M. Michael Stipe
l'artiste Rirkrit Tiravanija
et pas Andy Warhol, mort en 1987

Les CV comptaient, bien sûr, mais pas seulement. Parfois, au sortir d'un dîner, certains n'avaient toujours pas saisi qui était leur voisin de table. Giorno connaissait toutes sortes de personnages, des individus dont on ne savait pas comment ils vivaient, ni ce qu'ils faisaient vraiment. Des individus comme New York en avait autrefois compté, des flâneurs à vie. On en voyait plein dans les films, mais les côtoyer dans un bunker meublé d'autels tibétains et décoré de flingues ne pouvait que surprendre. On espérait les revoir au prochain dîner. On priait aussi pour être assis à côté de John Richardson, un vieil ami de John Giorno, historien de l'art et biographe de Picasso. Il connaissait tous les ragots, savait avec qui telle héritière de l'Upper East Side trompait son mari, sous-entendait que tel grand avocat issu d'une dynastie célèbre n'était pas le fils de son père. John Giorno enchaînait. Il adorait les cancans, lui aussi. À eux deux, ils couvraient toute la ville. Au premier, les gens de la haute. Au second, les histoires de cul de l'avant-garde, les vacheries du monde underground. Sa chronique « *Vitamin G* », dans le magazine *Culture Hero*, où il avait dévoilé la taille des pénis et les goûts sexuels de ses amants, était demeurée confidentielle. Il ne restait aucun exemplaire de la revue. Tout le monde l'avait oubliée, sauf peut-être Jasper Johns qui fulminait encore, dans sa maison de Saint-Martin. Giorno redonnait vie à ce monde, trente ans plus tard. Ses recensions des travers du monde de l'art des années 1960 devenaient des poèmes, des pièces de *spoken word*.

C'était drôle et enrichissant. Les plus jeunes, invités par Ugo Rondinone, connaissaient tous ces noms. Ils les avaient découverts à l'université, étudiés avec sérieux. Ils étaient des références, dont ils couraient voir les rétrospectives, analysaient les diverses époques des travaux, s'inspiraient. C'étaient des noms abstraits, tels Manet, Chardin, Poussin. Des noms non incarnés, comme le nez de Gogol qui s'anime et se promène dans Saint-Pétersbourg. Et voilà que, autour de la table, il y en avait dont la main s'emparait d'une bouteille de vin, la bouche mâchait de la nourriture, la langue parlait. Ces noms prenaient corps. Christo et Jeanne-Claude étaient un couple de voisins. Brice et Helen Marden aussi. Ils parlaient parfois du quartier, de la boutique qui avait ouvert quelques blocs plus haut. John Richardson citait Fernand, Pablo, Francis, Nicolas (Léger, Picasso, Bacon, de Staël), racontait des soirées passées dans un incroyable château à Uzès, dans le sud de la France. Oui, la main de ce monsieur élégant et pince-sans-rire, celle-là même qu'on venait de serrer au moment des présentations, avait touché celles de Picasso et des autres, toutes ces mains qui avaient façonné des chefs-d'œuvre.

Les jeunes invités se savaient chanceux. Ils ne connaissaient pas la galère. En tout cas, pas celle de leurs aînés. Ils écoutaient ces récits de vie dans des lofts sans eau courante et sans chauffage. Ils apprenaient avec stupeur que Willem De Kooning, le grand Willem De Kooning, ne s'était nourri, pendant un temps, que de ketchup le soir. Eux s'en tiraient bien. Ils n'étaient pas encore très célèbres, mais ils avaient tous des galeries qui misaient sur eux. L'art n'avait jamais eu autant d'argent qu'en ce début des années 2000. Même dans les années 1980, du temps des *golden boys*, Jeff Koons ou Julian Schnabel, il n'en circulait pas autant. Tous les voyants étaient au vert. Les marques de luxe découvraient l'art. On invitait les plasticiens à signer des collaborations, des vitrines de boutiques ou des imprimés de sacs. On organisait des foires. On découvrait que l'argent ne venait pas seulement d'Europe et des États-Unis, mais aussi de Chine, d'Asie du Sud-Est, du Liban, de Turquie, d'Israël, du Brésil, du Mexique, où certains étaient prêts à dépenser de grosses sommes pour des œuvres contemporaines.

Les collectionneurs achetaient, les galeries vendaient. Il fallait toujours plus de marchandise. Tant pis si ces œuvres resteraient à jamais invisibles, cachées dans des entrepôts, parce que personne ne voulait de ça chez soi. On les revendrait. Surtout celles des jeunes. Les vieux, les grands maîtres, on connaissait leur cote. Ils étaient déjà chers. Mais un artiste à peine sorti de la vingtaine, on pouvait spéculer sur lui, miser sur une de ses œuvres à New York et en tirer profit à Miami, dans cette nouvelle foire inaugurée en 2002 où on ne savait pas si on assistait à un cocktail délirant, à un *spring break* friqué, ou à un raout du monde de l'art.

De l'argent, des ateliers confortables, des assistants qu'ils payaient sans problème, des budgets pour monter leurs expositions, les jeunes avaient tout ça. Quelque chose pourtant n'allait pas, ils le sentaient. Ils avaient étudié l'histoire de l'art, travaillé d'arrache-pied, trouvé leur style. Mais l'argent n'était pas le signe qu'on avait du talent, ni celui qu'on en manquait. Quelque chose clochait, ils étaient peut-être des usurpateurs, ou, du moins, des petits malins.

Les choses semblaient pures autrefois, à entendre les récits de John Giorno, celui de la fête, notamment, organisée pour ses 27 ans, dans le loft du troisième étage, chez Wynn Chamberlain. Les descriptions des aubes glaciales ou du corned-beef avalé à la va-vite se recouvraient d'un vernis romantique. Les départs pour l'Inde, le Maroc, le Nouveau-Mexique décidés sur un coup de tête étaient devenus chose inenvisageable aujourd'hui. Ils devaient penser à tout, à l'expo à venir. Aux rendez-vous avec les collectionneurs, ou avec ce commissaire tout-puissant. À la foire où il fallait se faire voir. Au 222, ils voulaient tout savoir, tout apprendre, priant pour que cette connaissance de l'histoire de l'art, dans sa réalité quotidienne, les soulage de leurs péchés, les débarrasse de cette culpabilité qui leur faisait oublier l'art.

John Giorno était délicieux. Il les regardait tous avec la même douceur. Il les emmenait dans son drôle de monde, où Burroughs et le Tibet se mêlaient. Sur ce beau visage, les jeunes contemplaient les années 1960 et 1970, leur insolence. Ils l'écoutaient raconter cette baise incroyable, un jour de 1982, dans les toilettes du métro à Prince Station. Il était en train de se faire sucer par un inconnu, quand un très jeune homme à lunettes était entré. Ils avaient fait l'amour, sous ses encouragements. Quelque temps plus tard, il avait compris que c'était Keith Haring. Il jurait que cet autre coup incroyable, ce jeune Noir avec qui il avait baisé dans un sauna pendant les années 1970, était David Dinkins, futur maire de New York de 1990 à 1993. Tout le monde riait. Il était sûr ? Il ne se trompait pas de nom ? Ce n'était pas plutôt avec Ed Koch, maire pendant la décennie 1980, qui avait caché toute sa vie son homosexualité, qu'il avait couché ? Non, c'était bien Dinkins. Il le jurait. Il avait aussi une ou deux anecdotes croustillantes sur Koch.

C'était Giorno qu'ils venaient tous voir, maintenant, lui qu'ils écoutaient, lui et pas Burroughs, pas Ginsberg, aucun de tous ceux-là, tous morts. Il souriait et leur offrait ce pour quoi ils étaient venus, des gouttelettes de légendes, quelques éclats de rosée bleutée qui se déposaient sur eux et qu'ils conservaient précieusement. Il leur donnait le même conseil à tous : archivez, gardez tout, vos œuvres, les croquis, les lettres, les cartons d'invitation. Il leur parlait des 12 000 documents qu'il avait accumulés depuis 1965. Andy Warhol lui avait dit de procéder ainsi. Il fallait toujours penser à sa postérité.

Il était un charognard. Il le savait. Il furetait sans cesse à la recherche de moments passés, d'anecdotes, de personnes disparues. Un indice, même minime, et il suivait la piste. Tout était matière à nourrir ses obsessions : une note de bas de page faisant référence à un bar aujourd'hui fermé, le carton d'une exposition signifiant une amitié inconnue entre deux artistes, une vision saugrenue. Il lui fallait tout savoir. Il se demandait parfois si son cerveau, le sien comme celui de tous ses semblables obsessionnels et passéistes, était extensible à l'infini, s'il pouvait recueillir des informations en quantité illimitée. Ou si, un jour, ses méninges bloqueraient l'accès à toute nouvelle donnée. L'éventualité de ce disque dur plein le terrifiait. Et si, pendant toutes ces années à poursuivre son idée fixe, il était passé à côté d'un être qui résumait toute l'époque, d'un moment, un dîner, une fête, un vernissage qui était la clé pour comprendre l'énergie de ce temps-là, et que, ayant finalement découvert cet élément essentiel, il ne s'imprimait pas en lui, condamné à une ignorance perpétuelle ? Il priait pour une mémoire infinie, où le plus de vestiges possible s'accumuleraient. Il était comme tous ceux qui s'attablaient au Bunker, dévoraient la mousse de crabe et vidaient les coupes de champagne. Il voulait en être. Eux avaient trouvé la solution. Ils étaient artistes, alors ils avaient créé des œuvres avec Giorno, sur Giorno, pour Giorno. Il y eut notamment :

– *Sleeptalking*, de Pierre Huyghe, 1998. *Sleep*, encore. L'artiste français avait passé plusieurs jours au 222 à interviewer John Giorno. Ils avaient parlé de Warhol, des années 1960, de l'engagement politique, de la contre-culture, de drogue. Puis il l'avait filmé en train de dormir, sous le même angle qu'en 1963. Au montage, Huyghe avait superposé ces images avec celles de Warhol. Par un fondu enchaîné, on passait d'une époque à l'autre. Le visage du poète évoluait. Le bel assoupi rajeunissait, bercé par ses souvenirs.

– Le *Point d'ironie*, d'Ugo Rondinone et John Giorno, 2000. Douze photos, douze portraits de John Giorno déguisé en clown : nez rouge, yeux cerclés de bleu, visage blafard, perruque orange. Le clown était démoniaque. Agnès b. et le commissaire d'exposition, Hans-Ulrich Obrist, avaient invité Ugo Rondinone à signer un *Point d'ironie*, un magazine, publié plusieurs fois par an, dont chaque numéro est dédié à une œuvre d'un artiste. Les portrait du clown Giorno étaient accompagnés d'un de ses poèmes, « Démon dans les détails ».

– *Portrait of John Giorno*, de Verne Dawson, 2003-2015. Ugo les avait présentés l'un à l'autre et ils étaient devenus amis. Alors, bien sûr que John poserait pour Verne. Il s'était installé dans un vieux fauteuil, avait tourné la tête vers la droite et offert son profil. Il n'avait plus bougé. Il pouvait méditer durant des heures. Le peintre s'était senti fatigué le premier. Giorno était revenu plusieurs fois ensuite pour fignoler le contour de l'oreille ou du menton. C'était agréable d'être ainsi regardé, aimé.

– *Untitled 2008 (John Giorno reads),* de Rirkrit Tiravanija. L'artiste thaïlandais avait visionné pendant des heures au Donnell Library Center, une branche de la New York Public Library, en face du MoMA, les films de Warhol. Il adorait *Sleep*, sans savoir que c'était une histoire d'amour. Il aimait l'idée que cette nuit ait été filmée en une seule prise. Quand il rencontra John Giorno, via la commissaire d'exposition Laura Hoptman, il apprit que c'était faux, c'était un montage, en fait. Il fut déçu. Il proposa au poète de le filmer. Ils passèrent du temps ensemble dans le loft de Giorno, qui se lança dans une performance. Il récita ses poèmes devant la caméra, bougeant les bras et les jambes de sa façon si unique, lut des extraits de ses notes, mit plusieurs de ses disques sur la platine. Tiravanija ne cessait de filmer. Allumer une caméra devant Giorno, c'était succéder à Warhol, grimper sur ses épaules, s'inscrire dans l'histoire de New York, de la liberté absolue de l'art. Tiravanija avait fait sensation avec des performances au cours desquelles il cuisinait du pad thaï pour le public d'une galerie ou d'une foire d'art, exposant ses ustensiles, les jours suivants. Cela désarçonnait le petit monde comme il faut. Mais lui savait que cet acte irrévérencieux, ces œuvres qui se mangeaient, restaient cantonnées au milieu de l'art, alors qu'autrefois l'avant-garde s'exprimait dans la rue, comme ce jour où, c'est Giorno qui le lui avait raconté, ses amis et lui avaient déversé des sacs de clous sur la chaussée.

– *John Giorno*, d'Elizabeth Peyton, 2008. La peintre aimait la voix de Giorno, ce timbre si particulier, traînant et doux. Elle avait assisté à plusieurs de ses lectures et voulait faire son portrait. Elle ne peignait que ceux qui la touchaient, ses proches, mais aussi, d'après photo, des hommes qu'elle ne rencontrerait jamais, Leonardo DiCaprio, Kurt Cobain ou les princes William et Harry. John avait accepté, évidemment, de poser pour elle. Il était venu dans son appartement, s'était assis devant sa bibliothèque. Elle avait sorti à dessein un livre de poésie de Patti Smith. Quand elle avait commencé à peindre, elle avait compris qu'il méditait. Elle savait que les artistes étaient d'excellents modèles parce qu'ils comprennent et respectent le travail du portraitiste. Giorno était le meilleur d'entre eux. Il était face à elle, sans gêne, comme il l'avait été devant la caméra de Warhol, beau et silencieux.

Ils devinrent un couple de l'art, Ugo Rondinone et John Giorno, un tandem comme on en voyait alors dans New York. Comme John Cage et Merce Cunningham, Robert Rauschenberg et Cy Twombly, Patti Smith et Robert Mapplethorpe, Jackson Pollock et Lee

Krasner, Robert Ryman et Lucy Lippard, Brice et Helen Marden, Rirkrit Tiravanija et Elizabeth Peyton… Ugo Rondinone emmenait John Giorno dans les vernissages – celui-ci avait perdu l'habitude de s'y rendre durant des années. Ils faisaient sensation. Les plus vieux venaient saluer Giorno, les jeunes n'osaient pas, intimidés. Rondinone faisait le lien, fier de l'homme qu'il aimait et qui l'aimait, d'être celui qui le côtoyait au plus près.

Son amant était plus qu'un modèle. Il dessinait, il peignait. Depuis la fin des années 1960, il recopiait ses vers en lettres majuscules sur des toiles ou des sérigraphies de format carré. Des phrases simples, efficaces comme les titres des tabloïds, les slogans publicitaires affichés autrefois dans les cabines téléphoniques, ou les petites annonces de prostituées ou de charlatans. C'étaient des *Poem Paintings* ou des *Poem Watercolors*. En 1989, il avait peint sur un vinyle : « *Life Is a Killer* », « Vivre tue ». Il posait ses mots sur des fonds de couleurs vives ou noir et blanc. Aussi directs qu'un flash télévisé. Il écrivait :

CHACUN EST UNE DÉCEPTION TOTALE
MANGER LE CIEL
TU AS L'AIR D'UNE TÉLÉ ASSISE SUR UN FRIGO
JE VEUX ÊTRE DÉGUEULASSE ET ANONYME
ÇA NE PEUT ALLER MIEUX

Ces poèmes absurdes, tirés d'articles de presse, peu de monde les avait lus ou entendus… Quelques adeptes de la littérature d'avant-garde, les spectateurs des soirées organisées à la St Mark's Church. Ugo Rondinone sentait qu'ils pourraient plaire, dépasser le petit monde de la poésie. Il poussa son compagnon à en produire plus. Le studio du Giorno Poetry Systems, celui où, autrefois, William Burroughs, John Cage et Allen Ginsberg avaient enregistré leur segment de *Dial-A-Poem*, devint un atelier de peintre. Il conçut des œuvres pour Nathalie, la fille de son ami Bernard Heidsieck, la vente servant à financer l'ouverture d'un lieu à Naples : une galerie-maison d'hôtes nommée *Le Pugatoire*.

Ugo fit de son amant sexagénaire un jeune artiste. Il l'encouragea, parla de lui à des galeristes. Depuis ses débuts, en Suisse, il savait y faire. Il connaissait les bonnes personnes à contacter, convaincre un commissaire d'exposition de lui confier un lieu, naviguer dans les méandres de ce monde-là, faire dc l'argent. Au final, c'était l'art qui comptait. Pas de Pygmalion, pas de Galatée. Deux hommes amoureux, l'un consacrant toute son énergie à prolonger la jeunesse de l'autre, à lui en offrir une nouvelle. Et le second laissant faire, ravi, flatté même, d'être le centre de toute l'attention. La machine s'emballa. Des galeristes d'Ugo, comme la Parisienne Almine Rech et la Zurichoise Eva Presenhuber, prirent John dans leur écurie. Ses œuvres furent exposées un peu partout.

En 2015, Rondinone déclara son amour à son compagnon de la plus belle façon qui soit pour un artiste. Il investit tout l'espace du palais de Tokyo à Paris avec l'exposition *I Love John Giorno*. L'œuvre de son amant, longtemps confidentielle, avait droit à une rétrospective : ses poèmes, ses affiches, mais aussi tout ce qu'il avait inspiré. Les visiteurs rentraient par une grande salle plongée dans le noir et découvraient, sur un écran, Giorno, en smoking et nœud papillon, pieds nus, qui récitait, sur la scène du Palais des Glaces, « Merci pour rien », un poème écrit à l'occasion de son soixante-dixième anniversaire en 2006.

> John Giorno, dans « *Thanx 4 Nothing* » : « Que toutes les drogues que j'ai prises / puissent revenir et vous défoncer, / que chaque verre de vodka et de vin que j'ai bu / puisse revenir pour que vous vous sentiez bien, / pour apaiser vos terminaisons nerveuses / pour permettre à la clarté naturelle de votre esprit de s'émanciper, / que tous les suicides puissent être des chants d'aspiration, / merci pour les mauvaises nouvelles qui sont toujours vraies, / que tout le chocolat que j'ai mangé / puisse revenir pour parcourir votre flux sanguin / et vous rendre heureux, / merci pour me laisser être un poète / un noble effort, voué à l'échec, mais le seul choix. [...] je remercie énormément tous mes amants, / des hommes magnifiques au brillant esprit, / de grands artistes, / Bob, Jasper, Ugo, / puissent-ils venir ici / pour vous faire l'amour, / et que tous mes autres amants innombrables / d'une sexualité totalement grandiose, / innombrables amants / d'une sensualité fabuleuse et sans limites / innombrables amants d'une sensualité fabuleuse / et sans limites / à l'âge d'or / de

la promiscuité,/puissent-ils tous venir ici,/pour vous faire l'amour,/si vous le voulez [...] qu'Andy vienne ici/tombe amoureux de vous/et fasse de vous une superstar. [...] célébrons la justice poétique. [...] Merci pour rien. »

Pendant des mois, Rondinone avait travaillé sur cette exposition. Il avait construit une maquette, comme pour chacun de ses projets. À Harlem, où il vivait et travaillait, il pensait à Paris, à la manière d'exprimer au monde tout son amour. Il imaginait chaque salle. Parfois, Giorno passait une tête, mais il n'intervenait jamais. C'était la lettre d'amour de son amant, pas la sienne. La maquette partit pour Paris à l'automne 2015. Pendant le montage de l'exposition, elle resta posée là, dans les espaces vastes et glacés du centre d'art parisien. Ugo Rondinone et les commissaires, Jean de Loisy et Florence Ostende, peaufinaient le parcours de la visite. Après avoir vu Giorno déclamer ses remerciements, on entrait dans une grande salle où étaient punaisés sur les murs des milliers de documents d'archives : photographies prises à Tanger, en Inde, à New York, dans le Kansas, communiqués de presse pour *Dial-A-Poem*, coupures de journaux, affiches pour l'AIDS Treatment Project. Dans la salle suivante était projeté *Sleep*. Puis une autre était dédiée aux œuvres de John. Ses slogans avaient été reproduits sur les murs.

Cette exposition, c'était l'œuvre d'Ugo. Il faisait de John un artiste important. Il célébrait sa vie et son travail. Sa foi également, avec, dans une cinquième salle, des objets de culte nyingmapa venant du musée national des Arts asiatiques Guimet. C'était le seul espace de l'exposition sur lequel Giorno était intervenu. Il avait visité les réserves du musée et choisi les artéfacts tibétains à emprunter. Il était ici chez lui. Contre un des murs de cette cinquième salle, Ugo Rondinone avait installé une œuvre, une nature morte, *John's Fireplace*. La cheminée du loft du 222. Il en avait pris les mesures exactes, 3,66 mètres de haut, 2,39 mètres de largeur et 84 centimètres de profondeur, et en avait fait fabriquer une réplique en bronze, qu'il avait peinte. La hotte était devenue bleue, mais les marques de brûlures, la suie, les altérations des briquettes étaient strictement les mêmes. Cette cheminée, c'était celle où les pujas du nouvel an avaient lieu. John Giorno avait tracé lui-même le mandala dans l'âtre de ce faux foyer.

Les poèmes qui couvraient les murs et la bande-son avaient également été pensés là, dans la chaleur du 222. C'était le foyer de leur amour. Ugo aimait John. Il l'aimait comme Michel Piccoli aime Brigitte Bardot dans *Le Mépris*. Totalement, tendrement, tragiquement. Il aimait cette cheminée, devant laquelle s'étaient réchauffés tant d'amants. Il les aimait, eux aussi, parce qu'ils avaient fait de John ce qu'il était. Il aimait leurs baises, leurs joints, leurs acides, leurs bouteilles de champagne. Il aimait leurs disputes, leurs non-dits, leurs réconciliations. Il aimait la solitude de John, sa dépression qui resurgissait après le départ des invités. Il aimait les moments où il méditait, avant de descendre travailler au Giorno Poetry Systems. Il aimait ces endroits inconnus où John laissait son esprit vagabonder, l'état cotonneux dans lequel il pouvait rester des heures durant. Il aimait le jeune Suisse impressionné qu'il avait été, et ce qu'ils avaient vécu ensemble depuis. Il aimait aimer John parce que aimer, cela voulait dire cela, tout prendre, le passé comme le futur.

Sleeptalking de Pierre Huyghe avait droit à une salle dédiée. Tout comme les portraits de Giorno réalisés par Elizabeth Peyton, Rirkrit Tiravanija, Billy Sullivan, Judith Eisler, Verne Dawson, Françoise Janicot... Enfin, une huitième et dernière salle présentait le travail du Giorno Poetry Systems, avec une cinquantaine d'albums et de pièces sonores.

L'exposition se prolongeait dans Paris avec des poèmes-tracts distribués par des personnes en rollers, réminiscence des *Street Works*. Le *Dial-A-Poem* avait été réactivé avec un numéro vert. Moins d'un mois après le vernissage de l'exposition, le 13 novembre 2015, six attaques terroristes eurent lieu à Paris et Saint-Denis. 130 personnes furent tuées, dont 90 dans la seule salle du Bataclan. Quelques jours plus tard, John Giorno devait faire une lecture. Elle ne fut pas annulée. Il n'y eut aucune mention du drame. Pendant que les mots vivaient, passaient dans le sang du poète, les spectateurs demeuraient silencieux. Depuis la nuit du 13, ils n'avaient vu personne, étaient restés terrés chez eux. Alors ils écoutaient cet Américain parler d'autre chose et aussi de cela, la mort et la beauté.

À Paris, tout un nouveau public avait découvert John Giorno. Ce fut la même chose à New York, l'été qui suivit. L'exposition prenait place dans plusieurs espaces de la ville. Ugo et John assistaient à chaque événement, heureux. New York était magique. Il suffisait d'une suite de mots prononcés, d'une série de photographies exposées, d'une performance de quelques dizaines de minutes, et sa propre légende repartait de plus belle. Cette mythologie du New York de l'avant-garde qu'on pensait finie, réduite aux livres d'histoire, était là. Il n'y avait qu'à s'en saisir.

13
Le musée en face

Les chantiers sont si rapides à New York. Celui-ci ne fit pas exception. Chaque jour, par la fenêtre, le couple observait le bâtiment grandir. Les parallélépipèdes s'empilaient devant eux. Six au total. Les commerçants, les voisins, tout ceux qui passaient sur le Bowery se demandaient à quoi cela ressemblerait. Ils avaient vu les images, la modélisation du futur immeuble réalisé par l'agence japonaise d'architecture, Sanaa. Des boîtes blanches posées les unes sur les autres, avec un léger décalage entre elles, comme les cubes que les gosses superposent dans leur chambre. C'était pourtant tout sauf un jeu d'enfants. Un musée de 7 étages, 18 000 mètres carrés. Un bâtiment de 50 millions de dollars, sur le site d'un ancien parking, acheté 5 millions, et une conception qui tranchait en tout, couleurs, formes, avec le reste de l'avenue. Les critiques avaient salué le « geste architectural », le « manifeste » proclamé par cet immeuble, que personne ne pourrait rater. Tout avait été pensé pour la lumière de New York, cette hydre rayonnante qui dévore la ville. La face ondulée était laiteuse le matin et prenait une teinte métallique le soir. À l'intérieur, le sol était en béton ciré, et les plafonds couverts de grillage. Des néons fluorescents éclairaient les salles. C'était un rêve de musée.

Ugo Rondinone et John Giorno voyaient surgir devant eux le New Museum of Contemporary Art. Le premier savait qu'il y avait là quelque chose d'exceptionnel à assister à l'ouverture d'un musée sur le Bowery. Il connaissait New York, son histoire et les anecdotes de son amant. Pour John, c'était incroyable. Un musée en face du 222, à quelques mètres seulement de la Bowery Mission. Et pas n'importe lequel, puisque les œuvres les plus pointues et les artistes les plus radicaux y seraient exposés. Pour y accéder, les visiteurs devraient franchir la file d'attente pour la soupe populaire. Des œuvres hors de prix seraient installées là où il avait vu tant de gens grelotter de froid. Les invités boiraient du champagne et fouleraient les trottoirs où, autrefois, des hommes ivres morts s'évanouissaient. Cela le surprenait et le ravissait. Tout changeait tout le temps. Sa génération n'avait-elle pas prédit que le monde serait sans cesse bouleversé, que des révolutions dévoreraient sans cesse l'ordre établi ? Le bouddhisme lui avait appris à avoir une attitude contemplative face à l'existence, à la laisser filer comme un fleuve. Il avait observé l'eau du Gange. Il regardait maintenant le Bowery, ce canal rectiligne et toujours agité. New York était ainsi. Lui, le plus new-yorkais des hommes n'allait pas remettre en question le destin de sa ville.

Le New Museum s'installa au 235 Bowery et ouvrit le 1er décembre 2007. Auparavant, il était situé à SoHo, sur Broadway. L'espace devenu trop petit, la direction était partie en quête d'un autre lieu. Les prospections à Chelsea, Tribeca ou dans le MeatPacking n'avaient rien donné. Le Bowery était idéal. Déjà, quand il était sur Broadway, le New Museum était le musée d'art le plus au sud de Manhattan. Loin du MoMA situé à Midtown, du Whitney, aménagé dans un bâtiment de Marcel Breuer à l'angle de Madison Avenue et de la 75e Rue, du Met et du Guggenheim, encore plus au nord. Sur le Bowery, il conservait sa place du musée le plus sudiste de la ville, gagnant même encore un bloc ou deux sur le nord.

Ugo Rondinone fut invité à créer une œuvre pour la façade. Ensemble, avec Laura Hoptman, cheffe du projet, ils voulurent retirer de la grisaille au quartier, faire étinceler cette paroi immaculée. Ce devait être plein de vie, efficace, gai et gay. Il réédita une de ses œuvres passées, un gigantesque néon aux couleurs de l'arc-en-ciel, formant la phrase « *Hell, yes !* », « Oh que oui ! ». La nuit, l'immeuble, invisible, brillait, lançait une injonction à s'amuser, une invitation à célébrer l'art, la vie, le quartier. L'œuvre resta accrochée pendant trois ans. Les touristes la prenaient en photo, l'étendard de ce musée, symbole du changement du Bowery, rentra dans le paysage. Certains la voyaient comme une insulte proférée par un bâtiment de 50 millions de dollars dans un quartier encore pauvre, la parole ajoutée au geste architectural de l'édifice, dont ils assuraient qu'il ressemblait à un doigt d'honneur. Au New Museum, on se défendait d'avoir le moindre mépris pour le quartier. Un programme, le Bowery Artists' Tribute, fut lancé. On recensa les plasticiens qui avaient travaillé ou vécu sur l'avenue, et on les invita à participer à des tables rondes, des expositions. John Giorno fut convié, il était une mémoire vivante.

Il adorait se lever le matin, après une nuit avec Ugo, et voir le « *Hell, yes !* » le saluer. *Hell, yes,* la nuit avait été bonne. *Hell, yes,* elle avait été douce. *Hell, yes,* avaient-ils juré au moment de l'extase. *Hell, yes,* ils s'aimaient. Puis il méditait. Il aimait regarder par la fenêtre. Le débit du Bowery s'accélérait. En mars 2007, quelques mois avant le New Museum, à l'angle du Bowery et d'East Houston Street, avait ouvert une succursale de Whole Foods, le géant de la distribution alimentaire bio. 21 000 mètres carrés, sur 2 niveaux, dédiés à une alimentation saine et aux produits bio-sourcés. John n'en était pas revenu, la première fois où il y était entré, passant des fromages français affinés aux bouquets de fleurs d'inspiration japonaise, du poisson fumé sur place à des dizaines de parfums de glaces, s'arrêtant devant des cafétérias aux allures de trattorias.

Dans les allées du Whole Foods, il découvrait un nouveau quartier. Ici, il y avait donc des gens prêts à payer des fortunes une salade de brocolis ou un morceau de comté. Mais qui étaient-ils, ceux qui, avant de passer à la caisse, regardaient mollement la fresque retraçant l'histoire du Bowery ? Ils devaient forcément vivre ou travailler dans le coin. Des agences d'architecture, de graphisme, de publicité, toutes sortes d'industries « créatives », comme on disait à présent, s'installaient, toujours plus nombreuses, dans le quartier. Les galeries de SoHo étaient parties en direction de Chelsea, pour la plupart. Des boutiques de mode les avaient remplacées. Broome, Spring et Prince Street ressemblaient aux allées d'un *shopping mall* à ciel ouvert. On avait poli les colonnes métalliques des immeubles industriels, nettoyé les briques des anciens entrepôts. On se serait cru dans un New York recréé dans une mégalopole asiatique. Les soirs de beau temps, sur Mott ou Elizabeth Street, là où les hommes de main du mafieux John Gotti aimaient parader autrefois, des jeunes gens buvaient du vin italien en terrasse.

Les lofts du 222 avaient toujours été un cocon, un refuge. On s'y abritait de la violence extérieure jadis, de la douceur aujourd'hui. Enfin, en apparence. John savait que le Bowery d'hier n'avait pas disparu. Il reconnaissait ceux qui dormaient devant son immeuble. Il les voyait partir chercher de l'alcool et revenir s'écrouler sur le trottoir. Il en avait vu certains errer des heures dans les allées du Whole Foods, attirés par la chaleur du magasin et suivis du regard par un vigile à qui la direction avait imposé de ne pas créer d'esclandre – l'ouverture sur l'avenue avait été décidée en toute connaissance de cause.

Le vœu de David Rockefeller s'exauçait. En 1956, l'homme d'affaires s'inquiétait de voir le sud de

Manhattan se vider de ses habitants. Wall Street en particulier, où sa famille possédait de nombreux immeubles. New York migrait vers le nord. Les sièges des entreprises et les cabinets d'avocats s'établissaient à Midtown. Plus personne ne voulait vivre dans le sud de la ville, là où, avant 9 heures du matin et après 5 heures de l'après-midi, les rues étaient désertes, où les restaurants et les bars fermaient après la pause déjeuner des employés. Les riches vivaient à Uptown, les classes moyennes dans les autres *boroughs*, le Queens, le Bronx, Brooklyn, Staten Island, ou en banlieue. Qui aurait voulu habiter ou travailler dans ces quartiers innommables, à la limite nord de Downtown ? Little Italy faisait peur, Chinatown, le Lower East Side, aussi. Les zones industrielles étaient des no man's land. David Rockefeller jura que le sud de Manhattan, son fief, ses terres, vibrait d'opportunités. Il savait actionner les leviers, attirer l'argent et le pouvoir. Il constitua la Downtown-Lower Manhattan Association.

Pendant des années, un lobbying intense s'exerça. Ses membres produisirent des rapports, préconisèrent de construire des immeubles d'habitation pour les classes moyennes et supérieures, de fermer les commerces bas de gamme, de relier Downtown et Midtown. Ils invitèrent de grands architectes à concevoir des projets de logements. David Rockefeller rêvait devant les silhouettes des immeubles dessinés par Mies van der Rohe, Louis Kahn, Ieoh Ming Pei et Philip Johnson… Un projet prévoyait même de détruire une partie de SoHo pour y bâtir un stade. David Rockefeller donna l'exemple en édifiant, sur Liberty Street, le siège de la Chase Manhattan Bank, inauguré en 1961. 248 mètres de haut, 60 étages. Une piazza où trônait une monumentale sculpture de Jean Dubuffet, un jardin minéral de l'Américano-Japonais Isamu Noguchi.

Il y eut d'autres réalisations remarquables. La construction du World Trade Center, achevée le 4 avril 1973. Deux monolithes comme tombés du ciel, une splendeur que des centaines de cinéastes filmeraient, que les touristes visiteraient pour la vue merveilleuse sur la baie de New York. Cela demandait un effort de descendre jusque-là. La visite terminée, on remontait à Midtown, pour se balader à Broadway ou nourrir en cachette les écureuils de Central Park. Toutefois les New-Yorkais n'aimaient pas particulièrement ce vaste bloc qui coupait le quartier, bloquait la fluidité de la circulation. David Rockefeller avait échoué. Même un Rockefeller pouvait se planter.

Quand New York frôla la banqueroute, à la fin des années 1970, le maire Ed Koch ouvrit la voie aux promoteurs immobiliers. Ses successeurs firent de même. Le sud, compassé, limité, ne séduisait pas. La vue était belle, et après ? Il n'y avait pas ou si peu de parcs et d'écoles. Pour quitter la ville, on devait subir les pires embouteillages qui soient. Les riches, les moins riches ne voulaient pas y vivre. Des artistes habitaient là, mais qu'est-ce que cela représentait ? Des centaines de personnes, voire quelques milliers tout au plus ? C'était rien. Tout New York changeait, sauf Downtown.

Le 11 septembre 2001 à 8 h 46 du matin, un avion de la compagnie American Airlines s'écrasa sur la tour nord du World Trade Center. À 9 h 03, un appareil de United Airlines percuta la tour sud. Une heure et quarante deux minutes plus tard, les deux tours n'existaient plus.

Le monde entier n'oublierait jamais son effroi, incapable ce jour-là de détourner le regard du sud de Manhattan. Les colonnes de fumée étaient interminables, visibles à des kilomètres à la ronde. Il faudrait cent jours pour que le dernier feu soit éteint. Les débris des tours, des avions, de tout ce qu'ils contenaient, réduits en poudre, couvraient la ville. Les habitants époussetaient sans cesse les rebords de leurs fenêtres pour les nettoyer des particules de ce sinistre simoun. Ces grains de sable étaient partout, sur leurs habits, sur eux, au fond de leurs gorges irritées. Le bruit incessant des sirènes les rendait fous. Ils se demandaient pourquoi elles hurlaient encore. La police bloquait les rues. On craignait une nouvelle attaque, un colis piégé. L'impossible était arrivé, rien ne pouvait être écarté. Les semaines qui suivirent, les commerces, les restaurants du sud de la ville firent faillite.

Et puis New York ressuscita. New York ressuscitait toujours. Les terroristes qui avaient cru pouvoir le détruire étaient bien idiots. Le nouveau maire, Michael Bloomberg, l'un des hommes les plus riches du monde, mit en branle le monde des affaires. Les projets immobiliers se multiplièrent. On lança celui du One World Trade Center, 104 étages et 546,2 mètres de haut. De grandes entreprises s'y installeraient, comme le groupe de presse Condé Nast. Un mémorial fut édifié à l'emplacement des deux tours, bordé d'un parapet où sont inscrits tous les noms des victimes. Des immeubles résidentiels, avec piscines et salles de sport, attisaient les convoitises. Un déli, Amish Market, en réalité tenu par des Turcs, attirait les foules. Le Battery Park était devenu un lieu de promenade, et sur les quais, on pratiquait la religion new-yorkaise, le running. Jamais il n'y avait eu autant de touristes, venus des États-Unis comme du reste du monde. En vingt ans, le nombre d'habitants de la pointe sud de Manhattan doublerait, passant de 33 000 à 64 000.

Ce cœur réanimé après une opération à ciel ouvert, la vie pouvait de nouveau circuler. Elle pulsait, à toute allure, comme le sang d'un athlète, se répandait dans ses organes, Tribeca, Chinatown, Two Bridges, Little Italy, SoHo, filait dans ses artères, Broadway, Lafayette Street, le Bowery. Bars, restaurants, salles de sport, boîtes de nuit, boutiques de design, de fast-fashion, de luxe, salles de spectacle, showrooms, librairies, cafés Starbucks, sandwicheries Subway, pharmacies Duane Reade et CVS, glaciers Baskin-Robbins, tout ouvrait.

La ville n'avait jamais été aussi magnifique et violente, superbe et injuste. Le maire précédent Rudy Giuliani avait nettoyé les rues, la tolérance zéro avait rempli les prisons et vidé les quartiers populaires. Michael Bloomberg consolidait ce que des dizaines d'urbanistes avaient esquissé. Dans le sud de Manhattan, les chantiers étaient innombrables. Le pouls de la ville battait ici. La vie y était si new-yorkaise. Pour les riches, les fils de ceux qui avaient grandi dans l'Upper East Side, ou ceux qui avaient fait fortune et n'auraient jamais mis un pied dans les avenues ennuyeuses d'Uptown, on construisait des condominiums, des appartements aux baies vitrées ouvrant sur des panoramas insensés, aux parquets immaculés, aux plafonds soutenus par des poutres industrielles. Ceux qui y emménageaient vantaient la petite boutique du coin où on pouvait encore trouver des meubles pas chers, où le vieux monsieur qui râlait dans la rue était si pittoresque. Voir frémir leurs invités quand ils leur racontaient un drame récemment survenu dans la rue d'à côté les réjouissait.

Gentrification : terme inventé dans les années 1960 par la sociologue britannique Ruth Glass, dans son livre *London : Aspects of Change*, pour définir le processus par lequel la population défavorisée du quartier londonien d'Islington avait été chassée pour laisser la place à des classes aisées.

Gentrification : de « *gentry* », mot de l'ancien anglais définissant la petite noblesse.

Gentrification : les communautés artistiques et homosexuelles sont souvent considérées comme les précurseurs de ce processus.

Gentrification : terme devenu synonyme de l'installation, dans une zone urbaine populaire, de coffee-shops et d'épiceries en circuit court.

Il ne s'agissait plus de vivre comme un bourgeois, mais comme un artiste. Un artiste qui n'avait plus rien à voir avec ceux du Paris montmartrois d'autrefois. Dans les dîners du 222, John Richardson évoquait la pauvreté de Picasso, ses habits sales, ses nuits de travail éclairées à la bougie. Il parlait de Modigliani, un jour élégant, et puis devenu misérable, habillé de guenilles. John Giorno renchérissait, racontait comment les Superstars warholiennes devaient parfois se prostituer pour se payer à manger.

> Balzac, dans *Un prince de la bohème* : « La bohème n'a rien et vit de tout ce qu'elle a. L'espérancc est sa religion, la foi en soi-même est son code, la charité passe pour être son budget. Tous ces jeunes gens sont plus grands que leur malheur, au-dessous de la fortune mais au-dessus du destin. »

Depuis, certains artistes avaient fait fortune. Ceux des années 1960 et 1970 avaient eu du succès. Toutefois un prix à la Biennale de Venise, que Rauschenberg avait remporté en 1964, des expositions dans le monde entier, comme en avaient eu les artistes pop, cela ne rapportait pas grand-chose. En tout cas, rien en comparaison des sommes gagnées par les générations suivantes. Si Jean-Michel Basquiat, devenu riche, n'avait pas profité de sa fortune, gardant ses liasses de billets chez lui pour pouvoir régler ses dealers, d'autres avaient su y faire. Un sculpteur ambitieux, Jeff Koons, s'était tellement enrichi que, chez lui dans l'Upper East Side, il avait sur ses murs des Dalí, des Manet et des Magritte. Le peintre Julian Schnabel s'était fait construire dans Greenwich Village un palais vénitien avec des façades de stuc rose et des balcons aux balustrades en bronze. À l'intérieur, des lustres de Murano éclairaient ses propres toiles. À Padoue, dans la chapelle des Scrovegni, il avait été, comme tout visiteur, impressionné par les fresques de Giotto. Il s'était dit qu'il lui fallait une demeure où ses tableaux seraient adaptés aux murs, où la peinture ne serait pas qu'un décor, mais l'architecture elle-même.

C'était une folie de vouloir vivre dans un entrepôt glacé en hiver et suffocant en été, sans eau chaude. Mais quand on avait les moyens de le chauffer et de le climatiser, d'y installer une baignoire à remous et des meubles italiens, la vie y était douce. C'est ce que promirent les promoteurs immobiliers. Bloomberg leur avait confié le sud de Manhattan et ils s'y donnèrent à cœur joie. Les prix des loyers ou du mètre carré à l'achat explosèrent. Dans de telles proportions que c'en devint incalculable. Les experts glosaient sur le coefficient multiplicateur en quarante ans, des années 1960 à aujourd'hui, en tenant compte de l'inflation. 10 ? 20 ? 50 ? 80 assuraient même certains, chiffres à l'appui. Les classes populaires étaient contraintes de partir, de s'exiler loin de Manhattan, à Brooklyn ou dans le

Bronx, ou en dehors de la ville. Et les artistes ? Ceux qui étaient propriétaires de leur loft étaient en sécurité. Ils pouvaient continuer à y habiter ou gagner une fortune en le vendant. Les autres, éternels locataires, n'eurent pas d'autre choix que de s'en aller. Taylor Mead, Superstar warholienne, le héros de *Brand X*, le flâneur duchampien, se livra à un bras de fer avec le propriétaire de son appartement dans le Lower East Side. Ce dernier venait d'acheter l'immeuble pour 16,5 millions de dollars, et Mead ne pouvait pas payer plus que ses 360 dollars de loyer mensuel. Il partit dans le Colorado.

Le Bowery n'était pas épargné, bien sûr. Un raz-de-marée ne fait pas d'exception. Mais quelque chose ralentissait les promoteurs, les embêtait. L'avenue était ceinturée par East Village, SoHo, Little Italy, le Lower East Side, Chinatown. Elle était trop petite. Les promoteurs voulaient de l'espace, des kilomètres carrés où ils pouvaient construire à perte de vue. De l'autre côté de l'East River, Long Island City dans le Queens était idéal, de même que Downtown Brooklyn. Sur le Bowery, le changement s'opérait de manière plus discrète, plus pernicieuse. Qui aurait pu critiquer l'ouverture d'une boutique bio, d'un musée d'art contemporain, de cafés ? Rien à voir avec l'édification d'une tour vulgaire. La pauvreté sautait encore aux yeux. La Bowery Mission n'était pas près d'être délogée. Au numéro 335, le Bowery Hotel, un établissement cinq étoiles, était entouré de refuges pour les sans-abri. L'avenue avait un peu de répit devant elle.

Et puis un nouveau nom. Un dernier. Il s'en serait bien passé de ce post-scriptum, mais il fallait bien s'y confronter. Mark Buller, le propriétaire de l'immeuble. Enfin, de la plupart des lofts et ateliers du 222 Bowery. Son nom lui était soufflé par ceux qui avaient fréquenté le Bunker, par les amis de John Giorno. Il l'avait lu dans la correspondance du poète, dans le compte-rendu des batailles juridiques. C'était le grand méchant loup, ainsi que l'avaient qualifié les défenseurs de la bergerie du 222, celui qui voulait virer les artistes, qui avait intenté des procès à plusieurs locataires. Sans doute le seul être au monde que John Giorno haïssait. James Grauerholz, même s'il s'était accaparé William Burroughs et l'avait entraîné loin du Bunker, n'avait pas voulu détruire un monde. Contrairement à ce que souhaitait faire Mark Buller, jurait le poète.

Il devait en savoir plus. Il chercha. Comme indice, il n'avait rien d'autre qu'un nom. Des Mark Buller, il y en a beaucoup en Amérique. Un compositeur, un directeur commercial, un spécialiste des Poxviridae, un type de virus, et un thésard en informatique à l'université Brown. Le Mark Buller du 222, lui, était quasiment invisible. Ni photographie en ligne, ni mention dans un article de presse ou autre. Son nom apparaissait seulement dans les domiciliations de sociétés à Brooklyn ou à Long Island, dans les références de divers cadastres. À la tête d'une entreprise spécialisée dans les matériaux de construction, une activité plutôt profitable s'il en croyait les sites spécialisés en ligne.

Il était déçu. Il aurait rêvé de lire son nom dans la liste des plus grands magnats de l'immobilier new-yorkais, d'apprendre qu'il était un concurrent de Stephen A. Schwarzman, le richissime PDG de Blackstone, responsable de projets immobiliers colossaux dans la ville, ayant fait fuir les classes populaires et moyennes, et qui avait, moyennant 100 millions de dollars, donné son nom au bâtiment principal de la New York Public Library.

L'immobilier new-yorkais réserve à celui qui s'y intéresse une découverte formidable : la méchanceté à l'état pur, la saloperie organisée, méthodique. Ainsi, ses groupes de pression, comme le Real Estate Board of New York, qui finançait toutes les campagnes politiques et s'était mis tous les maires dans la poche, républicains ou démocrates. Le lobby tressaillait à chaque proposition de gel des loyers, chaque pétition d'un comité de citoyens pour protéger des espaces verts ou des immeubles historiques, chaque étude de terrain réalisée par une des associations des quartiers pauvres pour défendre la mixité. Ses membres étaient en alerte permanente, s'entraidaient. Et puis, il y avait Amanda Burden, un personnage qui semblait avoir été inventé par un scénariste gauchiste et paranoïaque. Elle était la fille de l'héritier de la Standard Oil, et de Babe Paley, l'une des femmes les plus élégantes du New York des années 1950. Elle avait fait partie des débutantes les plus prisées des bals de l'Upper East Side, et avait épousé un fils Vanderbilt. Le mariage avait été l'objet d'un article dans le *New York Times*. Quand Michael Bloomberg était arrivé à la mairie, il l'avait placée à la tête du New York City Department of City Planning, le service chargé de l'urbanisme. Pendant une dizaine d'années, elle avait ainsi ouvert la voie aux promoteurs, signé les permis de construire. Aux journalistes, à tous ceux qui s'érigeaient contre les constructions de logements de luxe, elle assurait que la gentrification créait des emplois et augmentait les recettes fiscales de la ville, et que les classes populaires en profiteraient. « Ce que j'ai essayé de faire, et que je pense avoir fait, chaque jour de mon mandat, avait-elle déclaré au *New York Times,* c'est permettre aux promoteurs de produire de la valeur. » L'urbaniste Robert Moses avait bouleversé la ville au milieu du 20e siècle et prôné la voiture reine. Avec Amanda Burden, New York avait découvert les constructions uniformes qui manquaient de panache.

Mark Buller n'était pas de cette trempe-là, machiavélique et inaccessible. C'était un petit calibre. Au cours de ses recherches en ligne, fouillant dans les répertoires des domiciliations des sociétés, dans les annuaires, il finit par trouver une adresse dans l'Upper East Side. Un matin, il traversa la ville et attendit en bas de l'immeuble.

Il avait l'impression d'être dans un film d'espionnage, dans l'une de ces scènes dramatiques où le héros se retrouve entouré d'inconnus et où l'action se tend. Tout peut basculer, et les passants n'ont aucune conscience de ce qui se trame, attentat ou course-poursuite. On réfléchit très vite dans ces moments-là, on échafaude tous les scénarios. Chaque détail l'interpellait : cette femme qui prenait un cours de boxe en plein air, dont le bichon était attaché avec sa laisse à un poteau, ce physiothérapeute qui massait des joggeurs matinaux, ces silhouettes qui passaient derrière les fenêtres de ce condominium de luxe...

En mauvais détective qu'il était, il ne savait même pas à quoi ressemblait celui qu'il traquait. Alors il braquait les yeux partout, sur le perron de l'immeuble gardé par un portier, sur ceux qui s'allongeaient sur la table du masseur, sur ceux qui pianotaient sur leur téléphone, assis sur un banc. Il imaginait tous les physiques, gabarits, styles vestimentaires à celui qu'il cherchait. Il l'idéalisait.

Au bout d'un moment, c'en fut trop. Cela n'avait aucun sens d'attendre quelqu'un qu'on ne connaissait pas, dont on ne savait pas à quoi il ressemblait, dont on ne savait même pas s'il vivait là. Il repartit à pied, s'éloigna de l'Upper East Side en direction du sud de Manhattan. Il avait le temps. C'était l'un des moments qu'il adorait, où les New-Yorkais faisaient leur vie, et lui la sienne, où la ville n'était rien d'autre qu'un terrain de jeu. Soudain il sentit une présence derrière lui. Il n'osa pas se retourner, traversa la rue. Il la sentait encore. Cela n'avait aucun sens. Il nageait dans l'irrationnel. Il continua de marcher. D'un seul coup, il se mit à courir. Il n'osait toujours pas se retourner, se demandant ce que penseraient les passants s'ils savaient que ce jeune homme fuyait un ennemi imaginaire. Il s'engouffra dans une bouche de métro sur la 72e Rue. L'attente sur le quai était interminable – elle l'est toujours dans le subway. À la 57e Rue, il changea de wagon, fit de même à la 34e. Il souffla enfin. Il ne savait pas s'il était heureux ou terrifié d'avoir vécu sa première course-poursuite dans New York. Ou s'il devenait fou.

Quelques jours plus tard, la donne n'était plus la même. Rendez-vous avait été pris avec Mark Buller. Comme pour Sam Wapnowitz, il avait finalement trouvé un contact direct grâce à des adresses mail, celles des sociétés du fameux inconnu. Ce dernier lui avait répondu et proposé de boire un café dans un Starbucks, à quelques blocs de là où il l'avait guetté. Il arriva à l'avance, observa tous les hommes s'achetant leur boisson matinale. Il reconnut Mark Buller. À New York, quelqu'un qui a un rendez-vous matinal se remarque tout de suite. C'est la seule personne calme. Buller avait une bonne cinquantaine d'années, une voix grave, un petit sourire aux lèvres, l'air ni méfiant ni dupe. Quelque chose dans sa posture, dans sa décontraction, lui rappelait Tony Soprano, ce mafieux héros d'une série, cet escroc qui s'engueule avec sa femme, galère avec ses enfants adolescents, doit gérer son clan tout en s'occupant du quotidien.

Quel étrange pays que l'Amérique où la fiction se pointe avant la réalité. Quelle drôle de ville que New York où on semble ne jamais échapper au romanesque, où on doit se contenter du pire ou du meilleur, et jamais de l'entre-deux. Voilà à quoi il pensait pendant qu'ils échangeaient les formules de politesse. Il ne voulait pas avoir d'a priori. Il luttait contre lui-même, contre sa propension à défendre les artistes et à accuser leurs ennemis, contre les clichés qui lui brouillaient la vue. Il l'écouta.

Mark Buller était né à New York, dans les années 1950, dans une famille juive qui avait fui l'Europe pendant la guerre. Adolescent, alors qu'il habitait à présent à Flushing, dans le Queens, il n'avait pu poursuivre ses études, faute de moyens, et avait dû commencer à travailler. Il avait été serveur dans un restaurant ouvert par Steve Rubell, qui lancerait le night-club le plus couru du monde, le Studio 54, quelques années plus tard. Ensuite il était allé en Californie, avant de revenir à la fin des années 1970 à New York, où il avait créé une entreprise à Williamsburg. Il s'était retrouvé, un peu par hasard, au 222 Bowery, et y avait loué un loft au dernier étage, autrefois occupé par un artiste.

Il imagina Mark Buller tout jeune homme. Tôt, chaque matin, il se rendait à vélo à Brooklyn, revenait tard, le soir. Il croisait les habitants de l'immeuble sans se mêler de leurs affaires. Ils prenaient de la drogue, couchaient avec des garçons. Pas lui. Il sentait qu'il était dans un endroit pas comme les autres, où la vie n'était pas la même qu'ailleurs, en tout cas pas comme à Flushing. Au 222, il se savait dans son temps. Sa mère ne comprenait pas. Quand elle lui rendit visite la première fois, elle s'offusqua de le voir vivre dans une rue pareille. Lorsqu'elle était arrivée d'Europe, elle avait vécu un peu plus haut, dans East Village, et plus tard, avec son mari, elle s'était battue pour avoir une maison dans un quartier convenable. Et voilà que son fils retournait là où elle avait démarré. Lui était heureux au 222. Il buvait parfois un verre avec Michael Goldberg et Lynn Umlauf, leur donnait des conseils sur le réaménagement de leur loft. Avec Goldberg, il avait même planté des arbres devant l'immeuble. Les seuls du Bowery.

Ils étaient tous locataires. Un jour, l'immeuble fut mis en vente. Ils décidèrent de le racheter tous ensemble et de former une copropriété. Ils négocièrent, obtinrent un bon prix. Chacun devint propriétaire de son loft ou de son atelier. Cela aurait pu bien se passer, mais les choses s'envenimèrent. Goldberg avait toujours besoin d'argent. Il en empruntait à son voisin du dessus, le jeune Buller, traînait à le rembourser. Il lui proposait parfois des tableaux, comme il le faisait avec Sam Wapnowitz, autrefois, pour éponger ses dettes de loyer. Buller finit par en avoir assez. Pour régler la situation, il fit signer au peintre une reconnaissance stipulant que, après son décès et celui de son épouse Lynn Umlauf, les deux espaces qu'ils possédaient, le gymnase et l'appartement du deuxième étage, lui reviendraient. Les artistes prirent le parti de leurs deux amis. Les réunions de copropriété virèrent à la foire d'empoigne. Mark Buller connaissait le droit et sut l'utiliser. Il lança toutes sortes d'actions en justice contre ses voisins, profitant de la législation américaine si propice à la folie procédurière. Petit à petit, il grignota l'immeuble, posséda plusieurs lofts. Au point d'obtenir la majorité des voix dans la copropriété. Le chauffage ne fut pas réparé. En hiver, le froid glaçait les os. En été, la chaleur était étouffante. Les parties communes n'étaient pas entretenues. L'interphone marchait à peine. Si bien que les habitants devaient jeter leur trousseau de clés par la fenêtre à leurs invités. Giorno, Benglis, Goldberg, Umlauf s'échangeaient des messages désespérés. Que voulait ce Buller qu'ils avaient apprécié ? Eh bien, les voir déguerpir, leur racheter leurs espaces, devenir le propriétaire exclusif de l'immeuble.

D'un côté, des artistes. De l'autre, un homme bon en affaires. D'un côté, des gens naïfs, ou peu désireux de se confronter à la réalité. De l'autre, un homme sans états d'âme. Tous savaient une chose : le 222 était précieux. Pour les premiers, c'était leur refuge. Pour Buller, c'était une opportunité formidable. À force de négocier des prix sur les matériaux de construction, il s'y connaissait en immobilier. L'immeuble était une mine d'or. S'il décidait de le détruire et de vendre le terrain à un promoteur, il pourrait se faire une fortune. Il pourrait aussi tout rénover, percer des baies vitrées, installer une entrée élégante, pour faire des logements luxueux.

John Giorno décida d'agir. L'organisation des happenings des années 1960, de *Dial-A-Poem*, les récoltes de fonds pour la lutte contre le sida l'avaient aguerri. Il se lança dans des recherches sur l'histoire de l'immeuble, contacta le Historic Districts Council, une association à but non lucratif défendant le patrimoine de la ville de New York. Ensemble, ils compilèrent des images d'archives, des descriptions précises de l'immeuble, des documents relatifs à l'architecture de Bradford Gilbert. Ils déposèrent un dossier à la commission chargée de la conservation des monuments de la ville de New York. Celle-ci classa l'immeuble, qui devint un *landmark*, un monument historique. Il était désormais impossible de le démolir, de le reconstruire, de l'altérer, sans passer par elle.

En 2007, quand l'épouse de Mark Buller, Sarah Beatty Buller, voulut transformer la boutique du rez-de-chaussée en un magasin de matériaux de construction et de produits d'entretien écologiques, les architectes durent donc travailler avec la commission. Ils vidèrent les lieux de tout ce qu'ils contenaient, restaurèrent les sols et les murs. Des clochards du quartier furent embauchés à la journée pour détruire les cloisons. En 2009, le jour de l'inauguration, les 300 mètres carrés se remplirent de monde. Les étals de savons, de peintures et de détergents étaient pris d'assaut. Le maire Michael Bloomberg, venu saluer l'initiative, s'arrêta devant une colonne d'acier sur laquelle l'histoire du bâtiment avait été inscrite. Elle démarrait par la construction et l'ouverture du Young Men's Institute, se clôturait par l'ouverture du Green Depot. Il était mentionné que Fernand Léger y avait passé un moment, ce qui n'avait jamais été vérifié, et que William Burroughs avait vécu dans le Bunker jusqu'à sa mort en 1997, ce qui était faux. Michael Bloomberg sourit en lisant cette citation d'« un résident et poète du 222 Bowery » : « On prenait de la drogue et on restait quelques jours. » Son auteur, John Giorno, ne descendit pas à l'inauguration. Le maire répondit à quelques journalistes, salua les gens du quartier. En sortant, il passa devant le New Museum et le Whole Foods. Quand il était jeune homme, à la Harvard Business School puis à Wall Street, il méprisait les hippies et les gauchistes. Voilà qu'aujourd'hui il les remerciait.

Au Starbucks, Mark Buller décrivait la venue du maire avec fierté. Il avait réussi.

14
L'appartement à droite, au deuxième étage

L'abstraction protège. Elle sauve. Mieux : elle offre un refuge, ouvre les portes d'un monde où la réalité, celle que vous voulez fuir, n'existe pas. On pourrait passer des heures dans les circonvolutions des motifs sur la toile, les couleurs juxtaposées du dessin, les angles de la sculpture, rien, non rien, ne rappelle quelque chose qui existe. C'est la révolution de 1910, celle élaborée par Kandinsky dans son « aquarelle abstraite ». 49 centimètres sur 65 qui bouleversèrent le monde, assurèrent, prouvèrent que la couleur peut flotter sur la toile, que la forme est libre, qu'un sens, un message, ces graals recherchés par les imbéciles, ne servent à rien. Grâce à Kandinsky, cet anti-Gutenberg, on peut se retirer du monde. Et tant pis pour les autres, ceux qui veulent décrire les œuvres. S'ils veulent trouver les mots, ils doivent puiser dans le réel, évoquer la ressemblance d'une forme avec un objet, utiliser des noms de couleurs qui rappellent la peau d'une orange ou les teintes de l'azur. Celui qui a créé l'œuvre se moque de ces analyses.

Il a son cosmos à lui. Il peut plaire ou non, ce n'est pas le souci.

Lynn Umlauf avait toujours fait ainsi. Au Texas, quand elle était enfant, elle avait l'habitude d'aller, seule, sans sa sœur jumelle, sur une route près de chez elle où elle se sentait bien. Il n'y avait là rien de particulier, si ce n'est que, pour elle, elle était ici dans son univers. Elle y était libre. Ce havre, elle avait cherché à le retrouver tout au long de sa vie d'artiste. Elle en dessinait encore frénétiquement les contours, des décennies plus tard, dans son atelier-loft du 222 Bowery. Elle dessinait, peignait, regardait le bleu de l'encre Montblanc ondoyer sur la feuille. Elle sculptait en collant du grillage, des cartons, de l'acier, du Plexiglas. Le Bowery était gris, poussiéreux. Ses œuvres étaient lumineuses. Elle avait beau avancer en âge, avoir une santé qui déclinait, elle continuait à aimer la couleur. Il y avait là de quoi s'abstraire de la vie. Son mari, Michael Goldberg, était mort en 2007. Beaucoup d'amis l'avaient suivi. Sa jeunesse était si lointaine qu'elle en parlait toujours avec un petit rire, comme s'il s'agissait d'une suite d'événements absurdes.

Et puis, elle avait son secret. Il était caché là, derrière son lit. Quelques dessins figuratifs de nus, d'une femme à moto. Elle les conservait précieusement. Ils étaient les preuves de son monde d'hier. Elle les avait réalisés à son arrivée à New York, fuyant le Texas, le poids de la vie là-bas, et l'emprise de son père Charles Umlauf, sculpteur, lui aussi. Ces dessins, sans grande valeur après tout, elle n'avait pas besoin de les regarder.

Ils la protégeaient. Ils brisaient le silence, omniprésent, étouffant.

Parfois, elle entendait un bruit dans les escaliers. Quelqu'un qui montait à l'étage au-dessus de chez elle. Mais personne ne vivait vraiment là, elle en était sûre. Elle l'aurait su. Elle habitait ici depuis le début des années 1970, elle connaissait les craquements des parquets, le bruit de chaque poignée métallique. Depuis la mort de John Giorno, le 11 octobre 2019, elle était la dernière artiste du 222. Lynda Benglis passait son temps au Nouveau-Mexique. Les autres étaient morts ou partis. Quand, à son tour, elle mourrait, son loft deviendrait la propriété de Mark Buller. Elle le détestait, pour tout ce qu'il avait fait, pour son amour de l'argent, pour avoir maltraité Michael, pour l'avoir, assurait-elle, forcé à signer cet arrangement. Elle lui reprochait même d'avoir rempli la piscine de l'Institut de ciment.

Elle avait toujours aimé cet immeuble, l'étonnant passage du silence au bruit qui s'y produisait. Dans la journée, les artistes travaillaient dans leur atelier. La quiétude régnait. Le soir, tout s'agitait. Les dîners chez John, les verres échangés avec Lynda, les dîners chez elle, avec Michael. New York avait été si doux autrefois, si violent aussi. Comme tout enfant américain, elle avait lu Dickens, *Un conte de deux villes*. Comme tous les autres, elle n'en avait pas compris le début, incapable de saisir qu'un jour, dans plusieurs décennies, ces mots, devenus des clichés, formeraient ses souvenirs.

Charles Dickens, dans *Un conte de deux villes* : « C'était le meilleur et le pire de tous les temps, l'âge de la sagesse et de la folie, le siècle de la foi et de l'incrédulité, la saison de la lumière et de l'obscurité, le printemps de l'espoir et l'hiver du désespoir, l'on avait tout devant soi et rien devant soi, l'on allait droit au paradis et droit en enfer, en bref, c'était une époque si semblable à celle que nous vivons aujourd'hui que, selon ses commentateurs les plus véhéments, l'on ne peut en parler, que ce soit en bien ou en mal, qu'au superlatif. »

Dans le meilleur et le pire de tous les temps, l'alcool et les disputes ne s'arrêtaient jamais. L'amour, les expérimentations, le bonheur non plus. Il y avait eu ce jazzman qu'elle avait adoré, avec qui Michael l'avait surprise au lit. Elle devait bien penser à cette scène de vaudeville quand elle écoutait Jelly Roll Morton, ce génie de La Nouvelle-Orléans, pianiste de bordel puis immense star, qui avait sombré dans la déchéance. *King Porter Stomp, Black Bottom Stomp, Jelly Roll Blues* résonnaient dans son atelier. Ces morceaux sur lesquels elle avait dansé autrefois composaient la bande-son de la solitude. Plus personne ne les entendait traverser les parois trop minces. Autrefois, Jelly Roll Morton se mêlait aux chants tibétains. Son voisin de palier, John Giorno, assurait qu'elle aussi allait devenir bouddhiste, à force d'entendre autant de mantras, de sentir la fumée des pujas et de croiser aussi fréquemment des lamas.

Le 15 octobre 2019, des prières avaient retenti dans tout l'immeuble. Une cérémonie était organisée pour John Giorno, mort quatre jours plus tôt. Depuis quelques années, il était fragile. En 2013, il avait eu une alerte précoce d'accident vasculaire cérébral. En 2016, après le diagnostic d'une insuffisance cardiaque, il avait dû arrêter les performances, trop usantes. Il ne pouvait plus voyager dans le monde entier, vivre les textes avec intensité. Il n'allait plus qu'exceptionnellement à un vernissage. La Sperone Westwater Gallery, au 257 Bowery, l'exposa. « *Living in Your Eyes* », « *Life Is a Killer* », « *Eating the Sky* », « *Do the Undone* », « *Thanx 4 Nothing* », lisaient les visiteurs sur les œuvres aux couleurs arc-en-ciel. « *You Can't Hurt Me Cause Storms Can't Hurt the Sky* » était gravé sur un rocher posé au sol, comme une pierre tombale.

Quelques jours avant sa mort, il avait accepté de participer à un événement dans la galerie, réunissant des mécènes du New Museum et des collectionneurs. Il avait fait un discours, puis invité tout le monde au 222, chez lui et au Bunker. Les escaliers l'avaient essoufflé, il s'arrêtait à chaque palier, tandis que ses invités montaient les marches deux par deux devant lui.

Il était mort le vendredi 11 octobre. Lynn Umlauf n'était pas dans l'immeuble. Ugo Rondinone était en Europe. Verne Dawson avait accouru après avoir reçu un appel de détresse. Il l'avait trouvé, seul, chez lui, un grand sourire sur son visage.

Les lamas qui avaient organisé la cérémonie du 15 octobre, une méditation silencieuse et des prières traditionnelles, estimaient que c'était le signe de la félicité, de mourir ainsi, pleinement apaisé, comme Bouddha. Le Bunker était rempli de monde, principalement de membres de la communauté nyingmapa venus rendre hommage à celui qui avait aidé à la diffusion du mouvement aux États-Unis.

Le monde de l'art, galeristes et collectionneurs, s'était rassemblé la veille, pour la crémation, à la chapelle funéraire Frank E. Campbell sur Madison Avenue, dans l'Upper West Side. Là où les cérémonies mortuaires de Jackie Kennedy, de Jean-Michel Basquiat, Candy Darling, Greta Garbo, Rudolph Valentino et tant d'autres s'étaient déroulées.

La religion. L'art. Manquait la poésie. Le 26 janvier 2020, à la St Mark's Church, une cérémonie fut organisée. Il y eut des concerts : Arvo Pärt, un morceau pour piano et violoncelle, Meredith Monk, Michael Stipe, qui chanta *We All Go Back to Where We Belong*, chanson dans le clip de laquelle John Giorno avait joué, Patti Smith et Lenny Kaye, qui reprirent *After the Gold Rush* de Neil Young. Et des lectures de son autobiographie, à laquelle il travaillait depuis des années, achevée quelques semaines plus tôt.

Lynn Umlauf était seule désormais. La dernière habitante de l'immeuble. Depuis les deux grandes fenêtres de son atelier, elle regardait la lumière qui s'y engouffrait. Elle adorait ces deux ouvertures identiques. Parce qu'elle avait une jumelle, souriait-elle. Parce que c'était de là qu'elle observait le monde. Sa santé chancelait et réduisait ses sorties. Les deux fenêtres du loft étaient ses yeux. Elle adorait contempler la rue, l'activité de la journée qui se fondait dans celle du soir. Les travaux de construction du New Museum, elle les avait suivis au jour le jour. Comme son voisin John Giorno, cela la faisait rire d'imaginer un musée ici, avec des vernissages, des touristes, des collectionneurs.

Elle y pensait souvent, les yeux fixés sur les passants, souriante. Mais son esprit vagabondait de plus en plus. Il s'enfuyait pour quelques heures, revenait parfois. Une mauvaise chute la fit hospitaliser à l'hiver 2021. Début février 2022, sa galeriste la trouva inanimée dans son loft-atelier du 222. Elle était morte.

Dans les mois précédant sa mort, Lynn Umlauf avait entendu parler de travaux dans l'immeuble jouxtant le New Museum en face, au numéro 231. Des amis lui avaient parlé d'artistes qui vivaient là depuis des décennies et avaient dû partir. La direction de l'institution, propriétaire du bâtiment, s'était bien comportée à leur égard, elle leur avait proposé des solutions de relogement. Lynn Umlauf avait appris que l'immeuble s'était vidé, mais elle ne verrait jamais sa destruction, les échafaudages qui avaient été installés, les grues qui déblayaient tout, les montagnes de gravats.

Les deux fenêtres de son loft avaient le regard vide à présent. Comme celles d'à côté, chez John Giorno, ou en dessous, celles de l'atelier du poète et de celui de Lynda Benglis. Le 222 était devenu aveugle. Et plus silencieux que jamais. En bataillant pour que l'immeuble devienne un monument historique, John

Giorno l'avait sauvé. Aucun ascenseur ne viendrait sectionner la charpente, l'architecture de Bradford Gilbert resterait intacte. En revanche, il n'avait rien pu faire contre Mark Buller qui le possédait presque entièrement à présent.

« New York est une ville qui sera remplacée par une autre ville », avait écrit un jeune homme au milieu des années 1970. Ce mage débutant, c'était Rem Koolhaas. Il était néerlandais, architecte, même s'il n'avait pas encore beaucoup construit. Il lisait les auteurs français, Sade, Breton et Debord. Son agence, OMA, venait d'ouvrir à Rotterdam. À New York, tout le fascinait, le dégoûtait, le captivait. Le Seagram building était un vestige archéologique, les constructions des postmodernistes des boursouflures inadaptées. Il prenait des notes sur l'histoire de la ville, pensait que Manhattan était la pierre de Rosette du 20e siècle. Il rassembla ces réflexions dans un livre, *New York délire*. Grâce à Philip Johnson qui lui avança 10 000 dollars, il le fit publier.

> Rem Koolhaas, dans *New York délire* : « Non seulement de grandes parties de sa surface sont occupées par des mutations architecturales (Central Park, le gratte-ciel), des fragments utopiques (Rockefeller Center, le bâtiment des Nations unies) et des phénomènes irrationnels (Radio City Music Hall), mais en outre, chaque pâté de maisons est recouvert de plusieurs couches d'architecture fantôme sous la

forme d'occupations passées, de projets avortés et de fantasmes populaires qui fournissent des images alternatives au New York qui existe. »

Lui, qui avait décrit la ville monstrueuse, mutante, et avait même imaginé des fictions sur des bâtiments prenant vie, construisait désormais, en collaboration avec son associé, Shohei Shigematsu, l'extension du New Museum. Pour le 231 Bowery, ils avaient imaginé une structure de 8 étages, un polygone qui ressemblait, de loin, à un rocher, un astéroïde. 63 millions de dollars, 8 étages, 5 750 mètres carrés d'expositions supplémentaires. L'ancien jeune homme féru de surréalisme s'apprêtait à réaliser le rêve pervers des avant-gardes, à devenir l'agent même de la destruction annoncée. Le révolutionnaire se faisait ambitieux. L'extension du New Museum avait l'arrogance d'un pavé arraché du sol du Quartier latin, un jour de mai 68, et lancé à toute force contre l'autorité.

L'époque ne foulait plus le vestibule du 222. Elle se faufilait pourtant sur le Bowery. Au 190, en 2015, un photographe vendit l'immeuble de 6 étages qu'il avait acquis en 1966. Jack Klein, le « Loft King », le lui avait négocié pour 100 000 dollars. Aujourd'hui, un magnat de l'immobilier le lui rachetait 55 millions de dollars. Au rez-de-chaussée s'installa une boutique Supreme, marque de prêt-à-porter de luxe inspirée de l'univers du skateboard. Les jeunes gens patientaient des heures devant pour acheter des T-shirts en série limitée. À quelques dizaines de mètres, sur Chrystie

Street, Ian Schrager, l'ancien copropriétaire du Studio 54, avait ouvert un hôtel quatre étoiles. Le WiFi le plus rapide de la ville, promettait la direction. Mais aussi Apple TV dans chacune des 367 chambres, des bars où on pouvait dévorer du poulet épicé coréen ou des sandwiches au pastrami.

Le luxe, la Tech, l'hôtellerie dévoraient la ville. Ce que Rem Koolhaas avait fantasmé, se révélait réel. On construisait des appartements luxueux aux étages les plus hauts des immeubles, sans ascenseur pour y monter. Ils n'étaient bâtis qu'à des fins spéculatives, il n'y avait donc aucun intérêt à en simplifier l'accès. Aux cadres dynamiques trop occupés, on vendait des logements sans cuisine, avec un simple coin où réchauffer les plats livrés à domicile. Dans les immeubles de bureaux, on imaginait des espaces de travail délirants, des paysages bucoliques où passaient des chariots remplis, le jeudi soir, de pâtisseries et, le samedi soir, de cocktails.

Il repensa à la colonne d'acier noir au milieu du Green Depot, au rez-de-chaussée de l'immeuble, et à l'historique du 222 peint en blanc dessus. 11 dates en tout, de la construction de l'immeuble en 1885 à l'ouverture du magasin, en 2009. Entre les deux : la fermeture du YMCA, l'arrivée de Fernand Léger, de Mark Rothko, de William Burroughs, les « activités bohémiennes » qui « fleurissaient », l'inscription au registre des monuments historiques… Il savait que le problème de cet historique ne tenait pas à ses quelques approximations factuelles. Il était plus grave, plus pernicieux. Au-delà des mensonges, il passait à côté de l'histoire de l'immeuble, de ce que ces briques avaient incarné – oui, « incarné », parce que tant de corps avaient défilé au 222, pour y faire du sport, suer, baiser, travailler, dormir, méditer.

Cet historique était nul, littéralement. Comme tous ceux présents dans les musées et les livres. L'illusion que tout s'ordonnera, tout deviendra lisible, si on inscrit des dates dans l'ordre et qu'on isole des faits saillants.

L'esbroufe de l'histoire froide et impersonnelle, Felix González-Torres l'avait comprise mieux que quiconque. En 1989, l'artiste avait réalisé une œuvre consistant en une frise chronologique, inscrite en lettres noires sur le mur blanc d'une salle de musée. Comme les noms illustres ou les batailles mémorables gravées au fronton des temples antiques, les dates étaient écrites quasiment au niveau du plafond. Elles s'enchaînaient, sans suivre l'ordre des années : *1987 Black Monday, 1964 Civil Rights Act*. À ces moments historiques s'en ajoutaient d'autres, incompréhensibles pour le visiteur : *1983 Ross, 1964 Venice*. Felix González-Torres mélangeait l'histoire, telle qu'elle apparaît dans les livres, et l'intime, tel qu'il s'inscrit dans les souvenirs, les êtres. Tout était au même niveau. La rencontre avec Ross Laycock, qui serait son grand amour, comme le krach de 1987. L'une ne gagnait jamais sur l'autre.

L'histoire avec un grand H et l'histoire intime s'inscrivaient ensemble, côte à côte, pour toujours, indifférentes et liées, parallèles.

Felix González-Torres ne donnait aucune explication. Peut-être que le Lundi noir l'avait frappé à cause non pas de la une des journaux mentionnant la perte de milliards de dollars, mais d'un événement personnel survenu ce jour-là ? Et Venise, en 1964 ? Que s'y était-il passé cette année-là ? Robert Rauschenberg, grand vainqueur à la Biennale ? Un film aimé récompensé à la Mostra ? Et s'il s'agissait du Venice de Los Angeles ? De la découverte qu'une telle ville existait, loin de Cuba, quand il était enfant ?

Les architectes du Green Depot, voulant montrer la logique dans laquelle s'inscrivait l'installation de la boutique, sa cohérence dans l'histoire de l'immeuble, n'avaient décidément rien compris. Ils évoquaient de la même manière la bohème et l'économie, l'histoire et l'art, plaçant consciencieusement leurs dominos. Mais Felix González-Torres avait démontré l'inanité d'une telle démarche. La mémoire, d'un immeuble ou d'un être, est faite d'allées et venues, de chemins de traverse et de retours en arrière. Le connaître, l'aimer, c'était passer d'une date à l'autre sans aucune logique.

Il imagina une frise, qu'il inscrirait en haut des murs du 222.

1958 Mark Rothko 1895 Otto Raphael 1963 Fête d'anniversaire 2002 Michael Bloomberg 1968 *Dial-A-Poem* 1956 *Howl* 2020 Covid-19 1966 Frank O'Hara 1967 The Tenants of Sam Wapnowitz 1885 Young Men's Institute 2015 Palais de Tokyo 1976 Summer of Sam 2007 Whole Foods 1929 Jeudi noir 1971 Inde 2001 11 Septembre 1929 Museum of Modern Art 1978 Ed Koch 2007 New Museum 2019 John Giorno 1970 *Brand X* 1976 Bunker 1989 Howard Brookner 1997 Mort à Lawrence, Kansas 1994 Rudy Giuliani 2024 Extension du New Museum

Il ne voulait pas l'interrompre. Il étirait les murs pour ajouter des dates.

2006 *Thanx 4 Nothing* 1981 A rare form of cancer 1776 Déclaration d'indépendance des États-Unis 1956 Lionel Rogosin 1990 *Vogue* de Madonna 1957 John Opper 1969 Stonewall 1977 Lynda Benglis 1998 Ugo Rondinone 1978 Nova Convention 1959 Michael Goldberg 1968 Charles Pollock 1968 Paula Cooper 1969 Chronique dans *Culture Hero* 1969 Three Mile Island 1974 *Vaduz* de Bernard Heidsieck 2015 13 Novembre 1967 *A Bigger Splash*

Il savait que, dans l'œuvre de Felix González-Torres, il n'y avait pas que les dates et les mots qui importaient. Les espaces entre eux avaient tout leur sens. Ils avaient même plus d'importance que le reste. Des vies entières y étaient contenues.

Le 222 était vide. Lynda Benglis, qui y avait encore son atelier, passait son temps au Nouveau-Mexique et ne venait presque jamais. Il y avait bien quelques habitants domiciliés là, dont un Allemand, travaillant dans la mode et la publicité, connu dans son pays pour sa participation à une émission de télé-réalité, un télé-crochet pour mannequins. Et des proches de Mark Buller. Les colis déposés par les livreurs dans le hall restaient là durant des semaines. Il n'y avait personne pour les récupérer ni pour les voler.

Une guerre se jouait. Une tension flottait. Les Buller contre l'avant-garde. Ugo Rondinone avait décidé de ne pas abandonner les lieux. Il avait installé là la John Giorno Foundation dont l'ambition était de défendre la mémoire et l'œuvre de son amour. Dans le Bunker, on s'activait à relancer *Dial-A-Poem*, à rééditer des albums. Les lamas y étaient toujours les bienvenus. Des cours de yoga étaient organisés, tout comme des projections de films underground, des lectures de poésie.

Le camp d'en face, celui des Buller, rêvait d'autre chose. Le couple avait investi dans le centre-ville de Montgomery, en Alabama, rénové des immeubles, en invitant des street-artists à réaliser des fresques ou des projets participatifs avec les habitants. Dans ce quartier, ainsi réinventé, les Buller louaient des appartements luxueux, avec tout le confort possible, ainsi que des espaces commerciaux.

Un jour, qui sait, la boutique du rez-de-chaussée du 222 deviendrait un espace dédié au street-art. Le gymnase de Rothko serait un espace de résidence d'artistes. Et les lofts, des appartements luxueux, d'autant plus attrayants qu'ils seraient auréolés de toute l'histoire de l'avant-garde.

Ce n'était pas une fin. Plutôt une déliquescence, une très lente agonie, l'un de ces moments où on ne sait pas si l'ampoule est encore allumée ou si la lumière qui vibre est le souvenir de quelques photons refusant de quitter la rétine.

15
La terrasse

Il ne saurait jamais si Fernand Léger avait bel et bien travaillé au 222, pas plus qu'il ne retrouverait où, chez D. H. Lawrence, il était tombé sur l'expression de « jeune homme prolongé ». Peut-être qu'il l'avait inventée, après tout. En revanche, il était sûr de la provenance de ces mots : « La beauté, toujours. » Il les répétait souvent. C'était dans *L'Étalon*, un petit livre de 1925, paru quelques années avant *L'Amant de Lady Chatterley*. Il y était question d'un cheval magnifique, nommé St Mawr, indomptable, pour lequel se prenait de passion une jeune Américaine exilée à Londres. La sauvagerie de la bête contrastait avec la docilité de son entourage, et surtout celle de son mari. L'action se finissait dans un ranch, dans un coin perdu des États-Unis.

D. H. Lawrence dans *L'Étalon* : « La beauté, toujours. Toujours vaste et splendide, naturelle aussi. Jamais démesurée ni théâtrale. Pour une raison inconnue, toujours parfaite. Et très simple, en dépit de tout.

« Elle vous apparaissait quand vous regardiez cet immense paysage vivant. Car ce paysage vivait, comme le monde des dieux, intact et imperturbable. Cet immense paysage en cercle vivait sa propre vie, somptueux et indifférent. Pour lui, l'homme n'existait pas. »

Il s'était souvenu de ces quelques mots, « La beauté, toujours » et « l'homme n'existait pas », au cours d'une de ses visites au 222. Il sortait de chez Lynn Umlauf. Il l'avait écoutée commenter ses dessins les plus récents, regardée sourire au son de Jelly Roll Morton, les commissures de ses lèvres dansant à la place des jambes. En refermant sa porte, il resta un instant seul, immobile, dans ces escaliers vides. L'idée de monter au dernier étage, là où Wynn Chamberlain et d'autres avaient vécu, lui vint. Doucement, pour ne pas effrayer Lynn Umlauf, il gravit, pas à pas, les marches grinçantes. Des portes, encore des portes, et un petit escalier. En haut, une terrasse, et là, New York. Il regarda la ville depuis ce promontoire, écrasée par un ciel bleu sans nuages, parfait comme une voûte d'église. L'horizon semblait idéal.

La beauté, toujours. Les immeubles des rues environnantes, tous de la même taille, formaient un parterre qui laissait éclater le panorama vertigineux de Downtown au sud et de Midtown au nord. Le regard, au-delà des toits des bâtiments voisins, ne pouvait que s'arrêter sur les ogives, cylindres et cubes. Il était encerclé. Non pas menacé, mais parfaitement entouré, protégé par ce monde de verre et de béton, d'espace et de lumière. Étrangement, la ville était calme. *L'homme n'existait pas*. Le son des klaxons et des sirènes ne remontait pas jusqu'ici. Les conversations, encore moins. Le silence était total, hormis le faible claquement des fanions tibétains multicolores accrochés par John Giorno et laissés là tels quels. Le spectacle était silencieux et merveilleux. *La beauté, toujours*.

Il s'appropriait les mots de Lawrence. Oui, New York était *vaste* et *splendide, naturel, jamais démesuré ni théâtral, toujours parfait, très simple*. New York vivait, *comme le monde des dieux, intact et imperturbable*. New York était *immense, somptueux* et *indifférent*.

Il repensa à sa sensation, quelques jours plus tôt. Avec un ami, ils étaient allés à une fête dans un quartier perdu de Brooklyn, et rentraient en taxi, au milieu de la nuit. Ils avaient traversé le pont de Williamsburg. En un instant, Manhattan leur était apparue. *La beauté, toujours*. C'était pour elle que des hommes et des femmes avaient traversé le monde, et le faisaient encore. Pour elle que des millions de gens se ruinaient pour vivre ici, dépensaient des fortunes indécentes en loyers, s'entassaient des heures chaque jour dans des transports en commun bondés, patientaient aussi longuement dans des embouteillages, remplissaient leurs poumons de gaz toxiques, soumettaient leurs tympans au fracas de hurlements permanents. Cette fameuse beauté, ce n'était pas la joliesse d'un paysage agréable à regarder. Non, elle tenait au sentiment d'être là où il fallait être, au centre du monde. Ou plutôt à sa lisière, et le spectacle qu'elle offrait vous poussait à tout faire pour vous en rapprocher. C'était une fuite en avant, sans doute, mais elle en valait la peine.

Cette beauté nécessitait de ne jamais baisser la garde. Le combat, toujours. New York n'était jamais acquis. La ville vous imposait de demeurer là, sinon elle vous oubliait, et le reste du monde aussi. Le monstre était mythologique, il dévorait les siens autant que ceux qui lui échappaient. Il ne pouvait pas perdre. New York raflait systématiquement la mise et donnait l'illusion de redistribuer les cartes. Alors, ils la défendaient tous, ses habitants, fiers d'avoir reçu l'onction de l'ogre.

La ville ne laissait aucune chance aux nouveaux venus, affirmant que la partie était perdue d'avance. Et, tout en disant cela, elle clignait de l'œil. Peut-être qu'elle ment ? s'interrogeaient les nouveaux arrivants. Peut-être qu'elle nous envoie un signe ? C'était toute l'ironie. Elle dévorait, et personne ne se lassait d'elle.

Depuis la terrasse du 222, la beauté se réfractait partout. Il observa Downtown. Du regard, il dessina les Twin Towers. Il ne fit pas le croquis du nuage de poussière, des hélicoptères tournoyant autour de ce qui était aujourd'hui vide. Il pensa à ce qui avait précédé les attaques, quand la vie régnait encore. Il imagina la vue des tours de nuit, depuis le Pier 54, de l'autre côté de Manhattan, dans le Meatpacking District. C'était le 10 septembre 2001, dans la soirée. Toute la journée, la météo avait été épouvantable. Le ciel était bas. Quelques jours plus tôt, la Fashion Week printemps-été 2002 avait démarré. Ce 10 septembre, à 21 heures, le prince de la mode new-yorkaise, Marc Jacobs, féru de grunge et créateur des collections femmes de Louis Vuitton, devait faire son défilé et lancer un parfum. Tout au long de la journée, il avait plu et la tente montée pour l'occasion menaçait de s'écrouler sur les invités, sous le poids de l'eau accumulée. La pluie cessa à 22 heures, et le défilé commença. Parmi les invités, il y avait :

l'ancienne stagiaire à la Maison-Blanche
 Monica Lewinsky
l'actrice Sarah Jessica Parker
la chanteuse Lisa Marie Presley
l'actrice Hilary Swank
l'homme d'affaires Donald Trump

Marc Jacobs vint saluer, et le rideau derrière lui s'ouvrit. La fête commença. Éclairées par des bougies, 1 200 personnes arpentèrent les plaques de gazon installées pour la soirée, s'assirent à des tables de pique-nique couvertes de fruits. Au loin, des jets d'eau jaillissaient d'un bateau. La brume de l'après-orage enveloppait les Twin Towers, les masquait un instant, puis les révélait dans toute leur grandeur. Il était impossible de ne pas les regarder. *La beauté, toujours*. Le lendemain, avant midi, elles avaient disparu.

New York, parce que Canaletto. Il savait désormais qu'il s'était trompé. Il aimait New York et Venise non pas parce que ces villes étaient comme deux pôles opposés, mais parce qu'elles étaient les mêmes. Une lagune est invivable, autant qu'une île étroite et marécageuse. Pourtant, ici, des hommes avaient eu des rêves de grandeur inouïs. Un simple coup d'œil n'y suffisait pas. Observer New York revenait à regarder la ville sous tous les angles. Canaletto, à Venise, l'avait compris. Ses peintures de la piazzetta – la placette à côté de la place Saint-Marc, où tout ce qui fait Venise, le pouvoir des doges et de l'Église, le savoir, avec la bibliothèque Marciana, l'eau (et aujourd'hui le tourisme), est réuni – ne sont jamais les mêmes. Le peintre se plaçait près des deux colonnes, l'une portant le lion vénitien, l'autre saint Théodore tuant un dragon, et contemplait la ville. Dans un tableau, il avait braqué les yeux sur le Grand Canal. Dans d'autres, sur la place Saint-Marc, sur la basilique, ou encore sur l'île de San Giorgio Maggiore.

New York faisait de ses visiteurs des félins. Ils s'agitaient dans tous les sens, couraient et s'arrêtaient, épuisés d'avoir trop marché, trop regardé. New York rendait fou. Comme Venise attaquait l'esprit de Canaletto. Il truquait la ville. Pour parfaire les lignes de ses tableaux, les rendre aussi idéales que sa lagune natale le méritait, il mentait. Il supprimait le palais des Doges, avançait le campanile de la place Saint-Marc de quelques mètres. *La beauté, toujours*. Il s'autorisait même des caprices, ce genre de peintures très en vogue où les artistes peignaient des paysages inventés, une colonne grecque soutenant une arche gothique. Canaletto imagina des vues impossibles. La basilique de San Giorgio Maggiore déplacée sur le Grand Canal, jouxtant le Rialto. Ou alors, dans une autre toile, le Rialto tel que l'architecte Palladio l'avait dessiné, droit et parfait comme un temple romain, mais que les autorités ducales avaient refusé, la merveille s'avérant impraticable.

L'horizon new-yorkais faisait délirer, rendait capricieux. Et si Frank Lloyd Wright avait pu réaliser son projet pour Ellis Island – un ensemble regroupant des hôpitaux, des restaurants, etc., et pouvant accueillir 7 500 habitants – sur une structure géante en suspension, soutenue par des tours ? Et si Richard Buckminster Fuller avait pu construire son dôme géodésique en verre, à 1,6 kilomètre de hauteur, et s'étendant de la 22e à la 62e Rue ? Et si Philip Johnson avait pu redessiner Times Square tel qu'il le rêvait ?

Le spectacle de New York forçait à imaginer toutes les conjugaisons possibles. Au présent, au passé, au futur. Mais aussi à la forme passive et active, au conditionnel et au subjonctif. À l'imperfectif et au perfectif, ces deux aspects d'un même verbe en russe, le premier exprimant un geste en cours, l'autre un geste achevé. Une action réussie, ou une action tentée. New York méritait tout cela en même temps, les possibles et les impossibles, les faits et les rêves.

Venise avait été ainsi. Quand les visiteurs des musées observaient les tableaux de Canaletto, ils pensaient qu'il s'agissait là des paysages du temps de sa splendeur. En réalité, c'était tout l'inverse. Canaletto peignait au début du 18e siècle. La ville n'était plus le centre du monde depuis longtemps. Elle avait fait fortune grâce au commerce avec Constantinople, jusqu'à ce que les Turcs s'en emparent en 1453. La découverte de l'Amérique avait aimanté le monde vers l'ouest. Venise n'était plus la ville du pouvoir. Elle était désormais un terrain de jeu pour les touristes anglais qui s'y délectaient, admiraient les tableaux et séduisaient les femmes. Canaletto peignait ce paysage, dans sa splendeur passée, pour ses commanditaires britanniques adorateurs de la Renaissance et de l'Antiquité. Quelques décennies plus tard, en 1797, Napoléon s'emparerait de la ville et c'en serait définitivement terminé de la République des Doges.

À New York aussi, tout finirait par s'arrêter. Un jour, la ville ne serait plus la capitale du monde. Ce serait Mexico, Shanghai, New Delhi, Lagos ou Karachi. Les flux du monde passeraient moins par là. Les eaux monteraient, personne ne savait jusqu'à quelle hauteur. Les analystes imaginaient le futur paysage de la ville. Battery Park pourrait être noyé, le Financial District mis en danger, tout comme le quartier de Two Bridges, où les promoteurs immobiliers continuaient d'investir. Les prévisions glaçaient le sang. Selon l'élévation du niveau de la mer, des blocs entiers disparaîtraient. Le Bowery résisterait.

Canaletto, encore. Il avait remarqué que, dans toutes ses toiles, des êtres s'affairaient. Ils vendaient des victuailles, menaient des gondoles, discutaient, complotaient. Jamais ils ne regardaient la ville autour d'eux.

Le seul qui en observait le spectacle était le peintre lui-même.

Comme Canaletto, il s'était offert un perchoir. Il n'avait rien été d'autre qu'un passant du Bowery, intrigué par le numéro 222. Un peu plus curieux que les autres. Plus voyeur, aussi, il avait mis le pied dans la porte. Un passant anonyme. Il s'était immiscé dans la fête. Comme le buveur solitaire de *The Cocktail Party* d'Alex Katz, ce tableau figurant de manière froide et distanciée un événement mondain. Il avait longtemps pensé que ce personnage muet était un autoportrait de Katz.

Cet homme seul, ce ne pouvait être que lui-même, se disait-il. Lui et tous les autres voyeurs, les observateurs incognito. Ceux qui n'ont pas de raison d'être là, si ce n'est pour témoigner ensuite. Katz avait deviné la présence d'un être différent dans cette fête, un être qui se fondait dans le paysage.

En passant du temps au 222, il avait appris l'existence de Toby. Un fantôme que tous les habitants de l'immeuble connaissaient. Le nom de Toby venait parfois dans la conversation, à la table du Bunker. Tout le monde, jusqu'à William Burroughs, s'en amusait. Il y avait parfois un bruit bizarre, un craquement impossible, la sensation de ne pas être seul dans une pièce, la chair de poule qui survenait sans raison. Comment Toby était-il arrivé ici ? Personne n'en savait rien.

Il se demandait s'il n'était pas Toby. Ou plutôt si Toby ne s'était pas emparé de lui, de son cerveau. Si lui-même ne prolongeait pas sa jeunesse en confiant les clés à un être éternel. Rationnel, il ne croyait pas aux fantômes. Mais il croyait à Toby. Celui-ci n'existait sans doute pas. Et puis, quoi ? Qu'est-ce qui existait encore dans cet immeuble vide ? Tout le monde était mort. Il n'y avait plus de fêtes, de dîners, de peintures, de baises, de poèmes, de nuits pures. Et dans l'avenue ? Guère plus. Alors Toby était nécessaire. Parce qu'il était toute la rue, tout l'immeuble à la fois. C'était un misérable immigré venu à l'Institut prendre des cours de mécanique, ou apprendre à nager dans la piscine du rez-de-chaussée, ou bien à lire dans les sofas confortables du deuxième étage ; un Allemand qui avait dû changer de nom, l'angliciser, un Italien de Little Italy qui consultait frénétiquement les offres d'emploi, pour pouvoir changer de vie ; un Noir qui n'avait pas le droit de s'inscrire à l'Institut ; un de ses membres qui draguait ses camarades dans les vestiaires ; un gamin des rues qui crachait sur le seuil du vestibule, jurant que jamais il ne mettrait les pieds ici, croyant préférer la rapine ; un père de famille ruiné par la crise de 1929, échoué là avec d'autres, et sans nouvelles de ses enfants ; un soldat de retour d'Europe sans aucune perspective, un autre, de Corée ; un alcoolique qui avait découvert la bouteille, enfant, volant dans les réserves de ses parents ivres morts ; un étudiant en art, adorateur de Rothko, tremblant de voir les œuvres du maître ; un amant de Wynn Chamberlain, intimidé de découvrir tous ses amis incroyables ; un jeune poète ; un artiste affamé à l'ambition vertigineuse ; un acteur drogué, un peu gigolo ; un peintre à rebours de tous les autres ; un plan cul de John Giorno ; un admirateur de William Burroughs ; un amant de James Grauerholz ; un bellâtre amené par Howard Brookner ; un lama débutant ; des poètes et des artistes.

Toby était un jeune homme à la jeunesse infinie. C'était cela un fantôme : un être qui conjure la mort et observe les vivants.

Toby resterait au 222. Il n'avait aucune raison de partir. Ces temps-ci, sans personne à hanter, il se reposait. Bientôt, l'agitation reviendrait. Il serait là pour les promoteurs, les idiots. Il ralentirait les travaux, effraierait ceux qui l'agaceraient, mépriserait les artistes qu'il jugerait mauvais. Le harcèlement ne s'interromprait jamais. Toby était un fantôme coriace. Ailleurs, dans New York, certains avaient abandonné trop vite la vigie et avaient perdu. Le maître du 222 ne risquait pas d'abandonner. Il avait vu trop de choses.

Depuis sa caverne du 222, il savait que, sur le Bowery, des comités de quartier étudiaient l'histoire de chaque immeuble pour que les promoteurs immobiliers ne puissent s'en emparer. Il devinait la présence de ces passants furibonds se battant contre l'édification de tout immeuble luxueux. Il devait connaître, à force, Michele Campo, une dame âgée vivant dans le quartier. Les voisins la surnommaient « la maire du Bowery ». Elle arpentait la rue et, en fine connaisseuse de tous les codes urbanistiques de la ville, savait repérer ce qui n'allait pas dans la devanture de cette nouvelle boutique de vêtements, la largeur de la terrasse de ce nouveau restaurant. Tout faire pour empêcher la mutation de l'avenue, sa transformation en un centre commercial à ciel ouvert, en un paradis des riches. Ici, il y aurait toujours des pauvres, des pédés, des travestis, des gouines, des artistes, des mal-aimés, des olibrius, des fous, des damnés de la terre, prêts à saboter le camp d'en face.

New York serait toujours ainsi, protégée par sa bizarrerie, sa saloperie. Une ville qui avait accueilli le pire du monde ne pouvait pas ne pas en conserver des traces.

Toby serait là pour le 222. En cas d'urgence, il appellerait ses amis, ses collègues. Leur modèle à tous, c'était le fantôme qui gardait le Hess Triangle, à quelques kilomètres du Bowery, dans West Village, à l'angle de la 7e Avenue et de Christopher Street. Une mosaïque en forme de triangle isocèle, de 25 centimètre de base et 27 de côté. Sur les carrés blancs, on lisait en lettres noires : « *Property of the Hess Estate which has never been dedicated for public purpose* », « Propriété de la succession Hess, qui n'a jamais été affectée à des fins publiques ».

Au début des années 1910, la municipalité de New York avait décidé d'agrandir le réseau du métro et de construire une ligne sous Penn Station. Au-dessus, en direction sud de Manhattan, elle voulait tracer une longue avenue. 11 pâtés de maisons, 250 bâtiments en tout, avaient dû être détruits, sur ordre de la municipalité. Le Voohris, un immeuble de logements ayant appartenu à un homme d'affaires de Philadelphie, David M. Hess, avait notamment été démoli. Ses héritiers avaient eu beau tout faire pour empêcher l'opération, les tribunaux avaient tranché en faveur de la ville. Mais l'officier chargé du cadastre avait fait une erreur, minuscule certes, oubliant le triangle isocèle dans le plan de la propriété transmise de force à la municipalité. Si bien que le petit morceau de terrain ne deviendrait jamais la propriété des autorités publiques. En 1922, la mosaïque avait été réalisée pour que tous, passants aussi pressés soient-ils, policiers, commerçants et curieux, puissent prendre connaissance de cette insulte faite à tous les pouvoirs.

Le Bowery avait un modèle. Tout n'était pas fichu.

Bibliographie

Livres

Ault, Julie (dir.), *Felix González-Torres*, Steidl, 2016.

Bayless, Pamela, *Ymca at 150 : A History of the Ymca of Greater New York 1852-2002*, Fordham University Press, 2003.

Bockris, Victor, *With William Burroughs, Private Conversations with a Modern Genius*, Fourth Estate, 1997.

Bonacina, Andrew, *Lynda Benglis*, Phaidon, 2022.

Breslin, James E. B., *Mark Rothko : A Biography*, University of Chicago Press, 1993.

Cohen-Solal, Annie, *Mark Rothko*, Actes Sud, 2013, 284 pages.

DeVillo, Stephen Paul, *The Bowery, the Strange History of New York's Oldest Street*, Skyhorse Publishing, 2019.

Dickens, Charles, *Un conte de deux villes*, trad. de Laure Terilli, Archipoche, 2020.

Ginsberg, Allen, *Howl et autres poèmes*, édition bilingue, trad. de Nicolas Richard, Christian Bourgois, 2022.

Giorno, John, *Mémoires*, trad. de Denyse Beaulieu, éditions École nationale supérieure des Beaux-Arts de Paris, 2022.

—, *Subduing Demons in America : Selected Poems 1962-2007*, Soft Skull Press, 2008.

Gooch, Brad, *City Poet : The Life and Times of Frank O'Hara*, Harper Perennial, 2014.

—, *Smash Cut, A Memoir of Howard & Art & the 70s & the 80s*, Harper Perennial, 2014.

Heidsieck, Bernard, *Poèmes-partitions*, Al Dante, 2009.

—, *Vaduz*, Al Dante, 2007.

Kane, Daniel, *« Do You Have a Band ? » : Poetry and Punk Rock in New York City*, Columbia University Press, 2017.

Koolhaas, Rem, *New York délire. Un manifeste rétroactif pour Manhattan*, trad. de Catherine Collet, Parenthèses, 2002.

Lambert, Phyllis, *Building Seagram*, Yale University Press, 2013, 306 pages.

Lapalu, Sophie, *Streets Works. New York, 1969*, Presses universitaires de Vincennes, 2020.

Lawrence, D. H., *L'Étalon*, trad. de Marc Amfreville et Anne Wicke, Phébus, « Libretto », 2007.

Lebovici, Élisabeth, *Ce que le sida m'a fait. Art et activisme à la fin du xxe siècle*, JRP/Ringier et la Maison Rouge, 2017.

Léger, Fernand, *Mes voyages*, L'École des loisirs, coll. « L'École des lettres », 1997.

Lippard, Lucy, *The Pink Glass Swan : Selected Essays on Feminist Art*, The New Press, 1995.

Lupkin, Paula, *Manhood Factories : YMCA Architecture and the Making of Modern Urban Culture*, University of Minnesota Press, 2010.

Maloon, Terence, *L'Art de Charles Pollock. Douce raison*, Hermann, 2013.

Marshall Clark, Mary, Bearman, Peter, et Sinclair, Sara, *Robert Rauschenberg – An Oral History*, Columbia University Press, 2019.

Miles, Barry, *William S. Burroughs : A Life*, Weidenfeld & Nicolson, 2014.

O'Hara, Frank, *Poèmes déjeuner*, trad. d'Olivier Brossard et Ron Padgett, Joca Seria, 2010.

Ross, Nicholas, *Canaletto*, Studio Editions, 1993.

Rothko, Mark, *Écrits sur l'art, 1934-1969*, trad. de Claude Bondy, Flammarion, coll. « Champs arts », 2009.

Sante, Lucy, *Low Life*, Granta Books, 1998.

Schulman, Sarah, *La Gentrification des esprits. Témoin d'un imaginaire perdu*, B42, 2018.

Shkuda, Aaron, *The Lofts of SoHo : Gentrification, Art, and Industry in New York, 1950-1980*, The University of Chicago Press, 2016.

Sontag, Susan, *Le Style camp*, trad. de Guy Durand, Christian Bourgois, 2022.

Umlauf, Lynn, Catalogue d'exposition, Zürcher, 2020.

Weber, Nicholas Fox, *Warren Brandt*, Rizzoli, 1988.

Wolf, Reva, *Andy Warhol, Poetry, and Gossip in the 1960s*, The University of Chicago Press, 1997.

Zukin, Sharon, *Loft Living, Culture and Capital in Urban Change*, Rutgers University Press, 1989.

—, *The Culture of Cities*, Blackwell Publishers, 1995.

Et la revue *Palais*, n° 22, 2015. Ce numéro est aussi le catalogue de l'exposition *I Love John Giorno*, dans lequel ont été publiées les traductions en français par Gérard-Georges Lemaire du *Poème pornographique* et de *Thanx 4 Nothing* de John Giorno.

Films

Brookner, Aaron, *Uncle Howard*, 106 min., 2016.

Brookner, Howard, *William Burroughs*, 90 min., 1983.

Chamberlain, Wynn, *Brand X*, 87 min., 1970.

Driver, Sara, *The Bowery-Spring*, 10 min., 1994.

Rogosin, Lionel, *On the Bowery*, 62 min., 1956.

Presse

Les archives de divers journaux et magazines m'ont été d'une grande utilité. En premier lieu, le *New York Times*. Mais également *Artforum, ArtRite, Art in America, Culture Hero, Harper's Magazine, New York Magazine, New York Tribune, SoHo Weekly News, Village Voice*.

Remerciements

Merci à Mireille Paolini pour son enthousiasme, ses encouragements, ses remarques.

Merci à Patricia Duez pour ses lectures et relectures précieuses.

Merci à Marie-Pierre Lannelongue d'avoir accepté la proposition d'un article sur les années Burroughs du 222 Bowery et de l'avoir publié en couverture de *M le magazine du Monde* à l'été 2021, parution qui fut le point de départ de cet ouvrage. Merci à Federica Rossi pour ses encouragements répétés à en faire un livre.

Merci à Ugo Rondinone, Elizabeth Dee et toute l'équipe de la John Giorno Foundation pour leur confiance et pour m'avoir ouvert les portes du Bunker.

Merci à Nathalie Heidsieck pour ses conseils et sa bienveillance.

Merci à tous ceux qui m'ont livré leurs témoignages, souvenirs ou savoirs :

Mary Abell, Susan Ainsworth, Agnès b., Ryan Bean, Lynda Benglis, Yannick Boesso, Regina Bogat, Philippe Bordaz, Dominique Bourgois, Colin Brice, Aaron Brookner, Sarah Beatty Buller, Mark Buller, Keri Butler, Michele Campo, Cynthia Carr, Sally Chamberlain, Carmen Cicero, Anastasia Clarke, Annie Cohen-Solal, Jean-Max Colard, Dennis Cooper, Paula Cooper, Ariane Coulondre, Stephan Crasneancki, Julia Curl, Mark Dagley, Verne Dawson, Elizabeth Dee, Jennifer Douzenel, Sara Driver, Corrie Durham, Anita Durst, Richard Elovich, Nicholas Fox Weber, Francesca Gee Pollock, Max Gimblett, Massimiliano Gioni, Brad Gooch, Julie Guttierez, Emmanuelle Heidsieck, Mattias Herold, Rob Hollander, Laura Hoptman, Jon Ippolito, Daniel Kane, Khenpo Tsewang Dongyal Rinpoché, Sophie Lapalu, Jean-Jacques Lebel, Élisabeth Lebovici, Ralph Lewis, Jean de Loisy, Élisabeth Magotteaux, Barry Miles, David Mulkins, Caleb Mulvena, Loren Munk, Dominique Nabokov, Virginia Neel, Jane Opper, Florence Ostende, Elizabeth Peyton, Lisa Philips, Darryl Pinckney, Almine Rech, Oleg Rivkin, Michael Rogosin, Christopher Rothko, Francine Salomon, Lucy Sante, Peter Schjeldahl, Barry Schwabsky, Aaron Shkuda, Ira Silverberg, Kate Simon, Billy Sullivan, Rirkrit Tiravanija, Muna Tseng, Lynn Umlauf, Simon Umlauf, Olivier Weil, Bonnie Whitehouse, Justin Wood, Andrew Wylie, Sharon Zukin, Gwenolee Zurcher.

Merci aux équipes de documentalistes du fonds d'archives Kautz Family de l'Université du Minnesota, du Harry Ransom Center de l'Université du Texas, de la bibliothèque Kandinsky du Centre Pompidou à Paris, de la bibliothèque de l'Institut national d'histoire de l'art à Paris, du New York City Aids Memorial. Merci particulièrement à leurs confrères du Stephen A. Schwarzman Building de la New York Public Library – sans doute l'un des endroits les plus agréables au monde pour travailler, réfléchir et lire.

Merci à Mériadek Caraës-Le Minor et Benjamin Lafore pour leur amitié. Merci à Alex Beaupain pour tout.

Table

RÉALISATION : NORD COMPO À VILLENEUVE-D'ASCQ
ACHEVÉ D'IMPRIMER SUR ROTO-PAGE
PAR L'IMPRIMERIE FLOCH À MAYENNE
DÉPÔT LÉGAL : SEPTEMBRE 2023. N° 150517 (102699)
IMPRIMÉ EN FRANCE